Traumwelten

Karsten Eckert

Roman

Bibliografische Information der Deutschen Nationalbibliothek: Die Deutsche Nationalbibliothek verzeichnet diese Publikation in der Deutschen Nationalbibliografie; detaillierte bibliografische Daten sind im Internet über dnb.dnb.de abrufbar.

© 2016 Karsten Ecket, Traumwelten
Umschlaggestaltung: Simone Wilhelmy, wip-am.de
Umschlagfoto: fotolia.com
Herstellung und Verlag: BoD – Books on Demand, Norderstedt

ISBN: 9783743104167

Kapitel 1

»Endlich Feierabend,« schrie es vor Freude in Julia, als sie die Tür der kleinen Damenboutique zuschloss.

Es war kurz nach zwanzig Uhr und langsam kehrte Ruhe in die Innenstadt und die große Einkaufsstraße ein. Es gab aber einen noch viel wichtigeren Grund, warum Julia sich so überaus auf ihren Feierabend freute. Zwei Wochen Urlaub.

»Hey Julchen! Wie lange willst du eigentlich noch hier bleiben? Du hast Urlaub!«

Als Julia sich umdrehte, sah sie direkt in die Augen von Johanna.

»Das sollte keine Erinnerung sein, sondern eine Aufforderung.«

»Aber die Kassenabrechnung muss doch noch gemacht werden.«

»Unsinn, das schaffen wir schon alleine«

Johanna Laurenter hieß diese überaus charmante Frau, sie war die Chefin von Julia. Ihr gehörte auch die kleine Boutique. Julia arbeitete hier als Verkäuferin bei »Modern Lady« abgekürzt ML, was deutlich auf der

Neonreklame über der Eingangstür zu sehen war.

Modern Lady war keine riesige Boutique, aber ausreichend, um für die anderen Ketten eine ernstzunehmende Konkurrenz darzustellen.

Hier fand man alles, was es anderswo auch gab, und eine Spur mehr. Mit Julia arbeiteten bei Modern Lady noch Martina und Nadine, ihre beiden Kolleginnen.

Ach ja, und Johanna, die Chefin.

»Seid ihr sicher, dass ihr keine Hilfe mehr braucht?«, fragte Julia ihre Kolleginnen.

»Vollkommen sicher«, antwortete Nadine, die bereits anfing, die Abrechnung zu erstellen.

»Fährst du eigentlich weg, Julchen?«, fragte Martina sie.

»Nein, nur Urlaub auf Balkonien. Mal schauen, ich wollte noch ins Kino gehen, schwimmen und so was.«

»Ist doch auch gut, entspanne dich mal. Hast es dir redlich verdient.«

Dabei lächelte Martina sie so freundlich an wie immer. Als sie sich umdrehte, hatte Johanna schon die Tür wieder aufgeschlossen und machte eine einladende Geste mit der rechten Hand.

»Einen schönen Urlaub, Frau Sanderkamp.«

»Hab das Gefühl, ihr wollt mich loswerden«, antwortete Julia mit einem beschämten Lächeln.

Das Lächeln blieb noch, als sie in den Laden verließ. Einen letzten flüchtigen Blick über ihre Schulter werfend sah Julia, wie die drei Kolleginnen in die Abrechnung vertieft waren. »Das ist schon ein verrückter Haufen«, dachte Julia laut. Es machte wirklich Spaß, in dieser Boutique zu arbeiten, sie waren eine richtige kleine Familie geworden. Seit drei Jahren arbeitete Julia bereits für Johanna, die in der Zeit zu ihrer zweiten Mutter geworden war. Hier war sie für alle nur das Julchen. Kein Wunder, sie war auch die Jüngste von allen Angestellten. Eine 24-Jährige zwischen zwei Mittdreißigern und einer Endvierzigerin, was keinen sonderlich zu stören schien.
Und Julia ganz besonders nicht, denn mit ihren so genannten Gleichaltrigen kam sie überhaupt nicht klar. Die waren ihr einfach zu kindisch, sie fühlte sich reifer als die Meisten. Jedoch als Erwachsene sah sie sich auch nicht, irgendetwas dazwischen. Julia war nicht gerade das, was man als eine besonders auffällige Person bezeichnen könnte. Im Gegenteil, eher sehr ruhig und ein wenig schüchtern. Sie war eine

unscheinbare und zierliche junge Frau, was durch die modische Kleidung nicht vertuscht werden konnte.

Seitdem sie für Johanna arbeitete, hatte sich ihr Kleidungsstil gewaltig verändert. Früher machte sie sich nicht sonderlich viel aus so genannten „hippen" Klamotten, aber bei Johanna verlieh man ihr Stil. Ihr war klar, dass sie die Kleidung tragen musste. Für Julia war es nur eine Verkleidung, die eben für die Kundschaft nötig war.

Trotz aller Maskerade fühlte sie sich pudelwohl bei den drei Damen und Julia hoffte, dass es noch lange so andauern würde. Wieder einmal in Gedanken versunken, schlenderte sie an den kleinen Cafés vorbei, die an diesem Sommerabend gut gefüllt waren.

Julia verschwendete keinen Blick an diese Menschen, sondern ging ihren gewohnten Weg zur Bushaltestelle. Dort angekommen, brauchte sie nur fünf Minuten zu warten, bis ihr Bus kam. Sie stieg in die Linie 12 ein, setzte sich auf einen Fensterplatz und ließ ihren Blick schweifen. Zehn Haltestellen weiter erreichte sie ihr Ziel. Die Linie 12 war sehr praktisch für Julia, da sie fast direkt vor ihrer Haustür hielt. Sie musste nur einmal um die Straßenecke gehen und schon war sie daheim.

Bei Julia musste das so sein, alles hatte seinen festen Plan. Sie machte nie irgendwelche spontanen Unternehmungen, wollte möglichst wenigen Menschen begegnen. Sie war lieber für sich. Julia war so menschenscheu, dass sie Probleme hatte Orte aufzusuchen, die mit Menschen überfüllt waren.

Das klingt völlig absurd, wie kann so eine Frau dann als Verkäuferin arbeiten?

In dem Beruf ging es für Julia nur um Themen, mit denen sie sich auskannte, hauptsächlich Kleidung natürlich. Das half ihr die angeborene Scheu zu überwinden und über sich hinauszuwachsen. Sie wusste jedoch nie so recht, was sie sagen sollte, wenn es persönlicher wurde. Deswegen stürzte sie sich geradezu in ihre Arbeit, um dem aus dem Wege zu gehen. Es wundert jetzt bestimmt niemanden, dass sie Single war.

Einen Freund hatte sie noch nie gehabt, was wirklich nicht überraschend war. Wenn andere ausgingen, zog Julia sich zurück. Für die Meisten war sie nur eine dumme, graue Maus. Dem war aber nicht so.
Gut, sie hatte nicht studiert und war nur eine einfache

Verkäuferin. Aber nicht blöd, Sondern einfach nur schüchtern.

Sehr oft hatte sie sich gewünscht, ein richtiger Vamp zu sein. Doch jeder noch so zaghafte Versuch wurde gleich durch ihre Schüchternheit im Keim erstickt. Bevor sie Johanna, Martina und Nadine kennen gelernt hatte, war es noch viel schlimmer gewesen. In drei Jahren war es ihnen nicht vollkommen gelungen, sie aus dem dunklen Loch zu befreien, in dem Julia sich seit ihrer frühsten Kindheit verkrochen hatte.

»Ich bin eben, wie ich bin, und das wird sich auch niemals ändern.« Das war immer die Ausrede für jede Barriere, die sich Julia entgegenstellte.

Julia ging die Stufen zu ihrer Wohnung schwerfällig empor. Sie wohnte in einer kleinen Zweizimmerwohnung.

Alle Türen in dem Mietshaus waren kalkweiß und unpersönlich, nur die Tür einer gewissen Frau Sanderkamp war auf dem ersten Blick zu erkennen. An Jener prangte ein großer Kranz, gespickt mit Blumen. Julia liebte Blumen, besonders wenn sie frisch waren und einen enormen Duft verströmten. Diese waren

leider getrocknet, mit dem Vorteil, dass sie sich einfach länger hielten. Unentwegt neue und frische Blumen zu kaufen, wäre auf Dauer enorm kostspielig. Und eine weitere Besonderheit gab es direkt vor der Haustür, die Fußmatte.
Auf ihr war ein frech grinsender Hund zu sehen, die einzige ihrer Art im gesamten Haus.
Behutsam öffnete Julia die Haustür und ging hinein.
Was hatte sie erwartet, die Wohnung war leer. Niemand, der sie freudig begrüßte und in die Arme nahm - wie jeden Feierabend. Einen Moment verharrte Julia in ihrer Bewegung.

Strikt nach dem täglichen Feierabendritual hängte sie den Wohnungsschlüssel fein säuberlich an den dafür vorgesehenen Haken und ging gleich darauf in die Küche.
Hier goss Julia sich ein Glas Eistee mit Pfirsichgeschmack in ein großes Glas und schlurfte ins Wohnzimmer. Vollkommen kraftlos ließ Julia sich in ihr Sofa fallen, begleitet von einem tiefen Seufzer.
Gerne wäre sie in den Urlaub gefahren, aber für so etwas hatte sie leider nicht genügend Geld.
»So schlimm ist es auch wieder nicht«, dachte Julia

dann im selben Moment.

So ganz allein in den Urlaub fahren wollte sie sowieso nicht, das wäre ja noch armseliger, als ihr ganzes Leben schon war. Man könnte natürlich jemanden fragen, aber wen? Freunde hatte Julia nicht wirklich. Es gab da ein paar Leute, die sie hätte fragen können, aber als richtige Freunde bezeichnete Julia diese Menschen nicht. Das war so eine verdammte Zwickmühle, warum musste sie nur so schüchtern sein? Und warum breiteten sich diese Gedanken immer in ihrem Kopf aus, wenn sie allein und alles ganz still um sie herum war? Arbeiten konnte Julia nun fürs Erste nicht mehr, da sie ja Urlaub hatte. Die Arbeit war immer das beste Mittel gewesen, um sich von ihrem tristen Dasein abzulenken.

Eine Alternative gab es da ja noch. Erst schaltete Julia den Fernseher ein, zappte sich bis zu einem Nachrichtensender durch, um dann noch die Stereoanlage einzuschalten. Ein Gemisch aus Nachrichten und Musik breitete sich in der gesamten Wohnung aus; das war Ablenkung genug, um nicht mehr die eigenen Gedanken zu hören. Irgendetwas passte immer noch nicht. Richtig, die Klamotten. Schnell zog sie sich um, von fein zu lässig.

Erst in ihren ausgeleierten Wohlfühlklamotten konnte Julia die nötige Ruhe finden. Das gab ihr dann wieder die dringend nötige Energie, um durch Räume zu wirbeln. Die kleine Wohnung war ihr Reich, hier war sie vor kritischen und musternden Blicken geschützt.

Nur in diesem kleinen Nest konnte Julia loslassen und sich frei entfalten. Die fetzige Musik wechselte schnell zu einer ruhigen Ballade und ihr Herumgewirbel verebbte zusehends. Beim Lauschen der sanften Klänge bemerkte Julia das leichte Grummeln in der Magengegend. Beschwingt wippte Julia in die Küche und bereitete sich einen kleinen gemischten Salat mit Joghurtdressing und Croûtons zu, um dem Knurren ein Ende zu setzen.

Genüsslich verspeiste Julia ihren Salat und blickte dabei auf die Küchenuhr. 21:45 Uhr stand dort zu lesen. »Oh Mann, schon wieder so spät.«, dachte Julia sich. Sie fing langsam an die Müdigkeit zu spüren, die von ihren Füßen bis zu den Augenlidern hoch kroch. Sollte sie jetzt schon ins Bett gehen? Nein, sie war doch keine alte Oma. Nach dem Salat beschloss Julia noch ein wenig durch das Fernsehprogramm zu schalten. Wie sich herausstellte, war es nicht besonders hilfreich, um die Müdigkeit aus ihren Knochen zu vertreiben. Eher das

Gegenteil war die Folge. Von Sender zu Sender wurde das Programm immer langweiliger. Zum Schluss blieb Julia bei einem Golfturnier stecken. Golf hatte sie sich noch nie angesehen, was vermutlich besser so gewesen war. Es vergingen keine fünf Minuten, bis ihre Augen wie von selbst zufielen. »Jetzt reichts. Geh ins Bett.«, sagte Julias innere Stimme zu ihr. Entschlossen, aber mit wenig Elan, erhob Julia sich aus ihrer kleinen Kuschelecke und schob die Kissen beiseite.

Da alles in Julias Leben eine gewisse Ordnung hatte und auch haben musste, stellte sie den Teller und die Gabel schnell in das Spülbecken. Da sie gerade dabei war, entfernte sie noch alle Spuren der Essenszubereitung, so dass fast alles wieder so aussah, wie sie es vorgefunden hatte. Erst jetzt war Julia bereit ins Bett zu gehen und zu schlafen.

Make-up trug Julia nie sonderlich viel, nur gerade die Menge damit Johanna zufrieden war. Sie riet ihr zwar unentwegt ihr hübsches Gesicht hervorzuheben, aber gekonnt blockte Julia diese Verbesserungsvorschläge ab. Ihr war einfach nicht danach, obwohl ihre Kolleginnen überhaupt nicht verlegen waren, ihr ständig neue Schminktipps zu offerieren.

Martina sagte mal zu ihr: »Wenn du jemals einen netten

Mann kennen lernen willst, musst du dir auch ein wenig Mühe geben.«

Und Nadine meinte sogar mal: »Ist die Verpackung schön, dann verkauft sich die Ware fast von ganz allein.«

Julias Antwort darauf war stets dieselbe: »Lieber alleine glücklich, als gemeinsam unglücklich.«

Bei dieser Antwort schüttelten sie ihre Köpfe und sagten immer: »Kind, Kind, Kind.«

Das störte Julia nicht sonderlich, sie war glücklich mit ihrem Lebensstil, mehr oder weniger. Deswegen gab es nicht, wie bei den meisten Frauen, die allabendliche Zeremonie des Abschminkens. Es genügten nur zwei Wattepads, ein wenig Wasser und Seife und schon war sie nicht mehr die Verkäuferin Frau Sanderkamp. Nach dem Zähneputzen verließ sie schon das Bad, ein Aufenthalt, der nie länger als zehn Minuten dauerte. Noch schneller streifte Julia ihre Wohlfühlklamotten ab und schlüpfte in einen sehr eigentümlichen Pyjama. Ihre Mutter fragte sie mal, wie sie nur so etwas anziehen könne. Ein Mann würde doch schreiend davonlaufen. Gut, mochte sein, der Pyjama sah mit diesen Bärchen darauf wirklich ein wenig kindisch aus. Sie mochte so etwas eben. Und bis jetzt hatte sich noch kein Mann darüber beschwert. Das lag womöglich daran, dass noch kein Mann mit ihr das Bett teilen musste oder wollte.

Gedanken, lauter Gedanken bei jedem Schritt, den sie tat. Es war einfach nur lästig. Unaufhörlich kreisten sie in ihrem Kopf herum, was nicht gerade zum Wohlfühlen beitrug. Das Innere ihres Kopfes kam Julia wie eine riesige Autobahn vor, auf der 24 Stunden lang Autos fuhren, die dafür sorgten, dass jeder unnütze Gedanke auch sein Ziel erreichte.

Die meisten Autos rauschten einfach an ihr vorbei, aber hin und wieder stach eines farblich aus den unzähligen heraus.

An dieses Auto heftete sie sich dann ungewollt und es brachte sie an einen Ort, an dem Julia einfach nicht sein wollte. Nicht sie war mehr der Fahrer, sondern das Auto selbst. Häufig schaffte sie es, rechtzeitig abzuspringen, bevor sie in eine Depression verfiel. In jüngeren Jahren war ihr das nicht immer gelungen. Nein, daran wollte sie sich nicht erinnern.

Heute war jetzt und früher war Vergangenheit, denn sie arbeitete unablässig an sich selbst. Die graue Maus von einst war sie nicht mehr, sie, Julia Sanderkamp, war eine tolle Frau. Das »Schakka«, das ihr auf den Lippen lag, verkniff sie sich lieber, weil sie sonst einen

Lachanfall bekommen hätte.

Julia ließ sich in ihr Bett fallen und kuschelte sich darin ein, soweit die Restwärme des lauen Sommerabends es zuließ. Sie warf noch einen kurzen Blick in eine Zeitschrift, die auf ihrem Nachtschränkchen lag, und dann schloss sie ihre Augen, um zu schlafen.

Es dauerte eine geraume Weile, bis sie ins Land der Träume abdriften konnte, eine Wendung nach links und eine Wendung nach rechts. Irgendwann hatte Julia endlich die richtige Einschlafposition gefunden. Und so klang ein weiterer unspektakulärer Tag in Julias Leben aus, wie schon so viele zuvor auch.

Kapitel 2

Julia öffnete ihre Augen, weil ein eigenartiges Geräusch durch ihren Traum gedrungen war und sie aufgeweckt hatte. Der Wecker. Sie hatte am Tag zuvor vergessen den Weckmodus abzuschalten. »So ein Mist.«, war der erste Gedanke des neuen Tages, der Julia durch den Kopf schoss. Es war ihr erster Urlaubstag und sie stand um 6:00 Uhr auf. Für einen Moment dachte sie darüber nach, sich wieder hinzulegen. Sie ließ es aber sein, da sie nicht mehr müde war und es bereits langsam heller wurde. Barfuß tapste Julia in die Küche und goss sich ein Glas Orangensaft ein. Zaghaft nippte sie daran und entschloss sich doch, wenigstens ein kleines Schälchen Müsli zu essen. Großen Hunger verspürte sie nicht, aber die mahnenden Worte ihrer Mutter hallten jeden Morgen in ihrem Hinterkopf: »Julia, das Frühstück ist die wichtigste Mahlzeit am Tag!«

Es war noch nicht einmal 7:00 Uhr und sie wusste nicht, was sie mit dem ersten Urlaubstag überhaupt anfangen sollte. Frustrierend war schon kein Ausdruck mehr dafür, zwei Wochen Urlaub ohne einen richtigen Freizeitplan.

Jeder vernünftige Mensch würde sich an ihrer Stelle von

der Sonne des Südens an irgendeinem x-beliebigen Strand durchbraten lassen, jedoch reichte das Geld nicht für solche kostspieligen Vergnügen. Manchen Menschen war so etwas ja egal und sie nahmen sich einen Kredit für den Urlaub auf, den sie dann in mühevoller Arbeit wieder zurückzahlten. Und wofür? Um anzugeben, mehr nicht.

Nein, das wollte Julia nicht. Ihr Konto stand noch nie in den roten Zahlen, das sollte auch weiterhin so bleiben. Es musste doch möglich sein, sich in dieser Stadt kostengünstig die Zeit zu vertreiben. Nach einigen stillen Minuten des Grübelns fiel ihr der Vorabend wieder ein, als ihre Kollegin Martina gesagt hatte, dass sie sich diese neue Schnulze im Kino ansehen wollte. Nicht gerade die verlockendste Idee, aber immerhin besser als nichts, und da sie sich auf Anhieb nicht erinnern konnte, wann sie das letzte Mal im Kino gewesen war, stand ihr Entschluss fest.

Auch mit dem sorgfältigsten Suchen nach einem Kinoprogramm oder einer Tageszeitung fand Julia nichts, was ihr Aufschluss über die momentan laufenden Filme gab. Aber natürlich, das Altpapier. Manchmal war es nicht vorteilhaft so penibel zu sein. Die Zeitung und das Programmheft waren in der Altpapierkiste und die hatte sie vor drei Tagen fachgerecht entsorgt, damit es wieder sauber und ordentlich in ihrer kleinen Wohnung aussah.

»Was nun?«, fragte Julia sich. Im Kino anrufen war blöd, hinfahren war besser. So würde sie wenigstens rauskommen, denn die ganze Zeit in der Bude hocken bei dem tollen Wetter: Nein danke. Da es noch ziemlich früh war und um diese Zeit kein Kino der Welt geöffnet hatte, ließ sie sich ein wenig treiben, sie hatte schließlich Urlaub.

Zum ersten Mal seit Julia hier wohnte, schaltete sie um diese Zeit den Fernseher ein. Auf einigen Sendern lief das Frühstücksfernsehen. Natürlich hatte sie davon gehört, aber gesehen hatte sie es noch nie. Es dauerte nicht lange, bis sie feststellen musste, dass sie nichts verpasst hatte. Es langweilte Julia so dermaßen, dass sie schnell wieder den Flimmerkasten ausschaltete.

»Wer sieht sich eigentlich so einen Mist an?« fragte sie sich laut.

Gleich darauf konnte sie sich das Lachen nicht verkneifen.

»Ich«, antwortete Julia grinsend auf ihre Frage.

Jetzt musste sie erst einmal jedes Fenster in der Wohnung weit öffnen, um frische Luft hineinzulassen.

Julia nahm einen tiefen Zug der noch kühlen Sommerbrise in sich auf, um so gestärkt für den weiteren Tag ins Bad zu hüpfen.

Julia ließ sich ausgesprochen viel Zeit, was sie sonst nicht tat. Es folgte eine ausgiebige lauwarme Dusche und ein seltenes Pflegeprogramm, welches ihr besser bekam, als sie gedacht hatte. Während des doch sehr gemütlichen Ablaufes lief die ganze Zeit eine CD nach der anderen durch. Als Julia dann irgendwann doch fertig angezogen dastand, war es schon fast 12:00 Uhr.

Wie um Himmels willen konnte es nur so spät sein? Sie vermochte es nicht zu erklären. Doch was sollten die Vorwürfe, Julia hatte Urlaub und musste nicht pünktlich bei der Arbeit sein. Sie schnappte sich einen Apfel aus der Obstschale, die immer auf dem Küchentisch stand, und verließ ihre Wohnung.

Als Julia aus dem Haus trat, wollte sie auf direktem Wege die Bushaltestelle ansteuern, ließ es aber bleiben. Stattdessen kramte sie aus der hinterletzten Ecke der Garage, die für die Fahrräder aller Hausbewohner vorgesehen war, ihren alten Drahtesel heraus. Wie sollte es auch anders sein, die Räder waren beide platt vom vielen Stehen.

Nach einer ganzen Weile hatte sie es geschafft beide

Reifen aufzupumpen. Dafür musste Julia sich eine Luftpumpe von einem der anderen Fahrräder borgen. Alle bis auf ein Rad hatten eine Luftpumpe. Ihre war schon vor Jahren gestohlen worden und deswegen spielte sie auch mit dem Gedanken diese einfach zu behalten.

»Nö, dann bin ich ja schon genauso wie die, die mir meine Luftpumpe geklaut haben«, dachte Julia sich und hängte sie brav wieder beim fremden Fahrrad ein.

»Die Kette könnte auch ein wenig Öl vertragen«, dachte sie sich, als sie die durchdringenden Knartzgeräusche beim Anfahren hörte. Für diese Fahrt würde es reichen.

Julia benötigte nur gute zwanzig Minuten bis zum Multiplexkino. Während dieser Fahrzeit genoss sie sichtlich den kühlen Wind, der sie umspülte. Das Kino war noch geschlossen, als Julia ankam, das machte aber nichts. Im Restaurant nebenan gab es mehrere Fächer, die prall mit Programmheften gefüllt waren. Sie sah zu, dass sie den Laden ganz schnell wieder verließ. Ihr war ein wenig unwohl bei der Sache, da sie von allen Seiten angestarrt wurde. Es lag keinesfalls an Julia selbst, sondern das Restaurant war nicht gerade gut besucht und den Besitzer schien es gewaltig zu stören.

Draußen blätterte sie im Programm herum. Es gab

schon ein paar Filme, die sie interessierten, recht entscheiden konnte Julia sich aber nicht. Die einzelnen Inhaltsangaben wollte sie sich nicht auf der Straße durchlesen, lieber zu Hause in aller Ruhe. Sie klemmte das kleine Heftchen im Gepäckträger ein und schob ihr Rad zu der Ampel. Leider schaffte sie die Grünphase nicht und blieb stehen.

Während der kurzen Wartezeit beobachtete Julia den Straßenverkehr, der selbst an so einem schönen Sommertag sehr hektisch war. Fast wie in Trance ließ sie die Autos an sich vorbeirauschen, eben nichts Außergewöhnliches.

Doch Julia wurde aus ihren leeren Gedanken herausgerissen, als ein schwarzer Golf III die letzte Sekunde nutzte, um noch bei Gelb durchzuhuschen. Über die Ampel hinaus verfolgten Julias Blicke den Wagen. Dieser startete wirklich gewagte Überholmanöver und des Fahrers Hand schien mit der Hupe förmlich verwachsen zu sein. Am Steuer saß ein Mann um die dreißig mit starrem, nach vorn gerichtetem Blick. Was Julia weitaus mehr ins Auge stach war, dass die Klappe des Tankdeckels weit offen stand.

»Spinner!«, sagte Julia laut und war mal wieder froh,

kein Auto zu besitzen. Denn so musste sie sich nicht mit solchen Hohlköpfen auseinandersetzen.

Ganz gemütlich fuhr sie zurück, und zu Hause angekommen war ihr erster Gang direkt in die Küche. Das Frühstück lag einige Stunden zurück und der Hunger machte sich durch lautes Knurren bemerkbar. Julia hatte nun wirklich keine Lust, großartig mit Kochen anzufangen. Ein kurzer Blick in das Eisfach des Kühlschrankes und im Handumdrehen war die Pizza Hawaii im Backofen.

Die Zeit bis die Pizza schön knusprig war, nutzte sie, um weiter im Kinoprogrammheft zu lesen, um vielleicht doch einen passenden Film für den Abend zu finden. Als die Pizza fertig war, hatte Julia sich für fünf Filme entschieden. Das brachte sie auch nicht sonderlich weiter, so beschloss sie einfach hinzugehen und spontan einen Film zu besuchen. Während Julia ihre Pizza aß, überlegte sie, ob sie mit dem Rad oder dem Bus dorthin fahren sollte. Beim Grübeln über diese Frage erinnerte sie sich wieder an den idiotischen Golffahrer. Der bloße Gedanke an diesen Kerl veranlasste Julia dazu, den Bus zu wählen. Dieser Typ ließ Julia keine Ruhe mehr, nicht, dass sie ihn nett gefunden hätte, das war es ganz sicher nicht. Wie sollte man das in nur drei Sekunden beurteilen. Es war vielmehr die ganze Situation, die in Julias Kopf herumspukte.

Sicher, es war nicht bedeutend gewesen, solche Drängler gab es bestimmt zu Hunderten am Tag. Julia fragte sich nur, was das für ein Mensch gewesen sein könnte, der es so eilig gehabt hatte. Und zwar so eilig, dass er selbst beim Tanken vergaß, den Deckel wieder zu schließen.

Nachdem Julia die Pizza aufgegessen hatte, goss sie sich noch ein großes Glas Wasser ein und legte ihre Beine auf die Küchentischkante. In dieser Position umschloss Julia ihr Wasserglas mit beiden Händen und fing an zu träumen.

Julia stellte sich den Mann in Gedanken vor. Jetzt konnte sie ihn richtig eingehend studieren. Sein Alter legte sie auf dreißig Jahre fest. Er war schlank und schätzungsweise 1,85 m groß. Die Haare waren kurz geschnitten und der Farbton pendelte so zwischen hellbraun und dunkelblond. Nun da Julia ihn genauer betrachten konnte, entdeckte sie die sich langsam bildenden Geheimratsecken und die höher werdende Stirn. In zehn oder fünfzehn Jahren müsste er völlig kahl sein.

Sein Name könnte dann Michael sein, wieso nicht, das klang gut und passte irgendwie zu diesen Kerl. Als Nachnamen bastelte Julia sich dann einen Phantasienamen zurecht und landete schließlich bei der Kreation »Kabsmönner«. Der Name klang verdammt bescheuert, aber seinem Fahrstil durchaus angemessen. Gut, die Identität war somit geklärt, aber was war der Grund für den offenen Tankdeckel gewesen?
Er hatte Stress und musste in derber Zeitnot gewesen sein, was man an dem Gesicht und dem Hupkonzert erkennen konnte.

Das warf die Frage nach seinem Beruf auf. Welcher Job verursachte so einen Druck, dass man seine ganze Umwelt vergaß?
Heutzutage nahezu jede Arbeit, das half nicht weiter. Michael musste einen Job haben, indem Zeit wirklich Geld war. Einen Job,der nur Geld brachte, wenn gewisse Arbeiten ausgeführt wurden, die im Vergleich zur Allgemeinheit nur wenige taten. So konnte er nur freiberuflich sein, also mehr oder weniger sein eigener Chef. Julia ließ ihren Blick in der Küche umherschweifen und kam am Küchenradio wieder zum Stehen. Natürlich! Er war ein freier Journalist, der für

das Radio arbeitete.

Ab hier versank Julia völlig in ihrem Tagtraum und in dem Leben von Michael Kabsmönner.

Michael brüllte laut »Scheiße!«, er war viel zu spät dran. Er hatte mal wieder verschlafen. Was nützten ihm schon zwei Wecker, wenn er sie nicht einschaltete. In Windeseile hatte er die Klamotten vom Vortag übergeworfen. Frische Wäsche hatte er schon seit einigen Tagen nicht mehr vorrätig. Michael betrachtete sich im Spiegel und erwog, wenigstens ein anderes T-Shirt anzuziehen. Mit der rechten Hand kramte er in einem der Wäscheberge, die neben seinem Bett eine beachtliche Größe erlangt hatten. In dem Gewimmel wurde er fündig und zog ein buntes T-Shirt heraus. Ein kurzer Riechtest und Schwups hatte er es an. Eben schnell die Zähne putzen, ein wenig Gel in die dünner werdenden Haare schmieren, fertig. Zufrieden blickte Michael in den Spiegel und sagte laut zu sich: »Mann, siehst du heut' wieder gut aus!«

Bevor er das Bad verließ, nebelte er sich noch kräftig mit Deodorant ein, um den leicht abgehangenen Schweißgeruch zu übertünchen.

»Perfekt!«

Zum Frühstücken war keine Zeit mehr, das konnte er auch später irgendwann erledigen. Mit schnellen Schritten verließ Michael sein Apartment, welches aussah, als wäre dort eine Neutronenbombe eingeschlagen. Und er war die einzige Lebensform, der es noch möglich war, in dieser feindlichen Umwelt halbwegs zu überleben. Beim Herunterhechten der Treppe blickte Michael nochmals auf seine Uhr und brüllte laut »Scheiße!« durch das gesamte Treppenhaus. Nur wenige Sekunden später saß er im Wagen, der direkt vor der Haustür parkte. Als er allerdings den Zündschlüssel umdrehte und losfuhr, meldete sich die Tankanzeige seines Gefährts.

»Fuck!«, war im Inneren zu vernehmen. Mit größter Eile steuerte er die nächste Tankstelle an, um, wie er es nannte, die Scheißkarre vollzutanken. Unterdessen war Michael so nervös, dass seine Hände wieder anfingen zu zittern. Kein Wunder, sein Nikotinspiegel musste die Nacht über gegen Null gesunken sein. Schnell stopfte er sich eine Kippe in einen Mundwinkel und sprang aus dem Wagen, um vollzutanken. Nervös fingerte er noch an seinem Handy herum, während das Benzin glucksend im Tank verschwand. Routiniert hatte Michael schnell die Nummer des Senders angewählt, um zu berichten, dass er ein wenig später kommen würde. Am anderen Ende der Leitung hörte man nur eine aufgeregte Stimme sagen: »Nich` schon wieder. In einer halben Stunde bist du hier, oder du erhältst nie wieder einen Auftrag von uns.«

Damit war das Gespräch beendet und das Klicken des Zapfhahnes deutete an, dass der Tank jetzt voll war. Wie von der Tarantel gestochen stürmte Michael das Kassenhäuschen, warf seine EC-Karte auf die Theke und rief nur:»die Drei!«

»Hast es eilig, Kleiner?«, fragte die Kassiererin und grinste ihn an.

»Hab' keine Zeit für Smalltalk.«, gab Michael fast schon pöbelnd zurück.

»Is ja schon gut, hier Ihre Quittung der Herr.«

»Danke, das kann ich wenigstens von der Steuer absetzen.« Mit diesen Worten stürmte Michael auch schon raus. Mit quietschenden Reifen verließ er das Tankstellengelände. Er nahm einige Abkürzungen durch die Tempo-30-Zonen, die er mindestens mit 70 km/h durchfuhr.

»Scheiß auf den Führerschein, wenn ich zu spät komme, kann ich mir sowieso kein Auto mehr leisten.«

Als er dann endlich die Wohngebiete hinter sich gelassen hatte, kam er nahe dem Multiplexkino heraus. Jetzt war es nicht mehr so weit bis zur Autobahn.

»Nee Schätzchen!«, rief Michael.

Die Ampel wollte er noch schaffen, denn sonst würde er zu viel Zeit verlieren. Wenn er diese Tussis mit ihren Rädern schon von weitem sah, konnte er kotzen. Ständig mussten die für die langen Rotphasen verantwortlich sein, nur damit die ihr Rädchen über die Straße schieben konnten.

»Hah! Noch geschafft. Da guckst du blöd, nicht mit dem Meister, mein Fräulein, so nich.«

Mit der Hand auf der Hupe schlängelte Michael sich bis zur Autobahnauffahrt durch, dort gab er dann so richtig Gas. Bis zum Anschlag drückte er das Gaspedal durch, nur so konnte er die verlorene Zeit wieder aufholen.

Ein kurzer Blick auf die Uhr im Armaturenbrett bestätigte seine Vermutung. Es war zu schaffen. Wenn es keinen Stau gab. Leise schickte Michael ein Stoßgebet gen Himmel, damit alles glatt lief. Leichenblass und um einige Liter Körperflüssigkeit leichter bog er mit einem Affenzahn auf den Parkplatz des Senders ein. Zwanzig Minuten von der Tanke bis zum Sender, neuer Rekord. Der Stress forderte noch drei weitere Zigaretten bis hierher. Egal, der Weg zur Lunge musste geteert werden. Keuchend schoss er die Treppen hoch und fiel förmlich mit der Tür ins Haus. Eine Moderatorin übergab ihm ein Aufnahmegerät, ein Mikro und eine Wegbeschreibung.

»Danke, Hase.«
»Lass die blöden Anmachen, die ziehen bei mir nicht. Hast du was vorbereitet, Michael?«
»Nein, das mache ich alles aus dem Stehgreif.«
»Wenn du meinst. Reiz bloß nicht den Alten zu sehr.«
»Du weißt doch, ich hab' alles unter Kontrolle.«
»Sieh zu, dass er dich hier nicht sieht. Der ist sowieso nicht gut auf dich zu sprechen.«
»Bin schon weg.« Mit diesen Worten verließ er auch schon den Sender, um pünktlich bei seinem Interview zu sein.
Es war keine große Persönlichkeit, nur ein Lokalpolitiker, einer von denen, die alle Register ziehen mussten, um überhaupt im Gespräch zu sein.
Nach dem Aussehen und Auftreten zu urteilen, hatte er bereits seinen Zenit des Erfolges erreicht. In seinem Wahlkreis sollte eine zusätzliche Müllverbrennungsanlage gebaut werden, was den

Steuerzahler mal wieder einige Millionen kosten würde. Michael stellte ihm die üblichen Fragen. Wieso, warum und weshalb? Eben die Standardfragen. Das war keine große Nummer und er wollte schnell wieder verschwinden, weil jeder über dieses Thema bereits genaustens Bescheid wusste. Es war nur ein Lückenfüller für das tägliche Programm. Die ganze Angelegenheit war dann in fünf Minuten erledigt.

Reichlich genervt eilte Michael wieder davon, er hielt nur einmal auf dem Weg zurück zum Sender bei einem Bäcker an, um sich ein belegtes Käsebrötchen zu kaufen. Im Sender verzog Michael sich in ein kleines Nebenstudio und bastelte sich einen Beitrag zusammen, der dann in den 16-Uhr-Nachrichten das erste Mal gesendet werden sollte. Dabei handelte es sich um keine schwierige Arbeit für Michael. Er versuchte nur das Beste aus dem Interview herauszuholen. Nach einer halben Stunde war alles erledigt, und Michael fing an sich zu langweilen.

Sein Chef hörte sich den Beitrag nur kurz an und nickte bloß; das war das Zeichen zum Senden. Michael fragte, ob das alles für heute gewesen sei oder ob es noch etwas für ihn hier zu tun gebe. Irgendwie musste er ja sehen, wie er die Kohle zusammenbekam. Seinen Traum von einer Festanstellung hatte er schon vor langer Zeit abgeschrieben.

Das zeigte Michael natürlich nach außen nicht, äußerlich war er der immerwährende Optimist geblieben. Dennoch begannen sich im Inneren langsam berechtigte Zweifel über seine Berufswahl auszubreiten. Sein Chef blickte flüchtig auf die vollgekritzelte Metallwand, auf der sämtliche Tagestermine eingetragen waren. Er runzelte seine Stirn und sagte: »Kannst in den nächsten drei Stunden die Verkehrsberichte und Blitzer durchgeben. Das wäre es dann für heute, mehr nicht.«

Michael nickte bloß, das war besser als nichts. Der Monat war gerade erst angelaufen und wenn seine Auftragslage so blieb, gab es keinen Grund, in Panik zu verfallen. Häufig genug hatte sich das Blatt gegen Ende des Monats gewendet. Das Schöne an dem Beruf war neben der Unabhängigkeit, dass man innerhalb einer Woche sein Monatseinkommen verdienen konnte. Wenn alles gut lief.

In den folgenden drei Stunden las er dann immer halbstündig die aktuellen Verkehrssituationen vor. Eine mehrstündige Sendung wäre Michael lieber gewesen; die lag aber leider ganz im Ermessen seines

Vorgesetzten. Nächsten Monat fing jedoch auch hier die Urlaubssaison so richtig an und das war seine Chance wieder ein paar Aufträge zu ergattern. Das machte er eigentlich immer so, er übernahm fast nur die Vertretungen und die unliebsamen Zeiten wie Sonn- und Feiertage.

Nach dem großen Auftritt sorgte Michael erst einmal für Ordnung in seinem Ablagefach, wo Nachrichten und andere Papierangelegenheiten für ihn bereitlagen. Damit ließ er sich am heutigen Tag sehr viel Zeit. Michael wollte einfach noch ein wenig im Sender bleiben, mit der ewigen Hoffnung, noch kurzfristig einen Auftrag oder eine Moderation zu ergattern.

Gegen 19:00 Uhr sah Michael es so langsam ein, dass sich an diesem Tag nichts Spektakuläres mehr ergeben würde. So trat er den Weg nach Hause an. Auf halber Strecke machte er noch mal Halt an einem Drive-In um sich einen Burger, eine große Pommes, Chicken Wings, einen Donut und eine große Cola zu gönnen.

Michael ernährte sich nur von solchen Dingen, hin und wieder gab es einen Döner, Gyros, Currywurst oder Ähnliches. Seit Jahren ernährte er sich schon von Fastfood und konnte Gott dafür danken, dass er kein Gramm zunahm. Sein Körper musste wohl die meisten dieser Kalorien verbrennen. Er hätte auch selber kochen können, um ein wenig Geld zu sparen, aber dazu war er viel zu faul. Und sein letzter Kochversuch hatte es ihm nur allzu deutlich klargemacht, es sein zu lassen. Zwei linke Hände waren noch leicht untertrieben, dementsprechend armselig sah es dann auch in seinem Kühlschrank aus, abgesehen von Bier, ein paar Jogurts sowie altem Brot und verschimmeltem Käse war dort gähnende Leere.

Beim Verschlingen seiner Mahlzeit - er aß immer, als wäre der Teufel hinter ihm her - fiel ihm sein Wäscheberg ein. Für Wäschewaschen und Bügeln hatte er ebenfalls nicht sonderlich viel übrig; bei der Gelegenheit konnte er doch seine Mutter wieder besuchen. Seine Mutter lebte in einer kleinen Dreizimmerwohnung, in der er auch mal gehaust hatte. Um genau zu sein bis zu seinem 26. Lebensjahr.

Sein Vater war schon vor vielen Jahren gestorben, an einem Herzinfarkt. Seine Mutter behauptete immer, wenn er weniger gearbeitet hätte, wäre es nicht so weit gekommen. Ein wenig grauste es Michael schon davor, seine Mutter zu besuchen, dann gab es wieder diese endlos scheinenden Gespräche. Da musste er eben durch. Das war der Preis für frisch gewaschene und gebügelte Wäsche. So lange er keine eigene Waschmaschine besaß, hatte er noch eine Ausrede, sich davor zu drücken.

Nach dem opulenten Mahl düste er zu seinem Apartment und stopfte alle Wäschestücke, die er finden konnte, in einen großen Seesack und eine Plastiktüte. Das war alles, was Michael auf die Schnelle auftreiben konnte, er wollte es so schnell wie möglich hinter sich bringen. Der Aufenthalt bei seiner Mutter war nie ein Zuckerschlecken.

Wie Michael bereits vermutet hatte, ging es schon an der Haustür los.

»Junge, da bist du ja. Warum meldest du dich denn nicht?«

»Habe eben viel um die Ohren«, antwortete Michael fast schon geistesabwesend.

»Ahh, sehe schon, kommst nur, damit ich dir die Wäsche wasche.«

»Hab' dich vermisst, Mutter, ehrlich.«

»Das sehe ich, gib schon her. Wann willst du dir eigentlich mal eine eigene Waschmaschine zulegen?«

»Momentan ist das Geld ein wenig zu knapp dafür.«

»So so, aber um sich Aktien zu kaufen, reicht es dann.«
»Jetzt fang bitte nicht wieder damit an.«
»Wie viel hast noch mal verloren? 5.000 €?«
»Nein, es waren 10.000 €«, quetschte Michael mit zusammengebissenen Zähnen heraus.
»Wie 10.000 €? Hast du schon wieder welche gekauft?«
»Ja Mutter, habe ich. Die hätten eigentlich alles wieder ausgleichen müssen.«
»Haben sie wohl nicht. Mein Junge ist spielsüchtig.«
»Jetzt hör aber mal auf, das bin ich nicht. Wäschst du jetzt meine Wäsche oder nicht? Ja oder Nein.«
»Natürlich, wie immer. Sonst sieht man dich ja nie.«
»Danke.«
»Wenn du eine Freundin hättest, könnte die das machen. Na! Wie steht es denn damit?«
»Oh Kacke!«
»Nicht in diesen Ton, junger Mann!«
»Nein, ich habe keine, ich lasse das alles ein wenig ruhiger angehen.«
»Die war in deiner Wohnung und hat den Saustall gesehen und hat gleich das Weite gesucht. Ist ja kein Wunder.«
»Das ist alles ganz ordentlich.«
»Na, das werde ich demnächst mal kontrollieren«, sagte

sie und wandte sich der Wäsche zu.

Michael ging ihr nach und sagte: »Ich hol' die Wäsche die Tage persönlich ab.«

»Du arbeitest zu viel Junge, spann dich mal ein wenig aus.«

Das war die Gelegenheit sich davonzumachen und seine Arbeit vorzuschieben.

»Mist! Muss los!«

»Wie? Soll ich dir nicht noch was zu essen machen?«

»Nein, hab' schon. Hab' es eilig.«

Mit diesen Worten knallte Michael auch schon die Haustür ins Schloss und rannte das Treppenhaus hektisch hinunter um das Haus ganz schnell wieder zu verlassen. Schnurstracks fuhr er zurück in seine kleine Rumpelkammer.

»Puh! Das riecht hier ja wie in einem Pumakäfig«, platzte er beim Betreten seiner Wohnung heraus.

Wann er das letzte Mal hier gelüftet hatte, war ihm völlig entfallen. Nachdem er alle Fenster aufgerissen hatte, schnappte er sich eine Flasche Bier aus dem Kühlschrank und leerte diese mit fünf kräftigen

Schlucke.

»Ich hab' doch alles unter Kontrolle, was wollen die denn eigentlich alle von mir?«, fragte er seinen imaginären Gesprächspartner und setzte gleichzeitig die zweite Flasche Bier an. Das gleiche Spiel wie fast jeden Abend. Meistens - so auch an diesen Abend - schlief er bei der dritten geleerten Flasche Bier ein. Irgendwann in der Nacht wachte er auf und schleppte sich ins Bett, um erneut und bis zum nächsten Morgen durchzuschlafen.

Verstört schreckte Julia auf. Hatte sie das alles geträumt? Ja natürlich, was denn sonst, nur ein Tagtraum. Sie hatte schon häufiger Tagträume gehabt, so wie jeder andere Mensch auch. Das war aber irgendwie anders gewesen. Julia hatte auf einmal das Gefühl, diesen Michael schon lange zu kennen. Diesen Chaoten.

»Da mache ich mir Sorgen um mein Leben und Michael ist noch viel schlimmer dran. Selbst schuld, muss ja nicht so leben. Was rede ich denn da für ein dummes Zeug, das ist doch nur ein Traum gewesen.«
Julia schüttelte sich, fast so, als wollte sie den Gedanken wie Wassertropfen aus ihren Haaren fortschleudern. Es

gelang ihr auch, und Michael war aus ihrem Kopf verschwunden. Er hatte aber Spuren hinterlassen, die Julia erst zu einem späteren Zeitpunkt bemerken würde.

Den Rest des Tages klüngelte sie nur herum, ohne auch nur eine bemerkenswerte Handlung. Die Stunden vergingen und sie machte sich bereit, den Tag mit einem netten Kinofilm ausklingen zu lassen. Julia verließ am frühen Abend ihre Wohnung und stieg in den Bus in Richtung Multiplexkino. Eine Haltestelle vor dem Kino stieg sie aus, um noch ein wenig Luft zu schnappen. Es war mehr als reichlich Zeit dafür, bis einer der Filme überhaupt anlief.

Von weitem konnte Julia schon die Menschenmassen sehen, die anscheinend auch nichts Besseres zu tun wussten, als den Abend mit einem der neusten Streifen zu beschließen. Ein leichtes Unbehagen stieg in Julia auf, denn zu große Menschenansammlungen verabscheute sie zutiefst. Es war keine Platzangst, nur diese Enge. Dieses Geschiebe und Gedränge, als wenn das eigene Leben davon abhinge, wie schnell man in einen der Kinosäle gelänge.

War es denn zu viel verlangt, es in Ruhe anzugehen, dann würde es um einiges schneller vorangehen.

»Egal, da musst du durch, Julia«, sagte sie, um sich den

nötigen Ruck zu geben.

»Du warst schon so lange nicht mehr im Kino, es bringt doch nichts, sich immer nur zu verkriechen. Das Leben ist da, um es in vollen Zügen zu genießen.«
Julia hielt inne und drehte sich noch ein weiteres Mal um, da war niemand. Sie hätte schwören können, die Worte wären von Michael gekommen. »Blödsinn, nur ein Tagtraum.«

Mit festen Schritten ging Julia auf die Eingangstür zu, mitten hinein in das Gedränge. Auf ihrem Gesicht breitete sich langsam ein Lächeln aus, es hatte den Anschein, als wäre ihre jahrelange Angst vor Menschenmassen verflogen. Ein Außenstehender hätte gedacht, Julia genieße es, viele Menschen um sich herum zu haben.

Kapitel 3

Die große Eingangshalle war bis zum Bersten mit Menschen gefüllt. Viele zwängten sich orientierungslos durch die Menge, doch die Meisten drängten sich vor den Kassen, die an diesem Abend alle geöffnet waren.
Jetzt musste Julia eine Entscheidung treffen. Welchen Film sollte sie wählen? Es war zwar sehr voll, jedoch sollte es möglich sein, eine einzige Karte zu erhaschen. Julia stellte sich unentschlossen an einer der vielen Reihen an.
Während die Schlange sich im Kriechtempo nach vorne schob, starrte Julia auf die Anzeigetafel, ohne auch nur einen einzigen Favoriten auszuspähen.
Es hatte keinen Sinn, Julia schloss ihre Augen. Es gab neun Kinosäle und folglich neun verschiedene Filme zur Auswahl. Einer von neun.
»Die Sieben ist doch ganz nett.«, fand Julia mit noch immer geschlossenen Augen.
»Was war das denn noch mal?«
Sie öffnete ihre Augen und wollte zur Anzeige hochsehen, doch sie hielt sich zurück.
»Ich lasse mich einfach mal überraschen«, dachte Julia sich und grinste wieder.

Irgendwann erreichte auch sie die Kasse, um sich eine Eintrittskarte von dem genervten Studenten hinter der Theke zu kaufen.

»Welcher Film, bitte?« fragte der Mann lustlos.

»Kino 7«, antwortete Julia freudig.

»Wie viele Karten?«, fragte er immer noch im selben Tonfall.

»Eine Karte, bitte« ‚gab Julia mit einem noch breiteren Grinsen zurück.

»Parkett oder Balkon?«

»Parkett, ist doch billiger?«

Der Kassierer nickte bloß.

»Das macht dann 6 Euro.«

Julia bezahlte den Betrag und kämpfte sich bis zum Kartenabreißer durch, der denselben Gesichtsausdruck hatte, wie sein Kollege an der Kasse. Julia reichte ihm die Karte, die er anriss, bevor er zu ihr lustlos sagte,

»Kino 7. Die Treppe rauf und dann links den Gang herunter.«

Und schon war Julia aus seinem Blickfeld verschwunden und er widmete sich der nächsten Karte. Oben in der ersten Etage angekommen, sah es aus, wie in einem Ameisenhaufen und der Geräuschpegel ähnelte einem Käfig voller streitender Wellensittiche.

Noch einen Tag zuvor hätte Julia beide Beinen in die Hand genommen und wäre fortgerannt, aber heute war einer ihrer besseren Tage. Julia versuchte die Menge an Anwesenden halbwegs zu genießen.

Die Veränderung war Julia durchaus bewusst, gekonnt verdrängte sie diese Tatsache, wie alle Gedanken, die sich als störend erweisen könnten. Sie warf einen Blick auf ihre Armbanduhr. 30 Minuten noch, das war mehr Zeit, als sie wollte. Was damit anfangen? Julias Blick fiel auf die lange Theke, an der jede nur erdenkliche Art von Knabbereien verkauft wurde.

Wie von einem Magneten angezogen, bewegte Julia sich darauf zu und stellte sich wieder an einer der vielen Warteschlangen an. Julia kaufte sich einen Cappuccino und eine Tüte Popcorn für den kommenden Film.

»Wenn ich schon nicht verreise, dann gönne ich mir ein wenig Luxus.«, dachte sie sich.

Nicht gerade ein Luxus für jeden, aber Julia erlaubte sich so etwas sehr selten. Ein wenig mulmig war ihr schon. Diese spontane und gänzlich unüberlegte Handlung war so gar nicht Julia Sanderkamp. Sonst wog sie immer alles endlos ab. Entscheidungen waren ihr schon immer schwergefallen. Der ungewohnte Übermut verlor schnell seinen Schrecken und entpuppte sich als Balsam für ihre verschüchterte Seele.

Sie stellte sich mit ihrer Tasse Cappuccino und der Tüte Popcorn an einen kleinen Stehtisch, um erst einmal in Ruhe zu trinken und den Blick umherschweifen zu lassen. Die Sitzplätze waren allesamt belegt, so einer wäre Julia viel lieber gewesen.

An diesen Stehtischen konnte man sich nicht so zurückziehen und unbemerkt die vorübergehenden Leute beobachten. An den Dingern fühlte Julia sich den Blicken der anderen Kinobesucher schutzlos ausgeliefert.

Als beklemmend empfand sie es aber, den Tisch mit einer weiteren Person teilen zu müssen. Der Übermut und die Lust nach Menschenmassen waren jäh abgeebbt, als Julia, beide Hände voll bepackt, einen Tisch suchen musste. Die sich kreuzenden Blicke der Sitzenden verunsicherten Julia wieder. Eine große Auswahl von Möglichkeiten gab es nicht mehr, nur diesen kleinen Stehtisch in der Ecke, an dem ein ausländisch aussehender Mann in seine Lektüre vertieft war. Dieser Mann war so sehr versunken, dass er sie gar nicht bemerkte. Das gab Julia wieder die nötige Sicherheit des Unbeobachtetseins.

Es war schon absurd, sie verfolgte gerne Fremde mit

ihren Blicken, doch wenn jemand es bei ihr tat, war es unerträglich. Jeder Schritt und jede Bewegung wurden zur unausgesprochenen Qual für Julia. Der bloße Gedanke, eine belustigende Peinlichkeit zu verursachen, sorgte für eine Gänsehaut und ein fast unsichtbares Zittern am ganzen Körper. Julia hasste es, wenn andere über ihre Fehler lachten. Sie bemühte sich immer so perfekt zu sein, wie ihre Umwelt es auch zu sein schien, was ihr leider nie gelang. Julia nippte unbeobachtet an ihrer Tasse und wartete noch einige Minuten ab, bis der Einlass für den Film freigegeben wurde.

In einer großen, schubsenden Menschenkugel stürzten sich die geistesgestörten Bekloppten wieder durch die kleine Tür, weil es ja nur noch zehn Minuten dauerte, bis die Werbung anfangen sollte. Als der Großteil der Besucher den Eingang passiert hatte, machte sich auch Julia auf dem Weg. Selbst jetzt, als sie ging, schien der Mann sie nicht zu bemerken, so vertieft war er in seine Zeitschrift.

Die Tüte Popcorn fest umklammert nahm sie ihren Sitzplatz ein. Das Kino war fast voll. Die wenigen freien Plätze würden später bestimmt noch besetzt. Die Zeit, die verstrich, bevor ein Film losging, empfand sie immer als am grässlichsten. Jeder unterhielt sich mit seiner Begleitung oder lauschte der Musik.

Julia hingegen war mal wieder allein im Kino und die Musik war nicht nach ihrem Geschmack. Sie dachte daran, sich dem Popcorn zu widmen, aber dann wäre die Tüte bestimmt vor Ablauf der Werbung leer gewesen. Dafür kannte sie sich viel zu gut. Ihr blieb da nur der starre Blick ins Leere und die Hoffnung auf die baldige Öffnung des roten Vorhangs. Hinterköpfe anzustarren, war nicht gerade das, was Julia als besonders aufregend bezeichnen konnte.

Kurz bevor das Licht verlosch, sah Julia ein Pärchen mittleren Alters, das in eine heftige Diskussion verwickelt war. Leider saß Julia viel zu weit von den beiden entfernt, um zu verstehen, was die beiden Streithähne sagten. Der Mann wendete sich dann beleidigt ab und schmollte. Es lag bestimmt daran, dass sie sich in einem Liebesfilm befanden. Soweit sie gehört hatte, störte das die meisten Männer. Sicherlich begleitete er sie nur des lieben Friedens wegen. Was sollte sie sich den Kopf darüber zerbrechen, es ging los und Julia wollte sich nur noch zurücklehnen und genießen.

Der Film war nicht besonders gewesen, eben einer von vielen schönen Liebesfilmen. Es reichte jedoch, um abzuschalten, um für zwei Stunden auf andere Gedanken, als den blöden, faden Alltag, zu kommen.

Gut gelaunt trat Julia nach dem Film den Heimweg an. In ihrem kleinen Nest angekommen, legte sie sich auf ihr Bett und hörte noch ein wenig Musik. Die Uhr des Radioweckers war auf neunzig Minuten eingestellt. Nach Ablauf dieser Zeit würde die Musik von ganz allein aufhören. Julia träumte noch ein wenig vom Film und lauschte der leisen romantischen Musik. Wie sollte es auch anders sein, irgendwann im Zeitraum dieser neunzig Minuten glitt Julia ins Reich der Träume und wachte erst am nächsten Tag wieder auf.

Julia war nicht einmal dazu gekommen ihre Kleidung abzulegen, was nicht gerade ihre Art war. Diese Träumerei fing an, den gewohnten Ablauf ihres Lebens aus der jahrelang festgelegten Bahn zu werfen. Jedoch fragte Julia sich, ob eigentlich jegliche Veränderung gleich immer schlecht sein musste. Irgendwie machte es ihr auch Spaß. Merkwürdig war es schon; sie fragte sich woher dieser plötzliche Wandel kam. Welche großartigen Veränderungen gab es schon in Julias Leben? Keine!

Alles verlief schon seit Jahren in einem langweiligen, grauen Alltagstrott. Die Träume brachten endlich den langersehnten Farbklecks. Julia war klar, wenn sie möglichst viel aus ihren zwei Wochen Urlaub machen wollte, musste sie einen richtigen Plan aufstellen. Also setzte sie sich mit Zettel und Stift hin, um zu überlegen, was man so anstellen könnte. Julia wollte das unternehmen, wofür sie sonst, wegen der Arbeit, keine Zeit hatte.

»Kultur« schrieb Julia als ersten Punkt auf den Zettel, der vor ihr lag. Darauf folgten dann Unterpunkte wie Theater und Museum. Nach einem kurzen Moment des Nachdenkens schrieb sie auch noch das Kino dazu. Wieso eigentlich nicht, sie konnte mehr als einmal einen Kinobesuch unternehmen. Es gab noch jede Menge Filme zu sehen, die sie interessierten. Julia beschloss aber zu anderen Zeiten hinzugehen, wenn es nicht so überfüllt war. Auch wenn sie stellenweise keine große Furcht vor den Menschenmassen empfunden hatte, wollte sie doch ein wenig ruhiger an die Sache herantreten.

Im Übrigen war es schwierig genug gewesen, ungestört die Menschen zu beobachten. Es waren schon einige lustige darunter gewesen, aber bei der Masse machte es keine Freude. So extrem eng gedrückt an einem Stehtisch in der Ecke zu verweilen, war widerlich, da

konnte man sich nicht mal zurücklehnen. Ihrem Gegenüber schien es nichts ausgemacht zu haben, denn der hatte ganz genüsslich seine Zeitschrift gelesen. Julia rief sich diesen Mann wieder ins Gedächtnis zurück. Eigenartig war er schon gewesen, dieser ganze Trubel schien ihn nicht im Geringsten gestört zu haben.
Wer war er?
Während Julia sich das fragte, streckte sie sich mit dem Kugelschreiber im Mund auf dem Sofa aus und starrte an die Decke.
Dieser Mann war nicht außergewöhnlich groß gewesen, so schätzungsweise zwischen 1,60 m und 1,65 m. Nach einem kurzen Moment legte Julia sich auf 1,63 m fest.
Das klang gut und lag genau in der Mitte. Er hatte einen leicht gebräunten Teint, tiefdunkelbraune Augen und kurzes, gelocktes schwarzes Haar. Vom ganzen Erscheinungsbild her schnell als ein Türke zu erkennen. Er wirkte ein wenig schüchtern, wie Julia. Er hatte nicht dieses Machogehabe an sich gehabt, wie viele es zu ihrem Hauptbestandteil der Persönlichkeit erkoren hatten. Wahrscheinlich war er, wenn man ihn besser kennen gelernt hatte, ein sehr netter, lustiger und wirklich herzensguter Mensch. Jetzt musste Julia doch grinsen, denn dieser Mann sah ein wenig komisch aus.

Da er nicht besonders groß war, stach sein leichter Bauchansatz wesentlich mehr hervor. Diesen Menschen musste man einfach gern haben.

Bei dem Namen hatte Julia große Schwierigkeiten. Um ganz ehrlich zu sich selbst zu sein, kannte sie sich mit türkischen Namen überhaupt nicht aus. Julia grübelte eine wirklich lange Zeit vor sich hin, bis sie endlich einen Namen für den Fremden gefunden hatte.

Cem Özmüs. Ob er gut war oder nicht, war Julia ziemlich egal, sie hatte einen Namen und mehr brauchte sie auch nicht.

So bald Julia sich auf den Namen festgelegt hatte, fiel sie wieder in den eigenartigen Wachschlaf, den man nicht nur als einen Tagtraum bezeichnen konnte. Es war viel intensiver, als es ein Traum jemals sein konnte.

In den nächsten Stunden sollte Julia den Großteil von Cems Leben sehen, von der Geburt in der Türkei bis hin zu dem Abend im Multiplexkino, wo sie sich das erste Mal sahen.

Cem Özmüs wurde vor nunmehr vierzig Jahren in einem Ort in der Türkei geboren, der für uns westliche Zungen fast unaussprechbar ist. Dieses Nest war so klein, dass es kaum auf einer Karte verzeichnet wurde.

Es lag an der Grenze zu Syrien, irgendwo zwischen dem türkischen Gaziatep im Norden und dem syrischen Halab im Süden. Jedenfalls ein Dorf mit Menschen, die hauptsächlich von der Landwirtschaft lebten, so gut es eben ging.

Cem war das jüngste von fünf Geschwistern. Schon sehr früh merkten seine Eltern, dass er anders war als ihre restlichen Kinder. Ihm lag die Landwirtschaft nie besonders. Es war ein sehr bescheidenes Leben, welches die Özmüs führten. Cem aber glaubte schon früh, mehr erreichen zu können. Er wollte einfach nie glauben, dass er zu so einem Leben bestimmt war. In der zehn Kilometer entfernten Schule, zu der er jeden Morgen hinlief, lernte er das Allernötigste für sein späteres Leben. Ein wenig Lesen, Schreiben und Rechnen. Für mehr war kein Geld da gewesen. Mehr hatten seine Geschwister auch nicht gelernt und das reichte als Bauer, so meinten seine Eltern. Cem arbeitete dann bis zu seinem vierzehnten Lebensjahr bei seinen Eltern, bis er sich sagte:

»Ich muss hier raus.«

Seine Familie lachte ihn aus, so wie das gesamte Dorf, als es von seinem Vorhaben erfuhr. Cem wollte nach

Istanbul. Aufgrund des Spottes, der ihm und seinem Plan entgegengebracht wurde, beschloss Cem zu schweigen. Er hatte leider nie viel Geld besessen, aber das wenige, was er durch seine Arbeit erhielt, sparte er für seine Reise. Als Cem dann sechzehn Jahre alt war, ging er zu seinem Vater und sagte: »Vater! Ich bin jetzt sechzehn Jahre alt und erwachsen genug.«

Sein Vater blickte ihn nur ungläubig an und fragte ihn, was er damit sagen wolle. Mit fester Stimme antwortete er: »Ich gehe nach Istanbul.«

Um seinen Worten den nötigen Nachdruck zu verleihen, zeigte er seinem Vater das über die Jahre gesparte Geld. Cem hatte erwartet, dass sein Vater brüllen oder irgendwie seine Abneigung zeigen würde, doch dem war nicht so.

Sein Vater lächelte nur und sagte: »Wenn du von dem bisschen Geld, so viel gespart hast, und das schon seit Jahren, wie ich sehe, dann besitzt du einen starken Willen, mein Sohn. Das macht mir deutlich, dass du wirklich ein Erwachsener geworden bist.

Mir persönlich wäre es lieber, du würdest bleiben, aber ein Mann muss seinen eigenen Weg gehen.«

Cem war nach diesen deutlichen Worten einfach sprachlos, damit hatte er wirklich nicht gerechnet. Der

Rest des Tages verlief wie alle anderen Tage in seinem Leben zuvor. Das Gespräch blieb bei Cem und seinem Vater, niemand erfuhr etwas darüber.

Am darauf folgenden Tag, lange vor dem Morgengrauen, schüttelte ihn jemand an seiner Schulter. Es war sein Vater.

»Komm Sohn, du musst los!«

»Wohin denn?«, fragte Cem verdutzt.

»Nach Istanbul«, sagte er leise.

Noch bevor Cem wusste, wie ihm geschah, saß er schon auf dem kleinen Karren seines Vaters und sie fuhren schweigend dem Morgen entgegen. An dem kleinen Bahnhof kamen sie zum Stehen, und Cem kaufte sich sofort eine Fahrkarte nach Istanbul. Langsam und träge verfloss die Wartezeit, in der sie nur dasaßen und schwiegen. Cem nahm allen Mut zusammen und fragte nach seiner Mutter.

»Sie weiß von nichts, ist auch besser so. Sie würde dich nicht gehen lassen.«

Sein Vater sprach mit ihm, ohne seinen Sohn auch nur anzusehen. Wieder saßen sie schweigend da, bis das Signal des kommenden Zuges sie hochschreckte. Da standen beide, Vater und Sohn. Keiner von ihnen wusste, wie er sich verhalten sollte. Da nahm sein Vater

ihn in den Arm und sagte nur: »Vergiss uns nicht.«
» Das werde ich nie.«, antwortete Cem mit zitternder Stimme.

Dann schob sein Vater ihn von sich und gab ihm noch ein Leinensäckchen mit Proviant mit. Demonstrativ wendete er sich ab und sah ihn nicht mehr an. Cem hatte noch nie viele Gefühlsregungen bei seinem Vater bemerkt, doch das war eine Geste, die unmissverständlich war. So ging er zum Zug und setzte sich auf einen Fensterplatz. Als der Zug losfuhr, bemerkte Cem seinen Vater, der noch nicht gefahren war. Seine rechte Hand war zum Abschied erhoben und das gerade erblühende Morgenleuchten tauchte das Gesicht seines Vaters in ein rötliches Licht. Cem konnte einfach nicht fassen, was er dann sah. Seinem Vater kroch zaghaft eine Träne aus dem rechten Auge. Niemals zuvor hatte er Tränen bei seinem Vater gesehen. Am liebsten wäre er sofort wieder aus dem Zug gesprungen, doch das war nicht mehr möglich, da die Geschwindigkeit des Zuges stetig zunahm. Es vergingen nur Sekunden, bis sein Vater aus dem kleinen Lichtfeld verschwunden war. Schwer atmend lehnte Cem sich zurück und schloss die Augen, um von seinem

Dorf zu träumen.

Es war eine lange Reise, die Cem bevorstand, und der Leinenbeutel mit Proviant war nach einigen Stunden sehr nützlich, um seinen Hunger zu stillen.

Zu seiner Verwunderung fand er dort ein kleines Papierpaket, das mit einem Bindfaden verschnürt war. Vorsichtig öffnete Cem es. Eine Handvoll Geldscheine befand sich darin. Es war nicht viel Geld, aber für Cem eine riesige Menge. Sein Blick richtete sich gen Himmel, während er Allah bat, seinen Vater und den Rest seiner Familie zu beschützen. Er versprach, auch eines Tages seiner Familie das Geld hundertfach zurückzuzahlen.

In Istanbul angekommen war er überwältigt von den Menschenmassen und den vielen Eindrücken, die sich ihm hier darboten. Die ganze Hektik war Cem völlig fremd. Er bekam große Angst und wollte wieder zurück. Das war aber unmöglich. Wenn er zurückging, würde ihn niemand mehr ernst nehmen. Er wusste, dass viele im Dorf genau diese Reaktion von ihm erwarten würden. Nein, die Genugtuung wollte er denen nicht geben. Wo konnte er nur Arbeit finden und eine Unterkunft? Da fiel ihm plötzlich ein alter Traum wieder ein. Das Meer. Noch nie hatte er das Meer gesehen. Dort gab es auch Schiffe aus fernen Ländern. Er musste es einfach anschauen. Es war kein langes Durchfragen nötig, um zum Hafen zu gelangen.

So viel Wasser auf einmal verschlug ihm den Atem und er musste sich setzen. Lange hockte er einfach nur so da, schaute in die Weite und beobachtete die Schiffe, die in den Hafen einfuhren. Er war darauf vorbereitet gewesen, aber es war noch schöner, als er es sich jemals vorgestellt hatte. Cem war es durchaus bewusst, dass er hier nicht ewig sitzen bleiben konnte. Er musste einen Broterwerb und eine Unterkunft finden. Er war kräftig und Schufterei seit seiner frühsten Kindheit gewöhnt. So ging er los und fragte bei den Packern nach Arbeit. Von vielen wurde er abgewiesen, jedoch schien einer wohl Mitleid zu haben und nahm ihn auf. Einige Jahre später wusste Cem auch warum. Er hatte sich damals viel zu günstig verkauft, was sich aber schnell ändern sollte.

Viele Jahre arbeitete Cem für die Reederei und lebte mit den anderen Arbeitern in kleinen Wohnbaracken. Es ging ihm nicht schlecht, allerdings auch nicht ausgesprochen gut. Es war nicht das Leben, welches Cem sich immer erhofft hatte. Er wollte mehr, und er wusste, dass er es erreichen konnte. In den vergangenen Jahren war er zu einem stattlichen jungen Mann herangewachsen, der sich viel Wissen aus Büchern angeeignet und auch das Auto fahren gelernt hatte. Sehr gerne hätte Cem einen eigenen Wagen besessen, jedoch mit seinem Gehalt, obwohl es sich seit Beginn zwar gesteigert hatte, sollte es leider nur ein Traum bleiben. Häufig stand Cem am Kai, beobachtete die auslaufenden Schiffe und fragte sich dabei, ob da hinten für ihn eine noch bessere Zukunft liegen würde.

Eines Abends saßen die anderen Arbeiter vor dem kleinen Fernseher und sahen sich eine Unterhaltungssendung an, tranken Tee oder unterhielten sich über den Arbeitstag. Cem interessierte es nicht sonderlich. Er blätterte in einem alten, vergilbten und an vielen Stellen bereits eingerissenen Atlas. Auf einer Doppelseite war die gesamte Welt zu sehen. Mit dem Zeigefinger fuhr Cem von Istanbul über das gesamte Mittelmeer. Vorbei an Griechenland, er ließ Italien mit der Insel Sizilien hinter sich und glitt rauf bis nach Spanien. Er passierte die Straße von Gibraltar und schob sein Fingerboot nach Irland. Komplett in seine Gedanken versunken, setzte er seine Reise fort bis zu der Küste von Dänemark. Hier blieb er das erste Mal stehen.

Sein Blick fiel auf die Stadt Hamburg. Deutschland. Wie es da wohl sein mochte, fragte er sich. Er hatte bereits von einigen gehört, die dorthin ausgewandert waren. Den Menschen dort sollte es wesentlich besser gehen als hier.
»Ja richtig, die Hamburg!«, sagte Cem leise zu sich.

Dieses Schiff hatte er vor zwei Tagen gesehen. Es war eines von vielen gewesen die er gesehen hatte und die kaum Spuren in seinem Gedächtnis hinterließen. Er hatte sich schließlich um seine Arbeit zu kümmern. Cem legte den Atlas beiseite und schloss seine Augen. Es war eine unruhige Nacht, denn er musste ständig an die Hamburg denken. Auswandern, war das die Lösung? In ein ihm völlig fremdes Land gehen, dessen Sprache er nicht einmal ansatzweise beherrschte?
In dieser Nacht träumte Cem von den Auswanderern, die bereits dort lebten und sich dort zu Hause fühlten. Noch viele Tage danach verfolgte Cem dieser Traum. Wie sollte er es anstellen, ganz allein schien es ihm zu gewagt und in einem dieser Auswanderertrupps wollte er sich nicht anschließen. Seine Entscheidung zögerte er noch einige Monate heraus, aus Furcht seine Heimat zu verlassen. Die Briefe, die er mit seinem Vater

austauschte, rieten ihm davon ab. Er und seine Familie wollten ihn nicht völlig verlieren. Und sie behaupteten sogar, ein Moslem könnte niemals unter ungläubigen Christen leben. Je größer die Ablehnung von Außenstehenden gegenüber seinem Vorhaben wurde, desto sicherer wurde Cem sich in seinem Entschluss. Er hatte wieder das Gefühl von damals, als er sein Dorf verließ. So sagte er sich dann, warum nicht? Er kündigte seine Arbeit und spähte ein Schiff aus, auf dem er anheuern wollte. Er fand sogar ein türkisches Schiff, das genau sein Ziel ansteuerte. Cem pries dem Kapitän seine Dienste an und nannte ihm sein Vorhaben. Erst als Cem ihm anbot, nur für Bett und Essen zu arbeiten, willigte der Kapitän ein. Das allererste Mal in seinem Leben befand er sich daraufhin auf einem fahrenden Schiff, was er einigermaßen verkraftete. Nach fünf Tagen hatte Cem sich endlich an die ständigen Bewegungen gewöhnt.

Er putzte, er kochte, er reparierte und noch vieles mehr. Cem musste härter arbeiten als jemals zuvor, weil er befürchtete, wenn er sich nicht genügend anstrengte, würde man ihn über Bord werfen oder irgendwo aussetzen. Vermissen würde ihn ganz sicher niemand und schwimmen konnte er erst recht nicht. Das Schiff hielt an vielen Häfen, aber nach vier Wochen erreichten sie endlich ihr Ziel Hamburg. Der Kapitän bot Cem an, bei ihm zu bleiben, da er sehr gute Arbeit geleistet hätte, doch das angebotene Geld lockte Cem nicht mehr. Er ging von Bord.

Da war er nun in Deutschland, seine Neugierde war größer als die Furcht. Mit seinen wenigen Habseligkeiten in einem alten, verschlissenen Leinenbeutel durchstreifte er die fremde Stadt, in der alles so anders aussah als das, was ihm vertraut gewesen war. Seine Tortur stand erst am Anfang, Cem musste noch durch die Mühlen deutscher Behörden.

Er wusste, wie die Polizei in diesem Land aussah. Er ging zu zwei Polizisten und bat die beiden verdutzten Beamten um Asyl. Sie schauten Cem fassungslos an, weil sie so etwas noch nie in ihrer gesamten Laufbahn erlebt hatten, und reichten Cem dann weiter. Er musste viele Behörden und kalte Büros durchlaufen, bis er Glück hatte und eine Aufenthalts- und Arbeitsgenehmigung erhielt. Von da an, was lag näher, arbeitete Cem im Hafen und verrichtete die gleiche Arbeit wie in Istanbul. Ihm wurde eine Unterkunft beschafft, die mehr als nur einfach eingerichtet war. Für

Cem war es bereits Luxus pur. Sein Leben verlief so einige Jahre weiter. Er lernte eifrig die fremde Sprache, die er nach ein paar Jahren relativ gut beherrschte, und konnte sich schnell mit anderen Türken anfreunden und sich einen kleinen, bescheidenen Freundeskreis aufbauen. Aus der Notunterkunft zog er später aus und er wechselte in eine kleine Wohnung, die ihm seine neuen Freunde besorgt hatten. Diese Wohnung richtete er sich Stück für Stück mit Hilfe vieler neuer Bekannter ein.

Selbst den Führerschein holte er offiziell nach und leistete sich schon bald ein eigenes Auto. Es war der reinste Segen gewesen, in dieses Land zu kommen; in seinem kleinen Dorf hätte er das alles kaum erreichen können. Es war nicht immer leicht gewesen, in den meisten Fällen sehr hart, aber Cem gab nicht auf. Es war ihm durchaus bewusst, dass viele wesentlich besser als er lebten. Das war ihm jedoch egal.

Dass er noch immer nicht verheiratet war, störte ihn viel mehr als ein fehlender Luxus. Das mochte auch daran liegen, wie er sich veränderte. Cem beschäftigte sich viel mit dem Land, den Menschen, ihren Sitten und Gebräuchen, und passte sich immer mehr seiner neuen Heimat an, ohne seine Identität als Türke völlig aufzugeben.

Jetzt lebte er schon viele Jahre in Großstädten und führte ein und dieselbe Tätigkeit aus. Es wurde Zeit für eine Veränderung. Diesen ganzen Trubel wollte er nicht mehr. Schon seit einiger Zeit sehnte Cem sich nach ein wenig Ruhe. Deutschland war nicht gerade ein kleines Land und eine geeignete Anstellung fehlte noch. Wieder einmal an einem Wendepunkt im Leben angekommen, verließ ihn auch dieses Mal das Glück nicht. Er sollte nur noch etwas Geduld haben. Bis er diese Stellenausschreibung für einen Auslieferungsfahrer fand, bei einem Betrieb, der Werkstätten mit Ersatzteilen belieferte, und mitten in Westfalen lag. Cem bewarb sich und wurde prompt angenommen. Noch viel schneller packte er seine sieben Sachen und zog um. Schnell lebte er sich in der neuen Stadt ein und die Arbeit gefiel ihm immer besser, da sie nicht mehr so anstrengend und kräftezehrend war.

Es musste ein wenig Zeit vergehen, bis er eine wunderschöne Türkin kennen lernte. Es war kein Zufall, dass er sie traf. Um nicht völlig den Kontakt zu seinen Landsleuten zu verlieren, suchte er türkische Vereine und Treffs auf. Es waren ein neu gewonnener Freund

und der Vater seiner Frau, die ein Treffen mit seiner Zukünftigen veranlassten. Es störte Cem nicht im Geringsten, dass es sich um eine Verkupplung gehandelt hatte, dafür bekam er die schönste Frau der Stadt. Das Beste an der ganzen Sache war, dass sie sich auf Anhieb gut verstanden. Die Hochzeit ließ nicht lange auf sich warten, sie wurde zu einem mehrtägigen rauschenden Fest. Dafür ließ Cem seine Eltern einfliegen, mitsamt seinen Geschwistern. Da die Kosten für Cem alleine zu hoch gewesen wären, bat er seinen Schwiegervater um Hilfe, die dieser ihm mit völliger Selbstverständlichkeit gewährte.

Seine Eltern, die jede Besorgnis über die Auswanderung verloren, als sie das Paar erblickten, waren mehr als stolz auf ihren Sohn. Sie und seine Geschwister blieben für zwei Wochen und genossen es mit ihrem Sohn und Bruder wieder zusammen zu sein.

Die Jahre zogen vorüber und beide arbeiteten hart und bauten sich zusammen eine überschaubare Existenz auf. Als das Paar seine Situation für gefestigt genug hielt, entschloss es sich für eigene Kinder.

Diese Wartezeit hatte für einigen Tumult gesorgt, denn seine Schwiegereltern waren sehr traditionell in diesen

Angelegenheiten. Auch dass ihre Tochter anfing zu arbeiten und später das Kopftuch wegließ, war für sie sehr gewöhnungsbedürftig.

Anfangs gab es heftige Diskussionen, die dann mehr und mehr von dem aufblühenden Selbstbewusstsein seiner Frau erstickt wurden. Sie kannte die Schwachstellen seines Schwiegervaters besser als er selbst. Schnell hatte er die Sympathie aller Frauen in der Familie auf seiner Seite, dieser geballten Macht der Frauen hatte sein Schwiegervater dann nichts mehr entgegenzusetzen. Es mussten jedoch viele Jahre vergehen, bis er es wirklich verstand und akzeptierte.

Die besagten Kinder kamen, als alle finanziellen und familiären Hindernisse geklärt und aus dem Weg geräumt waren. Direkt hintereinander, mit nur einem Jahr Abstand, wurden eine Tochter und ein Sohn geboren. Cem trieb es hier noch einmal auf die Spitze und gab seinen beiden Kindern deutsche Erstnamen. Die aufbrausenden Wogen glätteten sich jedoch so schnell, wie sie entstanden waren. Und es kehrte endgültig Frieden in der Familie ein.

Die Kinder gingen zur Schule wie alle andern Kinder auch und ansonsten war es bei den Özmüs genauso wie bei jeder anderen Durchschnittsfamilie in Deutschland.

Sie waren dieser Kultur bereits so angepasst, dass sie nicht sonderlich auffielen. Alles ging seinen Weg und jeder war zufrieden. Sie waren nicht reich, aber konnten sich viele Dinge leisten, die das Leben angenehmer gestalteten. Nur bei der Erziehung seiner Kinder war Cem sehr eigenwillig. Wenn es irgendwie möglich war, brachte er sie selbst weg oder holte sie wieder ab. Es passierte einfach zu viel, was man jeden Tag aus der Presse entnehmen konnte. Seine Kinder bedeuteten Cem alles und er würde nicht zulassen, dass ihnen etwas zustieß.

Auch an diesem Abend, als seine Tochter mit ihrer Freundin weggegangen war. Der Vater ihrer Freundin hatte beide im Multiplexkino nach einem langen Nachmittag abgesetzt. Und Cem holte beide wieder ab. Da es ein wenig dauerte, bis der Film zu Ende war, las er ein wenig. Er verdrückte sich in eine Ecke und blätterte ein in einer kurz zuvor gekauften Zeitschrift. Bei den politischen Artikeln blieb er hängen und las sie genau durch, denn für Politik interessierte Cem sich am meisten und er wollte auf dem Laufenden sein. So bemerkte Cem nicht, wie eine schüchterne junge Frau sich zu ihm an den kleinen Stehtisch gesellte und wenig später in dem Kinosaal verschwand, aus dem seine Tochter und deren Freundin traten. Während Julia es sich in einem der Kinosessel bequem machte, war Cem bereits wieder unterwegs.

»Irgendwie ein netter Kerl.«, dachte Julia.
»Wenn man es so betrachtet, wirkt Cem richtig sympathisch.«

Aber was sollte das, es war doch nur ein Traum. Im gleichen Moment kam ihr der Gedanke, dass alles genau so passiert sein konnte. Das würde Julia wohl nie erfahren, es war auch nicht wichtig. Ein wenig schämte Julia sich dann, weil plötzlich die über Jahre eingetrichterten Vorurteile wieder in ihr hochkamen. Sie konnte es nicht leugnen, dass sie sich, wenn ein etwas anders aussehender Mensch auf sie zukam, automatisch zurückzog. Ebenfalls kam es vor, dass Julia einen Schritt zurücktrat oder ihre Handtasche krampfhaft festhielt. Wirklich ohne jede Begründung, nur aus einem Reflex heraus, tat sie es. Je mehr sie darüber nachdachte, desto mehr stellte sie fest, dass bereits Kinder damit aufwuchsen, dass das, was anders als der Durchschnitt ist, nur böse sein kann.

Es beunruhigte Julia ungemein, da sie auch nicht in diese Durchschnittsform passte. Am liebsten hätte sie sich gleich bei Cem entschuldigt, was leider nicht möglich war. Mit hundertprozentiger Sicherheit hätte er sie für eine Irre gehalten, wenn sie ihn im Namen von Millionen Menschen um Verzeihung gebeten hätte. Es blieb nur eine Möglichkeit. Sie musste sich selbst und ihre vielen merkwürdigen Ansichten ändern und endlich beginnen selber eine Meinung zu entwickeln. Was jedoch noch wichtiger war: den Aussagen anderer viel kritischer gegenüberzustehen.

Julia grinste und sagte laut: »Das wäre ein guter Vorsatz für ein neues Jahr.«

Was sollte sie warten, besser jetzt beginnen, als es noch länger hinauszuzögern. Irgendwie musste die Welt sich zum Besseren wenden lassen. Julia konnte kaum so viel Verantwortungsbewusstsein von ihren Mitmenschen verlangen, die täglich so ein widerliches Verhalten an den Tag legten. Nein, wer die Welt verändern will, muss bei sich selbst anfangen. Julia fand den Satz so gut, dass sie ihn zu ihrem Leitspruch machte. Immer, wenn sie sich über ihre Mitmenschen ärgerte, wollte sie sich daran erinnern.

Kaum zu fassen, es war schon fast wieder Mittag. Eigentlich hatte Julia vorgehabt, eine Liste mit den Dingen anzufertigen, die sie in ihrem Urlaub erleben wollte, jedoch über den Punkt Kultur war sie nicht hinausgekommen.

Im Gegenteil, sie lag nur so herum, träumte und vergaß die Zeit völlig. Sie verspürte nicht die geringste Lust völlig zu verwahrlosen und zog sich an. Ein wenig tageslichttauglich machte sie sich auch, so dass sie nicht mehr vor ihrem eigenen Spiegelbild zurückschrecken musste.

Wieder ein angebrochener Tag und noch kein Plan für die folgenden Tage. Das musste endlich ein Ende finden. Da Julia die Liste fertig stellen wollte, beschloss sie, es sich im Liegestuhl auf ihrem Balkon gemütlich zu machen. Die Sonne stach außerordentlich, so spannte Julia den Sonnenschirm auf und legte sich genüsslich darunter.

Auf den Tisch stellte Julia sich ein großes Glas kalte Limonade, nahm einen Schluck davon und streckte alle Viere von sich. In der Hand hielt sie einen Block und einen Kugelschreiber. Ein wenig blickte Julia unter ihrem Schattenfleck in die Ferne und lauschte dem Gezwitscher der Vögel.

So übel war es doch nicht zu Hause zu bleiben, trotzdem: Nur herumzugammeln war nicht ihr Ding. So fing sie wieder an zu schreiben.

Kultur:
Theater, Museum, Kino
Sport:
Schwimmen, Radtour, Inliner
Vergnügen:
Shoppen, Eis, Essen gehen
Pflichten:
Wohnung ausmisten, Supermarkt

Weiter kam Julia nicht. Das war die spontane Entleerung ihrer Gedanken. Sie überlegte sich, einen Zeitplan für ihre Vorhaben festzulegen. Nein. Bloß keinen Druck machen. Besser war es, das zu tun, worauf sie gerade Lust hatte, und alles nach und nach abzuhaken. Ohne es zu wollen, fiel Julia in eine leichte Melancholie. Sie dachte daran, wie schön es wäre, jemanden an der Seite zu haben, mit dem man sich richtig austoben konnte. Dem war aber leider nicht so. Warum musste sie bloß so verdammt schüchtern sein?

Oder war sie einfach zu anspruchsvoll?

Sie wusste es nicht. Aber irgendjemandem wollte sie sich ja auch nicht an den Hals werfen. Und was sollte das eigentlich, man musste sich nur mal die meisten Vollidioten genauer ansehen. Nach bereits einer Minute wusste Julia, dass damit nichts anzufangen war. Warum sich dann unter Druck setzen, es würde schon irgendwann funken. Bestimmt. Wieso denn auch nicht?

»Verdammte Scheiße!«, stieß Julia aus. »Was mache ich mir hier eigentlich vor. Ich fühle mich einsam.«

Dieses ständige Gerangel im Kopf war mehr als nur nervend. Sie sollte sich hineinstürzen und abwarten, was passieren würde. Die perfekte Beziehung gab es eh nicht. Es kam immer irgendwann der Tag, an dem man sich nicht mehr ausstehen konnte. Dann tat der Eine das, was der Andere wollte, damit es nicht wieder zu einer der endlosen Streitereien kam.

Musste das denn sein?

Wenn man sich nicht darauf einließ, erfuhr man es nie. Dafür blieb einem der eventuelle Ärger erspart. Für den Preis der Ruhe muss man die Einsamkeit akzeptieren. Ob dieses Pärchen im Kino, das ein paar Reihen vor Julia gesessen hatte, sich mal diese Fragen gestellt hatte?

Dem Mann hatte Julia förmlich ansehen können, dass er sich den Liebesfilm mit seiner Frau nur angetan hatte, um einem Streit aus dem Wege zu gehen.

Nach einem kräftigen Schluck kühler Limonade schloss Julia ein weiteres Mal ihre Augen. Sie hatte so langsam Übung darin und rief sich das Pärchen gedanklich zurück, um es genauer zu betrachten. Was anfänglich noch Schwierigkeiten bereitete, verselbständigte sich immer mehr. Mit dem Aussehen kamen die Namen und Lebensdaten zu Julia, als hätte die kleine Meise sie ihr zugeflüstert, die unbemerkt auf dem Geländer des Balkons Platz genommen hatte und Julia mit scharfem Blick musterte.

Die beiden hießen Bernd und Marita Harthoff. Bernd war 49 Jahre alt, kräftig gebaut und hatte lichtes Haupthaar. Von Beruf war Bernd Maurer, was hundertprozentig zu seinem schroffen Äußeren passte.

Seine Frau Marita war 45 Jahre alt und im Vergleich zu ihrem Mann eher zierlich gebaut. Einen Beruf übte sie nicht aus, auf Wunsch ihres Mannes blieb sie Hausfrau. Sie waren seit 23 Jahren verheiratet und mittlerweile ein eingespieltes Team geworden. Jeder kannte den Partner so gut wie sich selbst. Aus der Ehe der beiden waren zwei Töchter hervorgegangen. Die Kinder waren 15 und

17 Jahre alt. Die ältere von beiden dachte schon seit einiger Zeit darüber nach, von Zuhause auszuziehen. Sie wollte sich mit ihrer besten Freundin eine kleine Wohnung teilen.

Das Ehepaar kannte sich durch die lange Zeit bereits so gut, dass sich, je näher es auf die Silberhochzeit zuging, eine gewisse Gleichgültigkeit ausbreitete. Es hatte fast den Anschein, als hätten sie keine gemeinsamen Interessen mehr und wären nur noch aus Bequemlichkeit und Gewohnheit zusammen.

Ab hier drang sie in den vermeintlich abgelaufenen Tag der Familie Harthoff ein. Sie war so in den neuen Traum versunken, dass sie gar nicht bemerkte, dass mittlerweile schon drei Meisen auf dem Balkongeländer saßen und sie beobachteten. Es sah fast so aus, als würden die drei über Julia diskutieren, jedoch sie bekam von der Unterhaltung nichts mit.

Es herrschte völlige Stille in der Wohnung der Familie Harthoff. Fast nicht wahrnehmbar konnte man die Geräusche aus dem Wohnzimmer kommen hören. Sie stammten vom Fernseher. Marita stand in der Küche und spülte die Reste vom Vortag und dem heutigen Frühstück ab.

»Der blöde Kerl könnte wenigstens abtrocknen helfen, aber nein, sein geliebter Fernseher ist ihm ja wichtiger.« Marita meckerte nur leise vor sich hin.

Behutsam stellte sie die abgetrockneten Teller zu den anderen in den Schrank und säuberte den Tisch und die Spüle, so dass alles wieder blitzblank war.
»Gut, dann gehe ich halt zu diesem Dickschädel, wenn er nicht von selbst kommt!«
Im Wohnzimmer sah sie ihren Gatten sitzen, in seinem formschönen Trainingsanzug, der nie ein Training erlebt hatte. Ohne ein Wort zu verlieren, setzte sie sich neben ihren Mann, griff nach der Tageszeitung vom Vortag, die vor ihr auf dem Wohnzimmertisch lag, und blätterte stumm darin herum. Zum Lesen hatte Marita nun wirklich keine Lust, sie las nur die Schlagzeilen und betrachtete die Fotos. Ihr Mann Bernd starrte regungslos in die Glotze, das heißt, regungslos war übertrieben. Seine rechte Hand bewegte sich ein wenig, besser gesagt sein Zeigefinger. Mit dem zappte er durch die Programme. Rauf und runter, ohne eine sichtliche Reaktion. Eine Weile beobachtete Marita das Treiben aus den Augenwinkeln, bis sie sich dazu durchrang, ihren Gatten anzusprechen.

»Was machst du da eigentlich die ganze Zeit?«
»Fernsehen. Siehst du doch.« So lautete seine knappe Antwort.
»Wie lange gedenkst du noch so dazusitzen?«
»Keine Ahnung.«
»Wollen wir heute nicht mal was unternehmen?«
»Hmm, könnten wir machen.«
»Dann sieh zu, dass du aufstehst und dich richtig anziehst!«
Jetzt drehte Bernd sich um und sah seine Frau an.
»Treib mich nicht so, ich habe Urlaub.«
»Na toll, man braucht aber nicht den ganzen Tag vor der Glotze hängen.«
Marita wurde langsam schroffer in ihren Antworten.
»Wieso denn nicht, die Kinder sind weg. Endlich habe ich Zeit und ein wenig Ruhe, das zu tun, was ich möchte.«
»Was machst du denn schon?«
»Gerade das meine ich, nach der ganzen Arbeit habe ich das wohl verdient.«
Marita sagte keinen Ton mehr, in ihren Augen war deutlich der Glanz von frisch entstehenden Tränen zu erkennen. Sie senkte ihren Kopf und murmelte den nächsten Satz leise und gerade noch verständlich vor

sich hin.

»Ich habe mir mein Leben irgendwie anders vorgestellt.«

Bernd gab ein entrüstetes Husten von sich. »Wie bitte? Was willst du denn damit sagen?«

Schüchtern wie immer antwortete Marita: »Ist doch egal.«

»Nein, ist es ganz und gar nicht«, posaunte es von der anderen Seite herüber.

»Du bist nur am arbeiten und wenn das mal nicht so ist, hängst du vor der Glotze.«

»Großartig! Jetzt wird mir das auch noch weggenommen.«

»Ich sage doch nicht, dass ich es dir wegnehmen will.«

»Ja, was soll das ganze Gespräch hier dann bezwecken?«

»Du Idiot! Ich meine uns beide, unsere Ehe oder das, was davon übrig geblieben ist.«

»Ach so, läuft dieses ganze Gespräch auf eine Scheidung hinaus?« »Nein!«, rief Marita geschockt aus.

»Davon rede ich überhaupt nicht. Ich meine, wenn du und ich mal füreinander Zeit haben, dann ziehst du dich vor die Glotze zurück. Früher sind wir ausgegangen, doch heute scheint mir, du hättest völlig das Interesse an mir verloren.«

»Früher, früher!«, schnaufte Bernd ärgerlich. »Was hatten wir denn schon? Ich sag es dir. Nichts!«

»Aber...«, wollte Marita ihrem Mann entgegnen, kam jedoch nicht weiter.

»Nichts aber. Du hast doch alles, was du willst. Gut, es könnte immer noch ein wenig besser sein. Für dich und die Kinder reiß ich mir jeden Tag den Arsch auf. Wenn ich dann abends nach Hause komme, bin ich kaputt und will meine Ruhe, und dann kommst du mir mit Ausgehen.«

Marita antwortete darauf mit einer immer noch eingeschüchterten, aber hörbar festeren Stimme: »Darum geht es mir nicht.«

»Natürlich geht es darum, was willst du noch alles? Du brauchst nicht einmal zu arbeiten, das nehme ich dir schon ab.

Was soll dann die ganze Scheiße?«

Marita schien jetzt innerlich zu kochen. Sie wirkte wie ein Dampfkessel, dessen Ventil nicht geöffnet werden konnte. Der Druck, der sich die ganzen Jahre angesammelt hatte, schien sich einem Weg nach draußen zu bahnen. Um den bedrohlichen und gefährlichen Überdruck loszuwerden, gab es nur eine sinnvolle Öffnung. Aus Maritas Mund strömten die seit Ewigkeiten heruntergeschluckten Emotionen heraus. Der Strom war so stark, dass Bernd es nicht wagte, auch nur den leisesten Piep von sich zu geben.

»Was ich will, du fragst mich ernsthaft, was ich will! Ich sage dir, was ich will. Ich will einen Ehemann. Meinen Ehemann. Und nicht das da! Einen Kerl, der in Unterwäsche auf dem Sofa liegt und stumpf in die Röhre starrt. Fehlt jetzt nur die Flasche Bier in der Hand, das dauert bestimmt nicht mehr lange.

Wage es bloß nicht zu behaupten, es wäre nur heute so. Es ist ständig. Und was soll die Kacke, ich müsste nicht arbeiten? Was glaubst du eigentlich, was ich hier den ganzen Tag mache? Hä! Vorm Fernseher sitzen und Talk-Shows gucken ganz sicher nicht.

Glaube ja nicht, deine beiden Töchter wären hier eine große Hilfe für mich. Die haben nämlich die Faulheit ihres Vaters geerbt, die bekommen hier genauso wenig den Hintern hoch wie du. Ich weiß, dass du hart für unser Geld arbeiten musst, das will ich überhaupt nicht kleinreden oder abstreiten.

Du darfst aber auch gerne den Haushalt führen, da wirst du sehen, dass das bisschen Putzen und Kochen nicht in fünf Minuten erledigt ist.

Und ich sage dir noch was, ich brauche keine Luxusartikel und den ganzen Schnickschnack. Oder glaubst du etwa mich damit kaufen zu können?
Ich weiß, dass wir früher verdammt wenig hatten, aber eines weiß ich bestimmt, wir waren wesentlich glücklicher, als es heute der Fall ist. Wir leben aneinander vorbei. Versteh doch Bernd, ich liebe dich. Doch so kann und darf das nicht weitergehen. Mag sein, wir sind älter geworden, wir sind aber nicht uralt. Du kommst mir wie ein alter Opa vor. Wenn wir, und ganz besonders du, noch träger werden, dann können wir uns gleich beerdigen lassen.
Ich will keine Scheidung. Wenn es aber weitergeht wie bisher, wirst du sie schneller erleben, als dir lieb ist. Ich will nicht mit dir streiten. Ich will nur raus aus diesem tristen Dasein. Ich verlange wirklich nicht viel. Nur so, geht es nicht weiter und das lasse ich nicht mehr zu.«
Damit war ihre kleine Ansprache beendet und der Großteil des Frustes von ihr gewichen. Während der ganzen Zeit, als Marita sprach, hatte Bernd sie mit weit geöffnetem Mund angestarrt. So etwas war er von seiner Frau überhaupt nicht gewohnt, die eher ruhig und

verschwiegen gewesen war. Bernd war nicht mehr in der Lage, ein Wort hervorzubringen. Die Worte seiner Frau hallten in seinem Kopf nach. Es bedurfte ein wenig der Zeit, das Gesagte zu verdauen. In diesen Sekunden herrschte eine fast bedrohlich wirkende Stille im Wohnzimmer, die Bernd nur zögerlich durchbrach.
»Ich liebe dich auch, Schatz«, stammelte er.

Danach trat wieder großes Schweigen ein, welches scheinbar unendlich lange anhielt. Die ersten Worte, die der Ruhe folgten, klangen anders als die bisherigen. Seine Stimme war nicht dieselbe, die sie vorher gewesen war. Sie klang, als wäre ein Teil seiner alten Selbstsicherheit und Stärke verloren gegangen.
»Ist das jetzt der Anfang vom Ende?«, fragte Bernd erschüttert.
»Nein, das sagte ich doch«, gab Marita mit sanfter Stimme zurück.
»Es klang aber so. Wir führen doch ein ganz normales Leben und die Arbeit gehört eben dazu. Ich weiß selbst, dass ich mich in letzter Zeit etwas gehen lasse. Das liegt daran, dass ich die Arbeit nicht mehr wegstecken kann wie früher. Ob ich jetzt will oder nicht, ich werde älter und schaffe das nicht mehr so. Da du nie ein Wort

gesagt hast, dachte ich, es wäre in Ordnung, wie es ist.«
»Das ist es eben nicht, Bernd«, antwortete Marita leise.
»Ich war immer für dich und die Kinder da, ich habe nie außerhalb unseres Haushaltes gearbeitet, was mich schon etwas stört.«
Verblüfft schaute Bernd seine Frau an und rückte etwas näher zu ihr. »Glaubst du etwa, dass ich und die Kinder dir die Zukunft versaut haben?«
»Manchmal, ich gebe es zu. Aber nur manchmal, wenn mir alles zu viel wird. Was nützen»Was wäre wenn?« Fragen, ich bin glücklich, jedenfalls war ich das mal.«
»Jetzt nicht mehr?«, fragte Bernd.
»Doch, aber...«
»Was denn, sag schon!«, forderte Bernd Marita auf.
»Ach du weißt doch, es läuft alles nicht, wie ich es mir vorstelle, auch das mit der Arbeit verstehe ich. Wir sollten wenigstens versuchen, ein Stück unserer Jugend zurückzuholen und zu bewahren.«
»Hast ja völlig Recht!«, stimmte Bernd zu. »Mir gefällt es auch nicht, wie es gerade läuft. Wie sollen wir das denn richtig angehen?«
»Ganz einfach...«, begann Marita.

»Versuche mal, nicht so schlörig herumzulaufen. Ich

verlange nicht, dass du im Smoking flanierst, in Unterwäsche und Trainingsanzug muss nun wirklich nicht sein.«

»Ich denke, das lässt sich einrichten. Und was noch?« grummelte Bernd.

»Dann wäre es schön, wenn du auch ein wenig anpacken würdest. Ich meine nicht, dass du den Haushalt schmeißen sollst, wenigstens spülen und einkaufen wäre nett.«

Bernd nickte genervt.

»Dann könnten wir uns beide häufiger unterhalten. Es gibt noch andere Gesprächsthemen außer dem Wetter, dem Mittagessen und der Arbeit. Herrgott, ich bin deine Frau und nicht dein Fernseher. Auf dieses Ding könnte man glatt eifersüchtig werden, dem schenkst du mehr Aufmerksamkeit als mir.«

»Ja, ich weiß«, gab Bernd kleinlaut zu. »Ich dachte nur, weil du nie was gesagt hast, wäre alles in Ordnung.«

»Vielleicht habe ich erwartet, dass was von deiner Seite aus kommt.«, gab Marita zurück und sah ihren Mann durchdringend an.

»Ein letzter Punkt, dann bin ich fertig. Wir müssen einfach mehr gemeinsam unternehmen, sonst driften wir immer weiter auseinander. Nichts Wildes und

Aufwendiges, nur dass wir aus diesen vier Wänden raus kommen. Fangen wir am besten heute damit an.«

»Und was schwebt dir vor?«

»Du ziehst dir was einigermaßen Anständiges an, dann gehen wir ein wenig spazieren und danach könnten wir in ein Café gehen, auch wenn der Kaffee bei uns daheim billiger ist. Als Abschluss suche ich einen netten Kinofilm aus. Das haben wir übrigens schon seit ewigen Zeiten nicht mehr getan.«

» Na gut, einverstanden«, willigte Bernd brummelig ein.

An dem heutigen Tag konnten beide sich richtig Zeit füreinander nehmen, da die Töchter, die ihre Schulferien mit Freundinnen in vollen Zügen genossen, nicht im Hause waren. Als Bernd einigermaßen ausgehfertig war, begaben sich Marita und Bernd auf einen langen und ausgiebigen Spaziergang. Auch hier ging das klärende Gespräch der beiden weiter. Was in ihrer Ehe gefehlt hatte, waren die gemeinsamen Gespräche, die sie jetzt schleunigst nachholten.

Sie waren zaghaft und kamen hauptsächlich von Maritas Seite aus. Das war ihr bekannt, denn ihr Mann war in Beziehungsangelegenheiten immer sehr wortkarg gewesen. Bernd gab sich große Mühe, was Marita wieder auf eine Besserung hoffen ließ. Der kleine Spaziergang dehnte sich aus und wurde zu einem langen Marsch, dessen Ende ungewiss war. Gegen Mittag entschlossen sie sich, etwas essen zu gehen. Hierbei kamen dann seine ständigen Sonderwünsche zur Sprache. Nie war Bernd mit dem zufrieden, was es gab, und kleine Portionen reichten ihm schon lange nicht mehr aus. Beinahe jeden Tag musste es Fleisch sein, egal wie seine Figur bereits aussah.

Abnehmen war für Bernd seit langem ein Problem. Er hatte keine Chance sich gegen Marita zur Wehr zu setzen, der Damm war gebrochen. Bernd gelobte sich zwar zu bessern, aber generell etwas versprechen wollte und konnte er nicht. Es war kein richtiger Erfolg für Marita, dennoch ein Anfang, der sich durch ständiges auf Auf-die-Füße-treten mit viel Glück bewähren konnte.

Nach dem reichhaltigen Mittagessen - gute deutsche Hausmannskost - setzten sie ihren Marsch fort, der zu einem Bummel durch die gesamte Altstadt wurde. Sie vertrieben sich die Zeit bis zum Abend, bis sie dann ins Multiplexkino traten.

In der Warteschlange gab es eine unbedeutende

Auseinandersetzung der beiden. Der Grund dafür war leicht auszumachen. An der großen Anzeigetafel hatte Bernd sofort einen blutrünstigen Actionfilm gefunden, in den er rein wollte. Er hatte die Rechnung ohne seine Frau Marita gemacht.

»Typisch Mann, da glaubt man, er würde sich bessern, und dann so etwas.«

»Was ist an dem Film auszusetzen?«

»So ziemlich alles. Ist nicht gerade ein Film für einen harmonisch ausklingenden Tag«, gab Marita forsch zurück.

Und sie wählte direkt einen Liebesfilm, an dessen Titel Bernd bereits erkennen konnte, wie er ablaufen und enden würde. Was sollte er schon dagegen sagen, seine Ehe war ihm wichtiger als dieser Film. Ihm stank es besonders, dass sie Recht hatte, was Bernd nur ungern zugab. Nach seinem Geschmack hatte Marita einfach zu oft Recht. Als sie ruhiger und zurückhaltender gewesen war, war sie ihm wesentlich lieber gewesen. Da konnte er wenigstens seinen Kopf durchsetzen. So wie es jetzt lief, schien Bernd den Bogen überspannt zu haben. Nach dem Tag mit seiner Frau war er äußerlich brav wie ein Schoßhündchen, innerlich jedoch brodelte es. Da Bernd nichts anderes übrig blieb, folgte er Marita. Die

Alternative, die sich daraus entwickeln konnte, sah weniger rosig aus.

Da saßen sie in einem Liebesfilm, in den Bernd niemals freiwillig hineingegangen wäre. Um einen Streit und die Konsequenzen, die sich zwangsläufig daraus ergeben würden, im Vorfeld zu vermeiden, zog Bernd mit.

Im Kinosaal wurden sie mit Musik berieselt, um die Zeit vor der Werbung zu überbrücken. Gelangweilt wendete Bernd sich ab und warf einen Blick auf den immer voller werdenden Saal und deren Besucher. Er konnte es kaum fassen, dass so viele Menschen diesen Film sehen wollten. Als eine junge, zierlich aussehende Frau mit einer Popcorntüte den Saal betrat, wendete er sich wieder seiner Frau zu.

»Hmm«, grummelte Julia. »Was ist das?«
Es schien, als würde sie jemand mit einer Taschenlampe anstrahlen. Die Sonne? Sie hatte doch den Schirm aufgespannt, da durfte sie nicht geblendet werden. Das blöde Ding musste sich von allein verstellt haben, da hatte sich bestimmt die Halterung gelockert oder so was. Julia öffnete die Augen und musste direkt blinzeln.
»Boah nee!«, stieß sie aus und wendete sich sofort wieder ab, um den Sonnenschirm zu überprüfen.

Verblüfft musste sie feststellen, dass damit alles in Ordnung war. Nichts hatte sich verstellt, er war so, wie er sein sollte. Erst jetzt begriff sie, dass die Sonne im Laufe des Tages weitergewandert war, vom Schirm bis zum äußersten Rand des Balkons und somit warf sie ihr Licht auf den Liegestuhl und auf ihr Gesicht. Julia drehte ihren linken Arm, um auf ihre Armbanduhr zu sehen, die sie gar nicht angelegt hatte. Julia rappelte sich mit einem leichten Stöhnen auf und sah auf die Wohnzimmeruhr, die über dem Fernseher hing.
19:49 Uhr las sie.
»Mist, das kann nicht sein.«
Eine Uhr konnte falsch gehen, aber die Sonne nicht. Schon war der zweite Urlaubstag fast herum - ohne eine sinnvolle Betätigung. War sie eingeschlafen? Julia war sich hundertprozentig sicher, dass dem nicht so war. Gut, die Augen waren geschlossen und sie hatte sich von ihrem Traum mitreißen lassen, geschlafen hatte Julia jedoch nicht. Oder hatte sie etwa geträumt, sie wäre wach und würde träumen, oder schlief sie und träumte einfach nur. Konnte man denn zwei Träume gleichzeitig träumen?

»Schluss damit, da bekommt man ja Kopfschmerzen

vom vielen Nachdenken.«, sagte Julia zu sich.

Der Tag war herum und daran war nichts mehr zu rütteln.

»Irgendwie ein eigenartiger Traum.«, fand Julia, als sie darüber nachdachte.

Die Bilder waren noch zum Greifen nah. Nichts Besonderes, nur ein blöder ausgedehnter Tagtraum. Was war gleich der Auslöser dafür gewesen, grübelte Julia. Richtig! Der Gedanke, ob sich eine Beziehung überhaupt lohnen würde, mit seinem ganzen Für und Wider. Es musste immer das gleiche Spiel sein, erst verliebte man sich und alles schien wunderbar. Mit den Jahren verschwand das Kribbeln und der Alltag hielt Einzug. Dann lag es an jedem selbst, was sie daraus machten.

Julia konnte das bereits am eigenen Leib spüren, obwohl sie ein Single war. »Irgendwann ist die Arbeit nicht mehr ausschließlich ein Geldbeschaffer für das Überleben, es wird zu deiner Persönlichkeit und fängt langsam an, einen von innen heraus aufzufressen.«, sinnierte Julia.

»Um einem herum scheint nichts wichtiger als die Arbeit, dann hört der Feierabend auf zu existieren und so weiter. Wenn eine Beziehung seit Jahren besteht, denkt man nicht mehr darüber nach und das muss bereits der erste Todesstoß sein. Schon möglich, dass der Punkt erlangt wird, wo alles gesagt wurde. Ist Schweigen dann die Lösung?

Vielleicht ist eine Beziehung wie ein Computer, wo es ständig neue Modelle gibt, die besser sind. Nach der ersten Version kommt gleich die Zweite usw. Nach Jahren der Entwicklung der Ersten darf man nicht aufhören, an Verbesserungen zu arbeiten, auch wenn sie nicht immer nötig scheinen. Denn irgendwann ist die Topversion für seine Umgebung so veraltet, dass nur noch die Entsorgung bevorstehen kann.

Das könnte einer der Gründe der vielen Scheidungen und Trennungen sein. Es ist viel einfacher umzusteigen als weiterzuentwickeln. Verbesserungen kosten Zeit und Mühe. Da diese Welt nie Zeit zu haben scheint, scheitern eben diese Beziehungen.«

Julia wurde wieder ganz schwindelig von den vielen Gedanken, die aus dem Nichts aufzutauchen schienen. War das nicht alles zu einfach erklärt, da gab es viel mehr Faktoren, die zu so etwas beitragen konnten.

»Wieso schwer, wenn es auch einfach geht.«, sagte Julia zu sich. »Anscheinend machen wir uns das Leben selber schwer. Alles wird unnötig verkompliziert, damit es zu

anstrengend ist, darüber nachzudenken. Das macht Mühe, was wir nicht wollen. Ergo, wir mutieren zu seelenlosen Arbeitsmaschinen. Problem erkannt und gelöst, vielleicht. - So langsam bekomme ich Angst vor dir, Julia Sanderkamp.«, sagte sie zu sich selbst.
»Alles nur weil ich mir Gedanken über Menschen mache, die ich überhaupt nicht kenne. Verrückt. Aber ich fühle mich besser, also kann es überhaupt nicht so schlimm sein.«

Für einen kurzen Moment war Julia glücklich, bis sie feststellte, dass niemand da war, mit dem sie dieses Glück hätte teilen können, und ihre Stimmung sank wieder. Häufig hatte Julia darüber nachgedacht, bis an ihr Lebensende Single zu bleiben, bis an ihr Lebensende um jeder Beziehung und deren Ärger aus dem Wege zu gehen.
Doch musste sie erkennen, dass gerade diese Streitereien das Salz des Lebens waren. Sie sehnte sich geradezu nach dieser Herausforderung. Es war sicherlich nicht leicht, den passenden Gegenpart mit derselben Einstellung zu finden, aber jetzt wusste Julia, was sie wollte, oder vermutete es. Gleich am Anfang der Beziehung wollte Julia ihre Strategie ausprobieren und

sie ihrem vielleicht zukünftigen Partner erklären, damit es nicht soweit käme. Einen Moment, welchem Partner, es gab doch keinen. Mit einem Lächeln fügte Julia ein »noch nicht« hinzu.

Entweder er versteht es sofort, oder ein anderer muss her. Wie es anstellen? Nichts leichter als das, sie musste nur endlich anfangen, ihren Urlaub außerhalb dieser Wohnung zu verbringen. Zwei Urlaubstage waren schon vergangen, um zu dieser Erkenntnis zu gelangen, das sollte reichen. Ab dem morgigen Tag würde das anders werden.

Die letzten Stunden des Tages ließ Julia entspannt und nutzlos verstreichen, mit dem festen Willen, sich in den darauf folgenden Tagen ins pralle Urlaubsvergnügen zu stürzen. Ohne es wirklich zu merken, hatte sie sich ein wenig verändert. Aus dem ruhigen und zurückgezogenen Menschen wurde eine vor Energie nur so strotzende Frau. Doch Julia sollte noch einigen komischen und eigenartigen Menschen in ihrem Urlaub begegnen, die ihr Wesen und ihre ständige negative Grundstimmung in unbekannte Bahnen lenken sollten.

Kapitel 4

Am dritten Urlaubstag stellte Julia fest, dass ihre Vorräte in der Küche und in der kleinen Speisekammer sehr dramatisch dem Ende zugingen. Da ja völlig klar war, dass sie die meiste Zeit Zuhause verbringen würde, musste sie dringend Lebensmittel einkaufen. Julia verspürte keine Lust, einen Großeinkauf zu tätigen. Ohne ein Auto bedeutete das Stress und Schlepperei pur. Sie brauchte nicht viel, eben nur das Nötigste. Julia hatte sich bei ihrem Einzug die Gegend genau angesehen, es war nämlich vieles gut zu Fuß oder mit dem Rad zu erreichen. So auch der Supermarkt, zu dem sie häufig ging, um einzukaufen. Sie schnappte sich zwei Leinenbeutel für die Besorgungen und verließ die Wohnung. Zum Geschäft war es nicht weit, ungefähr fünf Minuten Fußweg. Das Wetter war wieder herrlich, Julia hoffte, dass dies lange so weitergehen würde. Schnell erreichte sie ihr Ziel. Ein wenig schlenderte Julia ziellos umher und stöberte herum. Nach und nach füllte sich der Einkaufswagen mit den allernötigsten Dingen, die in zwei Taschen verstaut werden konnten. Julia war neugierig auf neue Gesichter geworden, die eine kleine Geschichte erzählen konnten, jedoch

Fehlanzeige. Auch ihren Traummann konnte sie nicht ausmachen. Leider nur alte, dickbäuchige Männer, deren Haltbarkeitsdaten deutlich überschritten waren. Was erwartete sie, wer hatte schon seinen Traumpartner im Supermarkt neben den Nudeln gefunden?

Mit Sicherheit niemand, Julia konnte sich jedenfalls nicht daran erinnern, jemals davon gehört zu haben. Wie hatte ihre Mutter es immer gesagt?

»Kind, lass es einfach auf dich zukommen, nicht krampfhaft danach suchen.«

Irgendwie hatte sie ja Recht, sie konnte nicht heimlich jedem Hintern nachstarren. Das würde zwangsläufig zu peinlich werden. Aufgeben wollte Julia trotzdem nicht. Es war besser, es laufen zu lassen und dabei immer ein Auge offen zu halten.

So gelangte sie mit ihrem leicht gefüllten Einkaufswagen an die Kasse. Da der Supermarkt nicht stark besucht war, waren nur drei der sechs Zahlschalter geöffnet. Und selbst an denen herrschte kein wildes Treiben. Julia hatte nur einen Mann mittleren Alters vor sich gehabt, der einen kleinen Einkauf getätigt hatte. Als Julia ankam, waren fast alle Artikel bis auf eine kleine Packung Kaugummi auf dem Fließband. Der Mann legte fein säuberlich alles darauf, wie Julia auch.

Da Julia damit beschäftigt war, ihre Sachen auf das Band zu legen, schenkte sie ihm keine weitere Beachtung mehr und dachte sich auch nichts dabei. Als Julia mit dem Ausladen fertig war, fing die Kassiererin gerade an, die ersten Artikel über den Scanner zu ziehen. Julia beobachtete den Mann aus ihren Augenwinkeln heraus, da sie nicht aufdringlich erscheinen wollte. Sie fragte sich, ob er es nicht bemerkt hatte, dass da etwas in seinem Korb lag, was noch bezahlt werden musste.

»Ob ich ihn darauf hinweisen sollte?«, fragte Julia sich.

»Nein das ist blöd, was geht mich das an, einfach ignorieren.«

Dann blickte Julia ihm direkt in die Augen, sofort danach auf die Packung Kaugummi. Sie konnte das einfach nicht ertragen. Der fremde Mann schien sie auf Anhieb zu verstehen, denn er senkte den Blick kurz zu der Süßigkeit. Danach hob er sofort den Kopf und lächelte Julia mit einem breiten Grinsen an.

»Mann ist das dreist.«, dachte Julia. »Der weiß ganz genau, was er da tut.«

Und schon war der Fall erledigt, denn jetzt packte er mit vollen Händen seine Sachen auf die Kaugummis. Er bezahlte und verschwand, ohne sie eines weiteren

Blickes zu würdigen.

Auch Julia bezahlte. Als sie so weit war, verstaute sie alles in ihren Leinentaschen. Auf dem Parkplatz sah sie den Mann zum zweiten und zum letzten Mal. Er fuhr an ihr in einem nagelneuen, auf Hochglanz polierten Mercedes vorbei. Nun konnte Julia nur mit dem Kopf schütteln. Wieso hatte dieser Mann das getan?

Klar, es gab mehr Menschen, die auf reich machten, als es wirklich Reiche gab, aber hier handelte es sich nur um ein paar Cent.

Den kurzen Weg zurück zerbrach Julia sich den Kopf darüber und versuchte vergeblich eine Antwort darauf zu finden.

In ihrer Wohnung packte sie alle Lebensmittel aus und verstaute sie in Schränken und dem Kühlschrank. Der Mann ließ ihr keine Ruhe. Wieso? Diese Frage stellte Julia sich immer wieder. Mit einer Tasse frisch gebrühtem Tee setzte sie sich hin und fast schon automatisch schloss sie ihre Augen. Es war Julia unmöglich, diesem sich verselbständigen Vorgang Einhalt zu gebieten, es geschah einfach. Ohne es zu wollen und ohne Widerstand fiel sie in einen neuen Tagtraum, der die vermeintlichen Antworten geben sollte. Wie von fremder Hand geführt, formte sich die

Welt des unbekannten Mannes vor ihrem geistigen Auge, um ihr einen kurzen, vielleicht wahren Einblick zu gewähren.

»Jetzt schnell ein paar Sachen einkaufen«, dachte Paul Techlitz sich, als er losfuhr. Im Supermarkt angekommen, füllte sich der Einkaufswagen schneller, als er zuerst gedacht hatte, es war eine ganze Menge, was er gebrauchen konnte. Wann hatte er schon Zeit für einen Einkauf, das letzte Mal musste bestimmt zwei Wochen her sein. Dementsprechend erschöpft waren seine Vorräte. Das meiste landete zwar im Mülleimer, weil es schlecht geworden war, aber egal. Das lag an den vielen Geschäftsessen in letzter Zeit. Momentan lief alles wunderbar, hervorragend, um genau zu sein. Bald würde er der Neue sein. Damit war der Posten des Direktors gemeint. Der Alte ging in Rente und sein Bemühen wurde endlich anerkannt und belohnt. Es war gar nicht einfach gewesen seine Nebenbuhler auszustechen, von denen es wirklich reichlich gab. Jeder war scharf auf den Job. Doch seine Ellenbogen waren stärker und spitzer als die seiner Mitstreiter. Der Großteil war zu weich für Paul und für sein Auftreten kein Hindernis. Nach kürzester Zeit hatte er sich einen

Namen gemacht, der nur hinter vorgehaltener Hand ausgesprochen wurde. Man nannte Paul »Das Arschloch«.

Das wusste er und gerade das gab ihm noch mehr Schubkraft. Seine Karriere bedeutete Paul Techlitz alles. Dafür war er sich auch nicht zu fein, dem Alten Zucker in den Arsch zu blasen.

Freunde hatte er im Grunde nicht. Das oberflächliche Geschwafel mit Geschäftspartnern und Kunden konnte man nicht als innige Freundschaft bezeichnen. Das war ihm völlig schnurz. Freunde brauchte nur derjenige, der nicht arbeitete und irgendwelchen Freizeitbeschäftigungen frönte. Also nur faules und unproduktives Pack. Dass Paul keine Hobbys hatte, braucht man nicht sonderlich zu erwähnen. Doch eines hatte er. Seinen Job. Paul Techlitz beschäftigte sich mit seiner Arbeit, ob Tag oder Nacht, ob Wochenende oder Feiertag. Für Paul Techlitz gab es nichts anderes. Für ihn war Geld das Einzige, was zählte, wovon er nie genug bekommen konnte.

Es gab noch etwas, das war Einfluss. Dieser Einfluss sollte kommen, wenn er den Posten des Direktors der Privatbank Niemeyer & Partner erlangt hatte. Sein Lebensweg war immer schnurgerade verlaufen. Alles, was er sich vornahm, erreichte er. Das war so sicher wie das Amen in der Kirche. Nach dem Abitur begann seine Ausbildung zum Bankkaufmann bei der Deutschen Bank. Bei der Anstellung hatte sein Onkel Herbert ein wenig nachgeholfen, damit es reibungsloser ablief. Sein Onkel Herbert war von Beruf Politiker, keine wirklich große Nummer. Er war ein einfacher, kleiner Abgeordneter im Landtag gewesen. Dafür hatte Onkel Herbert sich schnell in seinem Wahlkreis einen Namen gemacht. Er kannte so ziemlich jeden aus der lokalen Wirtschaft persönlich, was sich häufig als äußerst nützlich erwiesen hatte. Paul musste auf Anraten seines Onkels sein Wissen in Wirtschaft und Sprachen erweitern und schon war sein Weg nach oben frei. Die Anstellung bei Niemeyer & Partner war das letzte Geschenk seines Onkels. Letztes Geschenk daher, weil Onkel Herbert, kurz nachdem er sich einigermaßen in seiner neuen Arbeitsumgebung eingelebt hatte, starb.

Paul war als ein unnahbarer Mensch bekannt, der kaum Gefühle zeigte, immer kühl und sachlich, wie das Geschäft es vorschreibt. Bei der Beerdigung seines Onkels weinte Paul das erste Mal in seinem Leben. Er war sein Vorbild und seine Leitfigur gewesen, der er seit seiner frühsten Jugend nacheiferte. Es dauerte eine geraume Zeit, bis er den Verlust verkraftet hatte. ein Onkel Herbert hatte jedoch vorgesorgt.

Nicht nur, dass Paul eine stattliche Geldsumme erbte, sondern der Name seines Verwandten sorgte auch dafür, dass die kommenden Jahre für Paul wesentlich unbeschwerter verliefen. Der Name seines Onkels öffnete ihm Türen, für die er sonst Jahre benötigt hätte.

Seine Persönlichkeit und sein Verwandter sorgten für einen steilen Aufstieg, was sich schnell auf seinem Bankkonto bemerkbar machte. Jetzt mit 35 Jahren besaß er fast alles, was man für ein gutes Luxusleben brauchte, die Direktorstelle war das i–Tüpfelchen. Er kannte keine Grenzen, wenn er sich einmal etwas in den Kopf gesetzt hatte. Es verlief immer alles viel zu leicht für Paul.

Verheiratet war er nicht, noch nicht. Es lag keinesfalls daran, dass er keine geeignete Frau finden konnte. Nein, er hatte keine Lust auf eine feste Bindung. Er hasste es zu teilen. Es gab jede Menge Frauen, die um seine Gunst buhlten. An jedem Finger hatte er zehn davon. Das waren alles nur Nattern, die auf seine Kosten ein schönes Leben führen wollten, was er nicht einsah. Schließlich hatte er für seinen Wohlstand hart gearbeitet und ihn sich redlich verdient. Paul musste aber heiraten, so schön ein Junggesellenleben auch war. Ein Bankdirektor, der nicht verheiratet war, praktisch unmöglich.

Es war mit der Position einfach unvereinbar und hätte an seiner Glaubwürdigkeit gekratzt. Da Paul nicht auf dem Kopf gefallen war, hatte er schon seit einiger Zeit mit der Tochter des jetzigen Direktors angebandelt. Die Zustimmung der Familie hatte er, auch auf den Neid und die Missgunst der Außenstehenden musste Paul nicht lange warten. Wie schon gesagt, es lief alles nach Plan. Sein Aufstieg war nicht mehr aufzuhalten. Am Tag zuvor hatte er eines von den vielen Geschäftsessen gehabt, die sich seit einiger Zeit häuften. Das besagte Essen fand im Hause des Direktors statt. Ein Mahl im bescheidenen Kreise mit seinen zukünftigen Schwiegereltern, sowie dem Bürgermeister und zwei namhaften Unternehmern, die den Löwenanteil der Arbeitsplätze in der Stadt stellten.

Dieses Abendessen sollte zu einem gewichtigen Wendepunkt in seinem bisherigen Leben werden.

»Komm rein, mein Junge«, begrüßte ihn der Nochdirektor.

Beide hatten ein sehr lockeres Verhältnis aufgebaut, seit

klar war, dass die Beziehung mit seiner Tochter ernst war.

»Hallo Schwiegervater«, wandte Paul sich an den zukünftigen Angehörigen. »Nicht so förmlich, du sollst mich doch mit Karl anreden«, forderte der ihn auf.

»Gut, Karl. Schön dich zu sehen«, gab Paul sich geschlagen.

Beide traten ein und Paul begrüßte auch seine zukünftige Schwiegermutter mit einer Umarmung, wie er es vorher bei Karl getan hatte.

»Setz dich schon ins Esszimmer, da warten einige Herren auf dich«, sagte die Dame des Hauses mit fester Stimme und wies ihn mit einer Kopfbewegung in die vorgesehene Richtung. Zwischen den Herren saß auch das mittlerweile äußerst vertraute Gesicht seiner Verlobten, die ihn freudig begrüßte und ihm einen dicken Kuss auf die rechte Wange aufdrückte. »Hallo Schatz, schön dich endlich wiederzusehen. Ich habe dich schrecklich vermisst.« Paul umarmte und küsste seine Verlobte etwas zaghafter, weil der hohe Besuch ihn ein wenig verunsicherte.

»Keine falsche Scham, wir waren alle mal frisch verliebt. Es ist zwar schon einige Zeit her, doch erinnern kann ich mich noch.«

Der Bürgermeister erkannte seine Unsicherheit sofort. Die beiden anderen Gäste, die für Paul keine Unbekannten waren, nickten nur zustimmend. Gleich darauf traten die beiden Gastgeber mit dem Essen ein und servierten. Es sollte eine vertraute Atmosphäre werden, die jedoch in Paul nicht so zügig aufkeimte wie bei den anderen. Er konnte sich schon denken, worauf der Großteil des Tischgespräches hinauslaufen würde, aber was wollten die drei hier?

Die bestimmenden Blicke der Geschäftsleute verunsicherte ihn nur noch mehr, und über die Anwesenheit wurde Paul erst recht nicht aufgeklärt. Hier sollte wesentlich mehr beratschlagt werden als nur der Direktorposten. Anfangs wurde nicht viel gesprochen, es kamen belanglose Themen vor. Meist still genossen sie ihr Essen. Mit der Zeit wurde es offensichtlicher, dass dies der Vorlauf für das große Gespräch war. Das Essen mitsamt Nachtisch wurde beendet und von den Damen abgeräumt. Als dann später seine Verlobte auf ihn zukam, wurde die Verwirrung perfekt.

»So, wir Frauen entfernen uns dann, die Herren haben ja noch einiges zu besprechen.«

Sie drückte Paul noch einen Kuss auf und verschwand mit ihrer Mutter in einem der Nebenräume. Als beide außer Sicht- und Hörweite waren, ergriff der Direktor das Wort: »Meine Herren, wir gehen ins Arbeitszimmer.«

Keiner widersprach und alle erhoben sich, um dem Direktor zu folgen. Paul blieb länger als die anderen sitzen und erhob sich erst, als sein Schwiegervater ihn mit einer energischen Kopfbewegung aufforderte sich anzuschließen.

Paul ging mit den Herren in das Arbeitszimmer des Hausherren.

Es war in einem alten Stil eingerichtet, der gegen Ende des 19. Jahrhunderts eingeordnet werden konnte. Die eine Hälfte war ein Arbeitszimmer und die andere Hälfte eine Bibliothek. Um einen alten, runden, dunkelbraunen Eichentisch standen fünf schwere Ledersessel für sie bereit, in denen sie nacheinander Platz nahmen. Der Gastgeber reichte jedem eine dicke Havanna Zigarre, die alle ein paar Züge lang still für sich selbst genossen.

Das eigenartige Gefühl blieb. Das luxuriöse Umfeld war Paul nicht gänzlich fremd. Die bedächtige Stille hatte etwas Beklemmendes an sich.

Der Bürgermeister ergriff als Erster das Wort und sprach Paul direkt an:

»Paul, dieses Treffen gilt dir und damit ist nicht nur deine baldige Beförderung zum Direktor von Niemeyer & Partner gemeint«, sagte er selbstsicher.

»Ist es nicht?«

»Nein, dem ist nicht so«, sagte sein Schwiegervater plötzlich.

»Ich hoffe es stört die Herren nicht, wenn der Bürgermeister und ich die Verhandlung führen?«

Die beiden anderen Anwesenden schüttelten verneinend mit dem Kopf und pafften genüsslich ihre Zigarren weiter. Sein zukünftiger Schwiegervater schaute Paul ernst an und stellte ihm eine Frage, die er als völlig absurd empfand: »Mein Junge, möchtest du wirklich den Posten des Bankdirektors bei Niemeyer & Partner antreten?« »Natürlich, daran besteht nicht der geringste Zweifel. Diese Stellung ist mein Leben und mein Traum, dafür würde ich alles tun.« Paul antwortete mit äußerst fester Stimme, die aufgrund der Erkundigung ein wenig beleidigt klang. Die Anwesenden sahen sich an und nickten zustimmend, gleich so als hätten sie keine andere Antwort von ihm erwartet. Nun ergriff der

Bürgermeister wieder das Wort: »Wie du mit Sicherheit bemerkt hast, betrifft dies mehr als nur die Beförderung und deiner letzten Antwort konnte ich entnehmen, dass du bereit bist.«

»Kommt darauf an, um was es sich handelt«, antwortete Paul vorsichtig.

»Du bist dir also deiner Sache nicht hundertprozentig sicher. Wenn du einwilligst, gibt es kein Zurück mehr für dich. Die Informationen, die du erhalten wirst, sind nicht für Außenstehende gedacht.«, teilte ihm sein Schwiegervater mit strenger Stimme mit.

»Ich schwöre, ich bin bereit dazu. Ich will es, und zwar hundertprozentig«, sagte Paul fest entschlossen.

Er wollte einfach wissen, worum es ging. So schlimm konnte es nicht sein. Er vermutete, dass dieses Schauspiel dazu diente, um zu prüfen, ob er den Job mit ganzem Herzen ausführen würde und volle Einsatzbereitschaft an den Tag legen würde.

»Ich denke, wir können ihm vertrauen.«, sagte sein Schwiegervater und blickte in die kleine Runde, in der alle zustimmend nickten. »In wenigen Tagen wirst du meinen Platz einnehmen und damit in unsere Organisation aufgenommen.«

»Was für eine Organisation?«, fragte Paul etwas

spöttisch. Er konnte sich beim besten Willen nicht vorstellen, was gleich auf ihn, zukommen sollte.

»Hier handelt es sich nicht um einen Altherrenverein, der sich in regelmäßigen Abständen im privaten Kreise zum Essen trifft.«, gab der Bürgermeister verärgert zurück.

»Beruhige dich Richard, er weiß es doch nicht.«, sagte sein Schwiegervater besänftigend. Und führte nun allein das Gespräch mit Paul. »Diese bescheidene Organisation nennt sich B.F.I.«

»B.F.I., noch nie gehört«, sagte Paul und runzelte dabei seine Stirn.

»So soll es bleiben, B.F.I. bedeutet Bund finanzieller Interessen.«

»Aha, und weiter?«

»So hieß sie bei ihrer Gründung im Jahre 1930, heute ist der Name erweitert worden. Wir gehen auch mit der Zeit.«

»Und wie heißt sie heute?«

»Bündnis zur Erhaltung finanzieller Interessen in Europa.«

»Klingt wichtig, eigenartig, dass ich nie etwas davon gehört habe.«

»Wie schon gesagt, das darf auch niemand. Bist du dir

sicher, dass du bei uns mitarbeiten willst?«

»Natürlich, klingt spannend und scheint auch die Bedingung für den Direktorposten zu sein, oder?«

Es folgte ein kurzes Nicken von allen. Sein Schwiegervater ergriff wieder das Wort: »Die Gründung erfolgte nach der großen Weltwirtschaftskrise. Im Deutschen Reich wurden auf einen Schlag zu viele Unternehmer bettelarm. Um das nie wieder geschehen zu lassen, wurde unsere Vereinigung gegründet. Wenn du es so nennen möchtest sind wir ein großes Kartell, das die gesamte Wirtschaft beeinflussen kann. Jedoch nur zu unseren Gunsten.«

Die Augen von Paul wurden immer größer, er lauschte gespannt den Worten seines Gegenübers.

»Ich will dich nicht zu viel mit Geschichtsdaten langweilen, dafür wirst du noch genug Zeit haben. Nur so viel, der Herr Hitler ist nur durch uns so weit gekommen. Das war leider eine Fehlinvestition, jedoch das Wirtschaftswunder danach geht neben den Amis voll auf unsere Kappe.«

»Aber wie, wie ….«, stotterte Paul.

»Das wirst du alles erfahren. Wir haben in allen wichtigen Schlüsselpositionen in Europa unsere Leute sitzen. In der Politik, in der Justiz, in den

Finanzbehörden, bei der Polizei und selbst bei den Gewerkschaften.«

»Aber was ist mit den Rezessionen, die wir hatten, dann scheint euer Einfluss doch nicht so groß zu sein«, gab Paul unter bösen Blicken zurück.

»Junge, denk nach, selbst das bewirken wir. Sieh mal, wir räumen Konkurrenten aus dem Weg, um nachher in ihren Sparten einzusteigen. Da wir breit gefächert sind, fällt das niemals auf. Wir spekulieren auf Verluste von Firmen. Sollte einer von uns in die Enge getrieben werden, bleibt er straffrei. Wenn ein Mord nötig sein sollte, würde nie einer die Wahrheit erfahren.«

»Dann seid ihr so eine Art deutsche Mafia?«, staunte Paul.

»Nein, also bitte. Wir ermorden niemanden, wir treiben Menschen in den Selbstmord. Das ist etwas völlig anderes. Wir wollen nur gute Geschäftsabschlüsse tätigen.«

»Verstehe.« Das war alles, was Paul hervorbringen konnte. Er wollte keinen Fehler begehen, wer wusste schon, was sie mit ihm anstellen würden.

»Schön, dich bei uns zu haben. Ich denke du wirst eine Bereicherung für unsere Organisation sein.«, ergriff der Bürgermeister das Wort.

»Ich werde mir die größte Mühe geben, alles zu Ihrer Zufriedenheit zu erledigen.«, erwiderte Paul mit gekünstelt fester Stimme.

»Dann wäre das alles fürs Erste. Die tiefer gehenden Informationen besprechen wir zu einem anderem Zeitpunkt.«

Nach diesen Worten überreichte der noch amtierende Direktor Paul ein Kästchen mit einem kleinen Silberring in den ein roter Edelstein eingelassen war.

»Das, mein Sohn, ist so eine Art Mitgliedsausweis, er wird nur bei Treffen getragen. Verstanden? Wir sind sehr vorsichtig.«

Paul nickte und nahm das Kästchen an sich. Es folgte ein kleiner Applaus. Jetzt war es amtlich, er gehörte dazu. Ein Zurück gab es nicht mehr.

»Einen kleinen Hinweis noch mit auf den Weg. Wir treffen uns immer nur in Gruppen von maximal fünf Personen, das ist unauffälliger.«

Paul nickte sprachlos.

»Die Terminweitergabe erfolgt immer mündlich.«, sagte der Bürgermeister mit ernstem Blick zu ihm. »Das verringert die Gefahr bespitzelt zu werden. Wir weisen dich noch ein in die Auffindung von Wanzen etc.«, fügte er hinzu.

Sein zukünftiger Schwiegervater klopfte ihm auf die Schulter und führte ihn zur Haustür. »Ich weiß, das ist starker Tobak für den Anfang. Ich weiß, wie du dich fühlst. Ist mir früher genauso gegangen. Geh nach Hause und schlafe erst einmal eine Runde darüber. Morgen hast du frei, nutze den Tag in Ruhe, um alles zu verdauen.«

»O.K.«, sagte Paul schwach.

Dann drehte er sich um und ging zu seinem Wagen, um nach Hause zu fahren. Da rief der Direktor ihm noch etwas hinterher: »Kannst deinem Onkel Herbert dafür danken, der wusste schon, was für dich gut ist!«

Mit diesen Worten wendete er sich ab und schloss die Tür.

Onkel Herbert, der also. Er musste bei denen gewesen sein, jetzt ergab alles langsam einen Sinn. Sein ganzes Leben wurde er benutzt. Paul fuhr mit seinem Mercedes nach Hause, nahm dort einen kräftigen Schlummertrunk zu sich und schlief relativ schnell ein.

»Das war alles nur ein Traum.«, sagte Paul Techlitz am nächsten Tag, als er wieder aufwachte. Was für ein blöder Traum, völlig absurd, dachte er sich. Bekam er langsam kalte Füße? Dieser Job war sein Traum, dafür hatte er die ganzen Jahre hart gearbeitet. Viele Leute musste er aus dem Weg räumen, die ihm hätten gefährlich werden können. Dem Alten war er förmlich in den Arsch gekrochen und dann zu guter Letzt die Verlobung mit der blöden Ziege. Die Frau liebte er nicht, was tat man nicht alles für den Erfolg.

Kein Wunder, dachte er, das war auch alles verdammt anstrengend gewesen. Irgendwann musste das seinen Tribut fordern. Er konnte sich plötzlich wieder an das kleine Kästchen erinnern. Wo war es? Wo war der Ring? War es wirklich nur ein Traum gewesen? Es ließ ihm keine Ruhe.Paul durchstöberte die ganze Wohnung, Raum für Raum. Schließlich lief er im Morgenmantel zum Wagen, um dort nach dem Ring zu suchen. Doch er fand nicht das Geringste. Wie konnte ihn ein Traum so aus der Fassung bringen? Er war völlig überarbeitet. Das musste es sein. Paul fing an sich zu fragen, ob es das alles überhaupt wert war.

Zum ersten Mal in seinem Leben beschlich ihn das Gefühl, dass es nicht nur um Geld ging. Er fühlte sich leer und ausgebrannt wie nie zuvor. Mit den Resten, die er noch in seinem Haushalt hatte, bereitete er sich ein Frühstück zu. Viel war wirklich nicht da, er sollte einkaufen gehen, um für das Nötigste zu sorgen.

Wenig später fuhr er los zu dem Supermarkt in seiner Nähe. Ein wenig mitgenommen schlich er durch die Gänge und sammelte Lebensmittel ein. An der Ecke zu den Cornflakes geschah es. Neben ihm tauchte ein Mann auf, der auch nach den Cornflakes griff. Nichts Ungewöhnliches, doch an dem kleinen Finger seiner linken Hand blitzte ein Silberring mit einem roten Edelstein auf.

Paul erstarrte. Das Blut fing an, in seinen Adern zu gefrieren. Der Unbekannte sah ihm tief in die Augen, und nickte ihm zu. Lächelte ihn kurz an und verschwand. Paul blieb regungslos stehen, ehe er sich wieder bewegen konnte.

Das war nur ein Traum gewesen, oder nicht?

Der Ring. Der hatte genau so ausgesehen wie der, den man ihm überreicht hatte. Wurde er beschattet und zeigte man ihm das? Sollte er keine Fehler wagen? Hatte man gestern Abend seine Abneigung gespürt, ein Wirtschaftskrimineller zu werden? Das war alles ein Traum gewesen oder doch nicht?

Paul Techlitz war, als würde sich die Erde auf einmal doppelt so schnell drehen wie gewöhnlich. Er spürte eine nahende Ohnmacht und Übelkeit zugleich.

Krampfhaft hielt er sich am Einkaufswagen fest, um die letzten Sachen zu besorgen. Nach einer Weile hatte sein Körper sich beruhigt und ihm ging es besser. Er bog um die Ecke, um zur Kasse zu gehen, dann sah er wieder diesen Mann. Es war kein Traum gewesen, keine bloße Einbildung. Dieser Mann nickte ihm zu und lächelte ihn an. Die Lebensmittel, die er in den Händen hielt, verbargen seine rechte Hand, jedoch nicht die linke. Wie ein Blitz traf der Anblick des Ringes seine Augen. Der sonderbare Mann stellte sich an einer der Kassen an und bezahlte.

Nein, Paul konnte und wollte sich nicht an dieser Kasse anstellen. Er nahm die am weitesten entfernte Kasse, die geöffnet war. Was für einen Ausweg gab es noch? Er hatte keine Ahnung. Panik breitete sich in ihm aus. Bloß nicht durchdrehen, dachte Paul immer und immer wieder. Die Worte wiederholten sich in seinem Kopf wie ein Mantra.

Da kam ihm die zündende Idee. Ich muss mich verhaften lassen, das ist mein einziger Ausweg. Die konnten nicht alle gekauft haben, das hatten sie selbst gesagt. Was tun? Klauen ja! Aber was? Das hatte er noch nie gewagt, selbst als Kind nicht. An jeder Kasse gab es Süßigkeiten.

Perfekt. Er würde sich ein paar Süßigkeiten greifen. Nein. Doch, die Packung Kaugummi. Er legte sie in den Korb. Die restlichen Lebensmittel auf das Band. Die Kassiererin sah nicht in den Spiegel unter der Decke. Mist. Sie war gestresst oder einfach nur genervt, was auch immer. Dann bemerkte Paul die junge Frau hinter sich. Sie hatte alles gesehen. Er lächelte sie an, doch die schien das Offensichtliche zu ignorieren.

Ha! Paul erblickte den Sensor am Ende der Kasse, der würde sofort schrill aufpiepen, wenn er mit dem Korb durchfuhr. Paul bezahlte und passierte die beiden Sensoren. Oh Gott, warum piepten die nicht? Wieso klappte das bei den blöden Kaugummis nicht? Ich muss mir was anderes überlegen, dachte Paul sich.

Als er den Parkplatz verließ, hatte er den festen Willen, einen Unfall zu verursachen, einen so absurden und bescheuerten, dass selbst die Presse darauf aufmerksam werden musste. Dann würde er es den Journalisten erzählen und den ganzen Haufen auffliegen lassen.

Er war nicht verrückt. Nein, das war er ganz sicher nicht. Paul Techlitz gab ein Kichern von sich. Er und überarbeitet, er doch nicht. Sein Verstand war nie so wach wie an diesem herrlichen Tag.

Julia wachte aus ihrem Traum wieder auf.

»Irre, aber völliger Blödsinn«, sagte sie laut und musste lachen.

»Das wäre wie in einem billigen Krimi, so was gibt es nicht in echt.«

Irgendwie war es schon eigenartig. Sie hatte sich auch vor nicht allzu langer Zeit in die Arbeit gestürzt, um alles zu vergessen. In gewisser Weise empfand Julia ihr Leben immer als trostlos und unspektakulär. Dieses ständige Abmühen, um dann doch nicht auf den sprichwörtlichen grünen Zweig zu gelangen. Es gab so viele Dinge, die sie gerne kaufen oder erleben wollte, jedoch scheiterten sie an den finanziellen Möglichkeiten.

Aber brauchte sie das alles? Diese Frage stellte sie sich immer wieder. Nur weil andere Leute und die Werbung sagten, man müsse es besitzen, um in dieser Welt akzeptiert zu werden und überleben zu können. Völliger Schwachsinn! Dadurch war sie unglücklich geworden, durch das ständige Hinterherjagen.

Julia besaß nicht viel, war aber trotz allem halbwegs zufrieden. Einige würden behaupten, es wäre das Glück der Dummen, so fühlte Julia sich ganz und gar nicht.

Die letzten Jahre schossen nur so an ihr vorbei.

Schon sehr früh gab es die Dinge, die sie besitzen

wollte, also arbeitete sie dafür. Da es lange dauerte, um das nötige Geld zusammenzusparen, war Julia häufig gefrustet. Um dann ihr angeblich schreckliches Leben zu verbessern, stürzte sie sich erst recht in die Arbeit. So blieb weniger Zeit übrig, um rauszukommen und etwas zu unternehmen. Die Folge war, dass Julia sich mehr und mehr von der Außenwelt zurückzog und immer deprimierter wurde.

»Großer Gott.«, sagte Julia zu sich selbst. »Es ist so simpel, wieso habe ich das nicht vorher erkannt? Ich sollte mich von den Meinungen anderer fortbewegen und mehr auf das hören, was ich will. Gut, mein Leben ist nicht so spannend wie ein Agentenfilm, das will ich auch nicht. Mir reichen ein paar nette, kleine Abwechslungen, damit es nicht monoton wird. Das liegt ganz in meiner Hand und nicht in fremden Händen. Und wenn das hin und wieder nicht möglich sein sollte, habe ich meine Phantasie.«

Freudig schmetterte Julia das Wort Phantasie heraus. Doch dann kam der Traum von vorhin wieder hoch. Sie wusste, dass dies alles nur ihrer Phantasie entsprungen war, und fing an, den Sinn des Ganzen zu spüren.

Keiner von uns allen kann sich davon freisprechen, dass

das gesamte Leben sich um das liebe Geld, Beruf und Karriere dreht. Die, die es verneinen, haben nur gelernt, es zu verdrängen und glauben mittlerweile dem monotonen Singsang in ihrem Kopf. Gut, es war alles wichtig und unwiderruflich ein Teil des Lebens. Zwischen einem Teil und dem kompletten Sinn des Lebens lag ein Ozean aus unausgesprochenem stillen Leid und Einsamkeit. Paul hatte seinem ganzen Leben nur einen Sinn gegeben. Als dieser Sinn, der einzige Sinn und seine Existenzrechtfertigung, wegbrach, verlor er seinen Verstand. Wieder andere würden in tiefe Depressionen verfallen.

Julia wusste nicht, ob sie zu der einen oder der anderen Sorte Mensch gehörte, oder vielleicht völlig anders handeln würde. Je mehr sie über eventuelle Folgen nachdachte, desto mehr wurde ihr bewusst, dass sie niemals mehr so enden konnte. Die Einsicht, die sie nach und nach erfuhr, warf ein neues und unbekanntes Licht in das Dunkel ihrer verborgenen Gedankenwelt. Was brachte das ganze Streben nach Geld und zweifelhaftem Ansehen?

Was war man ohne das alles?

Ein Mensch, eine Frau, ein Mann.

»Nein«, sagte Julia zu sich.

»Ich habe eine Persönlichkeit und ich bin keine seelenlose Maschine.«

Persönlichkeit?

Irgendwo musste sie auch bei ihr zu finden sein. Bislang hatte Julia sich ebenso in ihre Arbeit gestürzt wie Paul Techlitz, auf eine andere Art als er, aber es kam auf das Gleiche heraus.

Mit den Jahren hatte Julia offensichtlich den Bezug zur wahren Realität verloren. Sie konnte sich noch erinnern, als sie ein Kind gewesen war. Zu dieser Zeit hatte Julia nie ein Problem damit gehabt, auf andere Menschen zuzugehen. Doch heute war es für Julia außerhalb des Jobs fast unmöglich geworden. Sie glaubte nicht ernsthaft, dass dies die einzige Erklärung für ihre Situation war. Julia erkannte langsam eine Verkettung von Ereignissen und Einstellungen, die zu alledem geführt hatten.

Julia hatte sich selbst der Welt entrückt, wie fast jeder auf diesem Planeten. Das ganze Elend war kein Wunder. Da jeder irgendwie nur für sich lebte und sein Leben über das Leben der Mitmenschen stellte. So musste man zwangsläufig abstumpfen, nach und nach jede Hemmschwelle überschreiten und zur dunklen Seite der menschlichen Seele übertreten.

Das hatte bei Julia jetzt ein Ende gefunden, sie wollte sich aus dem Teufelskreis befreien. Die Träume hatten sie endgültig wachgerüttelt. Es war unwahrscheinlich, dass gerade sie allein die Welt umgestalten konnte. Ein wenig sickerte der alte Egoismus wieder durch. »Erst ich, dann die anderen.«, flüsterte Julia mit zusammengekniffenen Lippen still vor sich hin. Wenn sie sich wandelte, musste sich doch was verändern, wenigstens durch eine ganz kleine Kettenreaktion. Es war besser als gar nichts zu tun und nur herumzusitzen und abzuwarten, bis irgendjemand irgendetwas tat.

Kapitel 5

Es war sonderbar, zu welchen Gedankengängen Julia plötzlich in der Lage war. Sie konnte nicht begreifen, dass so etwas in ihr schlummern konnte, ohne dass sie es wusste. Auch den gestrigen Tag hatte sie wieder einmal fast ausschließlich in ihrem kleinen Nest verbracht. So nannte Julia ihre Wohnung. Der Drang nach draußen in die Welt zu gehen war inzwischen so viel größer geworden, dass Julia es doch einmal wagen wollte, sich unter Menschen zu mischen. Sie wollte das erste Mal nach langer Zeit fremde Menschen treffen. Es ging ihr vorrangig darum, neue Träume zu entwickeln, um mehr über sich selbst zu erfahren. Ein wenig Spaß wollte Julia natürlich auch. Da fiel ihr Blick auf die kleine Pinnwand in der Küche. Seit einigen Wochen hing dort schon ein Gutschein für ein komplettes Frühstück für nur einen Euro bei Karstadt.
Dieser Gutschein war noch die gesamte restliche Woche gültig.
»Das mache ich.«, dachte Julia. »Erst in aller Ruhe frühstücken, danach bummeln und shoppen gehen. Was sich dann ergibt, werden wir ja sehen.«

Es war früh am Morgen, als Julia aufstand. Ihr war es unmöglich geworden, nur dazuliegen. Sie musste einfach raus.

In der Stadt angekommen, öffneten gerade die Geschäfte und Julia war eine der ersten Kunden, die die Eingangshalle betraten. Julia hielt sich zurück und steuerte direkt die Rolltreppe an, um in die zweite Etage zu fahren, wo sich das hauseigene Restaurant befand. Es kostete sie einige Überwindung, die reizvollen Düfte der Kosmetikabteilung links liegen zu lassen, doch Julia war stark und befand sich kurze Zeit später im Restaurant.

Sie tat das Gleiche wie einige vor ihr und griff nach einem Tablett, das sie mit einem Brötchen, einem Croissant, Marmelade, einer Scheibe Käse, einem gekochten Ei und einer Tasse Kaffee füllte. Als sie die Kasse erreichte, hatte sie bereits fünf Leute vor sich. Ein deutliches Zeichen, dass sie nicht als einzige diese Idee hatte. Julia gab den kleinen Gutschein ab und bezahlte einen Euro, als sie nach einer kleinen Wartezeit an der Reihe war.

In dem sich langsam füllenden Restaurant war es leicht, einen geeigneten Sitzplatz zu ergattern. Julia setzte sich an einen kleinen Tisch in der Ecke des Restaurants. Von hier aus konnte man einen großen Teil aller Tische im Auge behalten und unauffällig die anderen Gäste betrachten, welches Julias Hauptanliegen gewesen war. Leider war momentan nicht viel Interessantes los. Die meisten Besucher schauten müde und schwerfällig aus der Wäsche. Um den Kaffee nicht kalt werden zu lassen, fing sie gemächlich an zu frühstücken. Das Croissant hatte Julia aufgegessen und belegte bereits das Brötchen mit einer Scheibe Käse. Nichts. Es war unglaublich, das Restaurant hatte sich in der kurzen Zeit fast komplett gefüllt. Aber es gab keine ungewöhnlichen Menschen zu sehen, die ihre Aufmerksamkeit erregen konnten.

»Müssen denn alle Menschen so schrecklich langweilig normal sein?«, flüsterte Julia leise. Als sie die Hoffnung bereits aufgegeben hatte, hörte sie das Kichern von mehreren älteren Damen, die mit einem Gläschen Sekt anstießen. Den Sekt gab es zum Frühstück dazu, sie hatte ihn aber dankend abgelehnt.
Julia versuchte das Beste aus der Situation herauszuholen. Es gelang ihr nicht. Resigniert gab Julia auf und ließ ihren Blick ein letztes Mal im Restaurant umherschweifen. Ganz am Ende der Reihe, wo die Rentnerinnen saßen, erspähte Julia eine Frau mittleren

Alters in einem sehr eleganten Hosenanzug. Offensichtlich wollte sie mit den älteren Damen nicht viel zu tun haben. Ihre Körpersprache war unmissverständlich. Erst jetzt fiel ihr auf, dass die Dame die einzige war, die kein Frühstück hatte, lediglich eine Tasse Kaffee stand vor ihr.

Die alten Damen prosteten ihr mit ihren Sektgläsern zu, doch sie lächelte nur kurz und sichtlich gestellt zurück. Sofort wandte sie sich wieder ab, um nicht ein Gespräch anfangen zu müssen, und vertiefte sich stattdessen in einen kleinen Stapel bedruckten Papiers. Julia hob den Kopf leicht an, um vielleicht ein wenig erhaschen zu können. Tatsächlich, Julia konnte etwas erkennen. Es war schwer auszumachen, aber Julia registrierte ein rosafarbenes T auf dem Briefkopf. Hierbei konnte es sich nur um die Telefonrechnung von der Telekom handeln.

Nichts wirklich Eigenartiges, nur eine Geschäftsfrau, die wie viele andere Tag für Tag gestresst und von einem unsichtbaren Verfolger getrieben nach vorne preschte. Davon gab es so viele, dass sie in der bebenden Masse gar nicht auffielen. Hier in diesem Raum war sie ganz allein und in ihrem Gesicht stand etwas, was nur schwer zu beschreiben war.

Ein Grund, die Sache weiter zu verfolgen, dachte Julia und nahm vorerst den letzten Schluck aus der Kaffeetasse, um wieder abzutauchen aus dieser für sie scheinbaren Realität.

»So so, sie wollen einen weiteren Kredit, Frau Leestie.«
»Ja, weil ich ihn dringend brauche.«, antwortete Christa Leestie dem Bankangestellten.
»Legen Sie bitte einen plausiblen Sanierungsvorschlag für Ihr Unternehmen vor, der auch Aussicht hat zu greifen.«, gab der Bankangestellte forsch zurück. »So kann es nicht weitergehen, das hier ist kein Konzept, sondern ein schlechter Scherz. Ich sehe hier kaum wirksame Kosteneinsparungen. Ohne die überlegt es sich unser Haus nicht einmal. Ich hoffe, ich habe mich klar und deutlich ausgedrückt?«
Frau Leestie nickte bloß resigniert.
»Ich habe einen weiteren Termin, deshalb beenden wir dieses Gespräch. In zwei Wochen möchte ich endlich etwas Anständiges sehen, denn unsere Geduld ist langsam am Ende. Sie können gerade mit Mühe und Not den laufenden Kredit abbezahlen. Wenn die wirtschaftliche Situation noch schlechter für Ihre Firma wird, werden Sie nicht mehr in der Lage sein diesen

abzubezahlen, geschweige denn einen weiteren Kredit. Wir verschenken kein Geld, wir verleihen es.«

Mit diesen Worten wandte sich der Bankangestellte mit einem energischen Nicken von ihr ab, was wohl einer Verabschiedung gleichkommen sollte. Mit zusammengebissenen Zähnen drang ein ganz leises »Arschloch« über Christas Lippen.

Die letzten Jahre waren so verdammt hart gewesen, dass sie mehrmals glaubte den Verstand zu verlieren. Es hatte alles so schön und viel versprechend angefangen. Die Hochzeit mit dem Mann, den Christa lange, sehr lange als ihren Traummann bezeichnet hatte, und das nahezu perfekte sorgenfreie Leben, das sie geführt hatten. Auch als ihre gemeinsame Tochter geboren wurde, konnte nichts das Idealbild dieser Vorzeigefamilie zerstören.

Bis zu dem Tage, als dieses dumme Blondchen in ihr Leben trat, oder besser gesagt in das Leben ihres Mannes. Groß, blond, gertenschlank und mit hundertprozentiger Wahrscheinlichkeit mit Silikontitten ausgestattet. Zu allem Überfluss war sie gerade 34 Jahre alt, also quasi ein Kind im Vergleich zu ihr.

Von da an ging es Schlag auf Schlag, der Auszug und die Scheidung. Selbst von seiner eigenen Tochter wollte er nichts mehr wissen. Er verschwand einfach aus ihrem

Leben, ohne irgendwelche genauen Begründungen abzuliefern. In dieser Not kniete sie sich in ihre Arbeit, denn bevor diese kleine Welt vollends auseinander gebrochen, hatte Christa ein kleines Geschäft eröffnet.

In der Startphase lief es recht gut, aber nun machte sich auch bei ihr die schlechte wirtschaftliche Grundstimmung bemerkbar. Ein Kredit war fällig, der ihr sofort gewährt wurde. Einige Wochen hatte es dann den Anschein, dass sich alles zum Besseren wenden würde. Dem war leider doch nicht so. Die anfängliche Belebung ging erneut zurück, um noch eine Stufe schlimmer zu werden. Die Probleme waren nicht erdrückend, aber belastend genug, um die Tage und Nächte sehr unruhig werden zu lassen. Die Schulden konnte sie beim besten Willen nicht mehr abbezahlen, denn sie und ihre Tochter mussten schließlich von irgendetwas leben. Zur guter Letzt verweigerte ihr Mann ihr den Unterhalt für seine Tochter. Angeblich war er mittellos.

Wer sollte das glauben?

Das Gericht tat es, was schlimm genug war. Irgendwie hatte er alles umgeschrieben oder verschwinden lassen. Christa konnte sich nicht erklären, wie er das hinbekommen hatte. Angeblich unterstützte ihn sein

Püppchen. Was wunderte sie sich, sein Anwalt war ein langjähriger Weggefährte ihres Ex-Mannes. Die beiden steckten unter einer Decke. Sie blöde Kuh war ihm immer treu gewesen, und er?

Nein, Christa wollte sich nicht ausmalen, was die ganzen Jahre abgelaufen sein könnte, hinter ihrem naiven Rücken. Hätte sie sich anders verhalten, wäre das bestimmt nur ein guter Grund für ihren Ex gewesen, es viel früher zu beenden. Mit größter Wahrscheinlichkeit hatte er es nicht mehr ausgehalten und konnte es nicht länger hinausschieben.

»Was soll diese Selbstgeißelung? Es ist doch völlig sinnlos.«, dachte Christa.

Ihre Anwältin kümmerte sich darum, es würde lange dauern, bis sie zu einem brauchbaren Ergebnis kommen würden. Das war ihr völlig gleichgültig. Sie hatte genügend Zeit. Christa wollte Vergeltung für die jahrelangen Lügen - und wenn es doppelt so lange dauern sollte wie ihre Ehe. Denn Rache schmeckte kalt serviert am besten. Irgendwann musste er in die Knie gehen und sein Kartenhaus aus Lügen und Betrügereien zusammenbrechen.

Momentan hatte Christa ganz andere Sorgen. So wie es aussah, musste sie ihr Geschäft schließen, um wenigstens die Schulden zu tilgen. Das einzige Kapital, welches sie noch besaß, war das letzte Stückchen Selbstwertgefühl, was ihr geblieben war.

Ihr Ex hatte immerzu behauptet, sie würde nicht lange durchhalten und spätestens nach einem Jahr in Konkurs gehen. Seine Rechnung war nicht aufgegangen, Christa war bereits im vierten Jahr. Gerade diese Tatsache musste ihn richtig geärgert haben.

»Kein Grund zur falschen Freude.«, dachte Christa. Er sollte letztlich Recht behalten, denn lange würde sie nicht mehr durchhalten können. Sich in den totalen Ruin zu stürzen war nicht in ihrem Sinne. Sie musste auch an ihre Tochter denken. Die Kleine brauchte sie jetzt mehr als jemals zuvor.

Ihre Tochter war in der Grundschule. So hatte sie Zeit über einiges nachzudenken, zum Beispiel wie ihr weiteres Leben verlaufen könnte oder sollte. Ziellos lief sie umher. So gegen zwölf Uhr mittags trudelte sie wieder in ihrem kleinen Laden ein, in dem sie den restlichen Tag bis acht Uhr verbrachte. Zwischendurch telefonierte Christa mit ihrer besten Freundin, die einen Sohn im gleichen Alter hatte. Sie kümmerte sich für den heutigen Tag um die beiden, was ihr nichts ausmachte. Ihre Freundin hatte es ihr schon verdammt häufig angeboten, doch heute hatte sie es das erste Mal in Anspruch genommen.

Christa brauchte Zeit für sich.

Ihre Tochter hatte sie kaum vermisst, als sie sie abholte. Sie hatte viel Spaß gehabt und fragte gleich, ob sie morgen auch kommen dürfe. Ihre Freundin nickte und sagte nur: »Das macht mir nichts aus.«

»Ich will dich aber nicht ausnutzen.«

»So ein Quatsch, ich sehe doch, dass du Hilfe brauchst. Also, bis morgen. Meine Füße!«, sagte ihre Freundin zu ihrer Tochter und zwinkerte ihr geheimnisvoll zu.

Im Grunde genommen hatte sie Recht. Die Kleine war so geschafft, dass sie sofort einschlief, als sie in ihrem Bettchen lag. Der Tag war wieder beschissen gelaufen, ganze drei Kunden, die in ihrem Geschenkartikelladen etwas eingekauft hatten. Christa konnte sich nicht erklären, warum die Kunden ausblieben. Zur Ladeneröffnung und darüber hinaus war es grandios gelaufen, ein richtiger Geheimtipp eben. Im Geschenkekästchen gab es alles, was das Herz begehrte. Wenn man keine nette Idee hatte, jemandem etwas Passendes zu schenken, dann konnte man es hier aufstöbern. Die Artikel waren nicht überteuert, aber es gab hier auch keinen billigen Ramsch, wie man ihn überall finden konnte.

Die Kunden hatten immer weniger Geld zur Verfügung. Das bekamen das kleine Geschäft und Christa immer härter zu spüren. Die Kunden schienen mehr auf den minderwertigen Plastikkrempel aus Fernost umzusteigen, um Geld zu sparen. Dabei hatte sie für jeden Geschmack etwas da – für jeden Typ und für jeden Anlass.

Die Kassenabrechnung war der reinste Horrortrip, obwohl die drei Kunden gut eingekauft hatten, reichte es vorne und hinten nicht aus, um in diesem Monat in die schwarzen Zahlen zu gelangen. Christa hatte wirklich alles versucht, von Zeitungsanzeigen und monatlichen Werbeflyern bis zu einem Radiospot im Lokalsender der Stadt.

Es hatte alles nichts bewirkt, die Kundenzahl nahm weiter stetig ab. Das einzige Resultat zeigte sich auf ihrem Bankkonto, wo das angesparte Geld sich in Windeseile in Luft auflöste. Selbst der Kredit, den sie ohne weiteres erhalten hatte, verpuffte fruchtlos wie eine kleine Wolke am endlosen Himmel. Sie wusste, dass die Geschäftswelt hart war, doch so blutrünstig hatte sie sich es nicht einmal in ihren kühnsten Träumen ausgemalt. Den ganzen Abend saß sie nur so da, mit einer Tasse Tee in der Hand, und starrte in den Sternenhimmel, ohne an irgendetwas zu denken. Sie war nicht mehr fähig dazu, in ihrem Kopf herrschte völlige Leere.

So erstarrt schlief sie in ihrem Sessel ein und wachte erst in den frühen Morgenstunden wieder auf. Sie kümmerte sich um ihre kleine Prinzessin, damit sie gut versorgt in den neuen Tag starten konnte, bevor diese pünktlich von ihrer Freundin abgeholt wurde, die sich mit einem Augenzwinkern von ihr verabschiedete. Sie kannten sich schon so lange, dass es nicht allzu vieler Worte bedurfte. Ihre Tochter verabschiedete sich mit einem knappen »Wir sehen uns heute Abend, Mama.« von ihrer Mutter und drückte ihr beim Gehen noch einen dicken Schmatzer auf die rechte Wange.

»Meine Kleine wird langsam groß.«, dachte Christa, als die Tür hinter ihnen zufiel. Sollte sie heute wirklich den Laden öffnen? Warum sollte der heutige Tag besser verlaufen als die vorherigen?

»Nein, der Laden bleibt geschlossen.«, überlegte Christa sich. Sie benötigte die Zeit, um darüber nachzudenken, wie sie mit ihrem Leben fortfahren sollte. Wohin sollte sie gehen? War das nicht ohnehin völlig egal?

Bevor es mit den Gedanken ernst wurde, machte sie sich zurecht, nach außen sollte man nicht erkennen können, was in ihr vorging. Christa schminkte sich dezent und zog einen schwarzen Hosenanzug an. Nicht der beste Anzug, aber auch nicht der schlechteste, den sie besaß. Als sie soweit war, griff sie noch nach der Post vom Vortag, stopfte sie in ihre Handtasche und verließ die Wohnung mit festem Schritt.

Anfangs lief sie ziellos umher, schon bald war ein gewisses Ziel zu erkennen. Die Gedanken in ihrem Kopf waren noch lange nicht so weit ein klares, erkennbares Ziel zu erreichen. Als sie aus ihrer Gedankentrance erwachte, fand sie sich vor dem großen Karstadtkaufhaus wieder. Die einzige, plausible Erklärung dafür konnte nur der morgendliche Kaffeedurst gewesen sein, denn zum Shoppen verspürte sie nicht die geringste Lust.

Christa holte sich nur eine Tasse Kaffee, kein ganzes Frühstück wie die vielen anderen im Restaurant. Normalerweise trank sie ihn immer mit Milch, heute jedoch war er schwarz wie ihre Gesamtstimmung.

So schwarz wie ihre Gedanken und Zukunftsvisionen.

Verloren saß sie da, atmete tief ein und nahm einen kleinen Schluck aus der Tasse. Sie kramte aus ihrer Handtasche drei Briefe. Die erste Sendung war Versandhauswerbung, die zweite kam von einer Lottogesellschaft und der dritte Umschlag enthielt die monatliche Telefonrechnung. Der Blick auf die geforderte Summe veranlasste sie zu einem weiteren Schluck Kaffee.

»Einen Lottogewinn könnte ich sehr gut vertragen.«, dachte Christa sich insgeheim. In dem Moment sprach sie eine ältere Dame vom Nachbartisch an: »Wieso trinken Sie keinen Sekt?«, fragte die alte Dame sie.

»Mir ist nicht danach«, gab Christa freundlich lächelnd zurück.

»Der Sekt und das Frühstück kosten heute einen Euro, man muss nur den Gutschein vorlegen.«

»Und genau den habe ich leider nicht.«, gab Christa so nett wie möglich zurück. Sie hatte keine Lust auf Smalltalk. Sie wollte nachdenken.

»Das ist wirklich Pech.«, gab die alte Dame zurück und wandte sich ihren Freundinnen wieder zu. Alle erhoben ihr Glas Sekt und prosteten sich zu. Da Christa nicht unhöflich sein wollte, erhob auch sie ihre Kaffeetasse und gab ein mittellautes Prost von sich. Es wurde von den älteren Damen mit Freude aufgenommen, die es fröhlich erwiderten. Schnell drehte Christa sich wieder um, damit sie nicht in ein belangloses Gespräch verwickelt werden konnte. Um besser nachdenken zu können, versank sie wieder in ihrer Telefonrechnung.

Der ganze Ärger wurde langsam zu viel für sie. Es war besser, ein Ende mit Schrecken anzusteuern, als einem Schrecken ohne absehbares Ende entgegenzutreten. Wenn sie jetzt den Laden schließen würde, konnte alles noch gut werden. Der Laden war aber immer schon ihr Baby gewesen, ihr ein und alles. Ihr Zeugnis für ihre Selbstständigkeit und der Dorn im Herzen ihres Ex-Mannes.

Ein letzter Schluck leerte die Kaffeetasse vollends. Es führte kein Weg daran vorbei. Sie würde es tun müssen. Christas Blick wanderte durch das Restaurant und blieb an zwei Verkäuferinnen hängen. Vielleicht war es Schicksal, dass dieser kleine Spaziergang sie hierher geführt hatte. Noch heute wollte sie sich in diesem Hause nach einem Job erkundigen. Was hatte sie zu verlieren?

Ein wenig sah sie ihnen zu und einige Minuten später erhob sie sich von ihrem Stuhl und verließ das Restaurant. Ihr Weg führte vorbei an einem kleinen

Tisch in der Ecke, an dem eine junge Frau saß, die krampfhaft ihre Tasse festhielt, sie war zweifellos gerade ganz woanders.

Diese Tatsache entging Christa, da sie ohne nach links oder rechts zu schauen auf den Ausgang zusteuerte. Christa übersah Julia schlichtweg.

Julia erwachte aus dem Traum, als die Fremde den Saal verließ. Sie dachte darüber nach, die Frau heimlich zu verfolgen und ihre nächsten Schritte zu beobachten. Julia fand im selben Moment, als der Gedanke in ihr hochkam, dass es äußerst unhöflich wäre. Was wäre, wenn man sie dabei ertappen würde, hätte sie denn eine gute Ausrede? Nein. Wenn sie nichts sagen würde, hielte man sie für eine Kriminelle, die ihren nächsten Beutezug plante. Und wenn sie von ihren Träumen erzählte, würde alle Welt Julia Sanderkamp für eine geistig Verwirrte halten.

Keine Variante war wirklich wünschenswert. Sich unerkannt und unbemerkt im Hintergrund zu halten, war weitaus sicherer und spannender. Es war nicht einer ihrer besten Träume gewesen, aber eine bestimmte Aussagekraft hatte auch dieser.

»Das Leben wirft einem viele Steine in den Weg, häufig

müssen wir gezwungenermaßen die Richtung ändern. Es nützt nichts, dem alten Pfad nachzutrauern und sich über den neu eingeschlagenen Weg zu beklagen. Viel lieber sollten wir den Wandel als eine neue Chance betrachten glücklich zu werden. So etwas ist immer leichter gesagt, wenn die Last der Probleme einen nicht schier erdrückt.«, dachte Julia. Dann war da die Ehe, die geschiedene Ehe. Ein Problem, so alltäglich, dass es niemanden mehr interessierte. »Aus Liebe wird Hass, aus Verbündeten werden erbitterte Gegner. Warum eigentlich?«, fragte Julia sich. »Liegt es an der Zeit, in der wir leben, der Gesellschaft, oder ist alles nur Schicksal? Vielleicht von allem etwas. Die Zeit wird schneller, die Anforderungen an jeden von uns immer höher, jeder will allen alles recht machen. Dabei bleiben die eigene Persönlichkeit und die Menschlichkeit auf der Strecke. Niemand redet mehr eingehend miteinander. Dadurch stauen sich unterdrückte Gefühle auf, die irgendwann einfach raus müssen. Dieser Ausbruch kann nur in seltenen Fällen positive Auswirkungen haben. Schlimmer ist es noch, wenn Kinder mit im Spiel sind. Die Partner gelangen an einen Punkt, an dem das unentwegte Gift versprühen zu kräftezehrend ist und die kleinen Sticheleien beginnen.

Da sind Kinder die beste Waffe, um einen kalten Krieg zu führen, der sich auf Dauer effektiv auf das Seelenleben auswirkt. Eine endlose Kette aus Gedankenverstrickungen die zu nichts führen.«, dachte Julia sich.

Wie immer ging es um das liebe Geld, um Luxus und Ansehen. Das musste der Hauptgrund für alle Probleme sein, wie immer.

Das ständige Jagen nach dem Glück zerstörte alles um einen herum, für was eigentlich?

»Dabei liegt das Glück vor unseren Füßen, wir brauchen uns nur zu bücken und es fest an uns zu drücken. Aber nein, wir versuchen lieber unseren eigenen Schatten zu fangen. Immer in der Hoffnung, dass nicht nur ein Peter Pan es schafft. Bei den meisten Menschen gleicht das Leben einer endlosen Gralssuche. An jedem Ort wird der Gral vermutet, findet man ihn nicht, zieht man weiter und weiter und weiter. Dabei brauchen wir nur innezuhalten, denn der Gral liegt dort, wo wir zur Ruhe kommen und in uns gehen, um zu verstehen. - Wow! Bin ich das, oder flüstert mir das jemand ins Ohr?«

Sie sollte langsam anfangen ihre Gedankengänge aufzuschreiben und sie in schlechten Zeiten, die sie ja oft verspürte, zu lesen, um sich wieder Mut zu machen.

Julia erhob sich aus ihrer Ecke und ging mit dem Geschirr in Richtung Ausgang, vorbei an den lustigen Damen und den anderen fremden Menschen. Sie stellte ihr Tablett auf ein Fließband, welches die dreckigen Teller in die Spülküche transportierte, und schaute sich ein letztes Mal suchend nach Christa um, die nicht mehr zu sehen war. Die war bereits von der Menschenmasse, die in das Kaufhaus strömte, geschluckt worden.

Julia bummelte ein wenig herum und verließ das Kaufhausgebäude, um durch die Innenstadt zu schlendern. Es war toll, Zeit zu haben und die anderen Menschen beim Hetzen zu beobachten.

Je mehr sie ihre Zeit genoss, umso mehr breitete sich ein Unverständnis für das Getümmel um sie herum in ihr aus. Was trieb diese Menschen an, sich selbst und ihre Umwelt zu zerstören mit ihrer Hektik und Unfreundlichkeit?

Eine klare Antwort konnte sich Julia auch nach langem Grübeln nicht geben, diesmal wusste ihre innere Stimme keinen plausiblen Rat darauf. Aber irgendwie hatte sie keine Lust mehr, weiter darüber nachzudenken, da Julia jede Form von Kopfschmerzen vermeiden wollte. Im Schlechte-Dinge-Verdrängen war sie keine Meisterin, doch ganz erfolgreich. Sie hatte schließlich Urlaub, die bekanntlich schönste Zeit des Jahres.

»Also machen wir das Beste daraus.«, sagte sie laut und freudestrahlend zu sich selbst.

Der Tag verging wie im Flug. Julia stöberte hier und dort, machte kleine und etwas größere Besorgungen. Zum Mittag hin hatte sie einige günstige Kleidungsstücke und Dekorkram gekauft.

Gegen halb zwei beschloss Julia eine kleine Pause einzulegen, weil ihre Füße schmerzten vom langsamen, aber vielen Umherlaufen. Sie fasste den Entschluss, endlich dieses kleine spartanisch eingerichtete Fischrestaurant auszuprobieren. Schon sehr lange hatte Julia es sich vorgenommen und immer wieder verschoben, dabei hatte sie nur Gutes darüber gehört. Heute sollte der Tag sein, da dieser Punkt von ihrer Liste gestrichen werden sollte.

Ein wenig war Julia überrascht, als sie die »Fischbrathalle« betrat, so war der Name des kleinen Lokals. Sie wusste, dass es seit den zwanziger Jahren des letzten Jahrhunderts bestand. Die Zeit schien hier stehen geblieben zu sein. So musste der Besitzer sich um 1950 gesagt haben, dass modernisieren Blödsinn wäre. Der Speiseraum war einfach eingerichtet, jedoch sehr sauber und die Menge der Gäste sprach nicht gerade für eine schlechte Küche. So war es. Das Essen war vorzüglich und sehr günstig. Mit einem zufriedenen Lächeln verließ Julia eine Stunde später die Gaststätte. Julia war nicht der Mensch, der jedem Trinkgeld gab, aber diese Bedienung hatte es wirklich verdient.

Die letzten Stunden bis zum späten Nachmittag nutzte Julia ausgiebig zum Stöbern. Sie fand ein paar günstige und nützliche Dinge. Julia vernahm durch das Getümmel die fünf Schläge der Kirchenturmuhr, und blickte auf ihre Armbanduhr. »Fünf Uhr, das soll für heute reichen«, dachte sie sich und machte sich langsam auf den Rückweg.

Julia stellte die Einkaufstüten hinten im Korb ihres Fahrrades ab, die jedoch nicht ausreichte, so musste sie noch beide Seiten des Lenkers behängen. Diese Angelegenheit war wackelig und Julia beschloss, lieber ihr Rad nach Hause zu schieben. Auf ein paar Kilometer zu Fuß mehr oder weniger an dem heutigen Tage kam es wirklich nicht mehr an. Weit war es nicht, dafür wollte sie das Risiko eines Sturzes nicht eingehen.

Julia hatte bereits die erste Hälfte des Weges

zurückgelegt, als vor ihr ein sonderbarer Mann auftauchte. Sonderbar aus dem Grunde, weil er einen langen weißen Umhang und Sandalen trug. Der Umhang sah aus wie ein Bettlaken, welches mit viel Mühe und Liebe in ein altertümliches Kleid verwandelt worden war.

»Och nee!«, platzte es aus Julia heraus.

»Der Typ sieht wie eine billige Jesusimitation aus. Die braunen, leicht lockigen, schulterlangen Haare, das Gewand und diese Sandalen. Jesus, kein Zweifel. Jetzt bloß keine Panik, nicht jeder Religionsfanatiker muss gleich ein Killer sein. Einfach ignorieren und so tun, als wäre alles normal.« Diese Worte flüsterte Julia.

Was sie am meisten störte, war, dass dieser Kerl so langsam lief. Es schien fast, als ob er langsamer wurde, wenn sie ihr Tempo herabsetzte. Er konnte sie nicht bemerkt haben. Er hatte sich nicht einmal umgedreht. Es ließ sich nicht vermeiden. Julia kam dem Irren immer näher und näher. Sie blieb auch dann noch gelassen, als sie auf gleicher Höhe waren. Jetzt war sie ihm so nah, sie hätte seine Schultern berühren können, wonach ihr weiß Gott nicht der Sinn stand.

»Oh Kacke, was soll das denn jetzt?« Innerlich schrie Julia diese Worte. »Warum bleibt dieser Spinner so abrupt stehen?«

Wie von einem Blitz getroffen, verebbte jede Bewegung dieses Mannes.

»Ganz ruhig, ganz ruhig.« Julia tat einfach, als wäre er Luft und versuchte ihn zu ignorieren. Sie lief allerdings nicht mehr, und war mit Jesus gleichzeitig stehen geblieben, wieso auch immer. Nun kündigte sich das nächste Unheil an. Julia sah fassungs- und regungslos dabei zu. Jesus fiel auf die Knie, wie von einer unbekannten Macht heruntergedrückt. Unten angekommen reckte er beide Arme in die Luft und starrte bewegungslos in den Himmel.

»Das reicht mir jetzt.«, dachte Julia und beeilte sich an ihm vorbeizukommen.

Ohne den Gesegneten eines Blickes zu würdigen, marschierte Julia los, mit strammen Schritten an ihm vorbei, als wäre er Luft. Sie sah ihn nicht an, ganz kurz aus den Augenwinkeln prüfte sie ihn. Sie sah, dass er weiter mit starrem Blick in den Himmel schaute. So schnell war Julia noch nie gelaufen, man wusste ja nicht, womit man es zu tun hatte.

Nach fünf Minuten schnellen Laufens blickte Julia über ihre Schulter. Nichts zu sehen. Sie blieb stehen und sah sich in Ruhe um. Nein, er konnte sie nicht verfolgt haben. So abrupt wie sie stehen geblieben war, hatte sie keinem Verfolger auch nur die geringste Möglichkeit gegeben sich zu verstecken. Außerdem gab es keine guten Verstecke auf dieser Straße, die über einen Kilometer schnurgerade verlief.

»Sicher ist sicher.«, sagte sie sich und setzte ihren schnellen Gang fort.

Zuhause angekommen, verschloss sie sofort nach Betreten ihrer Wohnung die Tür und schob auch den kleinen Schuhschrank vor die Haustür. Nur um einen eventuellen gewaltsamen Eintritt zu erschweren - wozu es niemals kam.

Ihr Herz schlug ihr bis zum Hals, und verlangsamte sich erst, als sie sich vollkommen gesichert fühlte. Es mussten einige Stunden und eine Phase wilden Zappens durch alle Fernsehkanäle vergehen, bis endlich wieder Ruhe in ihr einkehren konnte. Erst danach war sie in der Lage über diesen peinlichen Vorfall zu lachen.

Wieso war sie so ängstlich gewesen? Es gab nicht einen erklärbaren Grund dafür. Früher als Kind hatte sie vor vielem Angst gehabt. Julia glaubte diese Schattenseite an sich längst überwunden zu haben. Irgendwo in ihr drin war wohl ein kleiner Rest übrig geblieben.

»Egal, das zu überwinden, schaffe ich auch noch.«

An Schlaf war überhaupt nicht zu denken. Julia verspürte nach dieser Aufregung nicht die geringste Müdigkeit. Im Gegenteil, sie war hellwach und putzmunter wie ein kleiner Spatz. Sie lag einfach auf ihrem Bett und starrte grinsend die kleine Dachschräge über ihrem Bett an.

Die bereits entstandene Routine ließ Julia wieder in ihre kleine Traumwelt abdriften, um das Rätsel des Mannes zu lösen, und um seine Beweggründe besser zu verstehen.

»Alles wird gut, alles wird wieder gut.«, flüsterte Kurt Schiefenwacher vor sich hin. Nein, er flüsterte nicht, sondern sprach mit seinem Vater. Mit Gott. Kurt konnte nicht verstehen, wieso er nicht mehr mit ihm sprach, er war doch sein Sohn. Jesus. In seiner Verzweiflung hielt er inne, fiel auf seine Knie und reckte seine Hände gen Himmel. Die junge Frau, die verstört an ihm vorbeihastete, registrierte er überhaupt nicht, so wie er niemanden in seiner Umgebung wahrnahm, wenn er zu seinem Vater sprach. In einem monotonen Singsang flehte er um Antworten auf seine Fragen: »Sprich zu mir, sprich zu mir, sprich zu mir…«, so ging es immer, wenn er verzweifelt war.

Eine Antwort erhielt er nie. Dabei hatte alles harmlos angefangen, eigentlich war Kurt Schiefenwacher vor seiner Verwandlung ein Atheist durch und durch gewesen. Sein Leitspruch war die kommunistische Doktrin »Religion ist Opium für das Volk« gewesen.

Und Götterglaube war für primitive Höhlenmenschen, die den IQ einer Haarlaus hatten. Man könnte sagen, er hatte absolut nichts für die Kirche und ihr Drumherum übrig. Er war auch kein Kommunist oder eingefleischter Kapitalist. Nur ein Mensch, der versuchte in dieser Welt zu leben und das Beste aus den ihm mitgegebenen Fähigkeiten und Chancen zu machen. Das war nicht immer leicht, funktionierte jedoch ganz gut.

In dieser Welt von Kurt war kein Platz für Religion oder sogar einen Gott. Sein Leben verlief völlig normal, wie bei vielen anderen Menschen auch. Er wuchs in einem gut behüteten Elternhaus als Einzelkind auf, in dem es keinen großspurigen Luxus gab. Es war alles bescheidener, aber es fehlte an nichts. Seine schulische Laufbahn war ohne nennenswerte Vorfälle verlaufen. Kurt hatte wenig Vergnügen am Lernen, tat seine Pflicht und mogelte sich mit durchschnittlichen Noten durch den Schulalltag. Mit den guten Beziehungen seines

Vaters erhielt er eine Anstellung als Industriekaufmann bei dem großen Holzverarbeitungsunternehmen der Stadt. Hier musste Kurt sich mehr Mühe geben. Er bestand die Abschlussprüfung mit Ach und Krach. Das Glück blieb ihm hold. Direkt nach dem Wehrdienst konnte er dort weitermachen, wo er aufgehört hatte.

Dennoch war die Zeit des Glücks begrenzt, denn nach einigen Jahren wurde seine Stelle wegrationalisiert. Die Gründe für diese Einsparung kamen schleichend, anfangs in kleinen verdaulichen Häppchen. Die wurden jedoch schnell zu unverdaubaren und nicht tragbaren Brocken, die jetzt näher erläutert werden.

Kurt führte ein standardmäßiges Leben. Er ging seiner täglichen Arbeit nach, die er gut verrichtete. Er hatte sogar die Aussicht auf eine baldige Beförderung erhalten. In seinem Privatleben lief auch alles bestens. Er führte eine wunderbare Beziehung mit seiner Freundin. Sie waren einige Jahre zusammen und das wichtige Gespräch, um diese Partnerschaft eine Ebene weiter zu hieven, hatte vor kurzem erfolgreich stattgefunden.

Kurt war nicht reich, besaß kein Vermögen, aber er konnte sich so einiges leisten und mit der Aussicht auf die angekündigte Beförderung versprach sich dieses

Manko bald zu erledigen. Denn danach würde sein Jahresgehalt um einige Hunderter im Jahr höher ausfallen, was einige Wünsche in greifbare Nähe rückte. Wie gesagt, es gab keinen Grund für Kurt sich zu beklagen und keinen Zweifel daran, dass ihm eine goldene Zukunft bevorstand. Bis zu diesem endgültigen Tag oder besser gesagt diesen Tagen, die sein Leben vollkommen umkrempelten.

Diese denkwürdigen Tage stellten seinen Willen und seinen Geist in einer Art und Weise auf die Probe, die er sich nicht hatte ausmalen können. Es war ein Kampf, den er am Ende trotz größter Bemühungen verlieren sollte.

Alles hatte vor einem knappen Jahr angefangen. Nachdem er tagsüber auf der Arbeit gewesen und abends nach Hause gekommen war, hatten in seiner Straße einige Feuerwehrwagen gestanden, die im Begriff waren fortzufahren.

Kurt dachte sich, was das für eine arme Sau sei, bei der es gebrannt hatte, und er war neugierig, bei welchen seiner Nachbarn es geschehen war. Beim Näherkommen erkannte er, dass es sich um das Haus handelte, in dem er wohnte. Ein Feuerwehrmann kam direkt in seine Richtung und Kurt wollte sich sofort bei dem Mann erkundigen, was geschehen war. Dazu kam er nicht. Dieser fragte nach seinem Namen, den er bereitwillig preisgab. Der Feuerwehrmann atmete tief ein und aus, danach berichtete er ihm, dass seine eigene Wohnung ausgebrannt war. Sie vermuteten einen Kabelbrand, der durch einen Kurzschluss verursacht worden war. Ganz sicher waren sie sich nicht, aber der Fernseher konnte sehr wahrscheinlich der Auslöser gewesen sein. Lange Rede, kurzer Sinn, es war nicht das Geringste übrig geblieben von seinem Besitz.

Sicherlich kam die Versicherung für einen Teil des Schadens auf, der Verlust war jedenfalls höher als das erhaltene Geld der Versicherungsgesellschaft.

Für einige Wochen kam er bei seinem Bruder und seinen Eltern unter, bis das Schlimmste beseitigt worden war. Die ganze Angelegenheit war ein gewaltiger Schock für Kurt, doch dieser schreckliche Vorfall konnte ihn nicht aus der Bahn werfen. Dafür war er viel zu hart im Nehmen und freundlicherweise half seine Firma mit Gehaltsvorausschüssen. Die tatkräftigen Arbeitskollegen taten ein Weiteres, um schnell wieder den alten Zustand herzustellen. So verwandelte sich bald alles in den alten gewohnten Zustand zurück.

Kurt nahm wieder sein unbekümmertes Leben auf, wie

bisher. Fernab von der Welt.

Wie er zu sagen pflegte: »Was interessieren mich andere, ich muss mein Leben leben.«

Wenn z. B. Tausende von Menschen irgendwo auf der Welt verhungerten, berührte ihn das herzlich wenig, solange er jeden Tag satt wurde. Kurt war ein sehr egoistischer Mensch. Ein Mensch, der nur an seine Mitmenschen dachte, wenn sie ihm von Nutzen waren, um sein Leben zu erleichtern und zu verbessern - was er nicht raushängen ließ, um nicht als absolutes Arschloch zu gelten. Sein Leben lief einige Monate so weiter, bis der nächste Dämpfer auf ihn zukam: der Tod seines Bruders.

Sein Bruder war immer sehr still und sehr in sich zurückgezogen gewesen. Während er der Draufgänger war, war sein Bruder der vorsichtige und nachdenkliche Typ gewesen. In der Kindheit hatte man ihn anfangs für ein wenig zurückgeblieben gehalten, was er auf keinen Fall war. Er sprach einfach nicht offen mit jedem. Er lebte in seiner Welt, in einer Welt, die nur er verstehen und lieben konnte. Sven, so hieß er. Sven hatte es nicht leicht im Leben gehabt. Freunde hatte er keine. Obwohl er nicht blöd war, fiel ihm das Lernen in der Schule furchtbar schwer. Seine Noten waren hart an der Grenze des Ausreichenden. Kurt hingegen war faul und konnte, wenn er nur wollte.

Sven hatte einmal zu seinen Bruder gesagt, dass es ihm unheimlich schwer fiele, längere Zeit sich auf eine Sache zu konzentrieren, wo ihm doch immer zig Gedanken im Kopf herumschwirrten. Er war vom Pech verfolgt. Bei jeder Firma, in der er arbeitete, schwebte der Pleitegeier über dem Dach. Es war ein ständiges Hin und Her zwischen Arbeit und Arbeitslosigkeit, was ihm mehr zu schaffen machte, als er geglaubt hatte.

Für Frauen hatte er auch kein besonderes Händchen. Ständig, keiner wusste, wie er es anstellte, gabelte er Frauen auf, die seine Gutmütigkeit ausnutzten. Es waren Frauen, die sich einen Spaß daraus machten, seine Gefühle mit Füßen zu treten. Für diese Frauen war es eine Art Sport oder Zeitvertreib. Sein Bruder schien nur eine Ablenkung für die kranken Köpfe zu sein, der Spielball gegen die unerträgliche Langeweile des Alltags.

Sie sprachen nicht oft miteinander, jeder lebte sein Leben, wie das eben ist. Sie verstanden sich gut, hatten aber nie eine enge Bindung gehabt. Es war mehr Respekt, den sie füreinander empfanden. Kurt bereute es unheimlich, er hätte den ersten Schritt machen müssen, um ihn besser zu verstehen. Wie es leider immer ist, musste man Zeit dafür aufbringen, und die hatte er nie, wie er geglaubt hatte.

Diese Tatsachen allein hätten Kurt niemals dazu bewegt, sein Leben tief greifend zu verändern und einen Lebensweg einzuschlagen, der sich grundlegend von allem ihm Bekannten unterschied. Es war auch nicht der Anblick seines toten Bruders. Dessen Körper lag aufgebahrt in einem Eichensarg in der kleinen Kapelle des Zentralfriedhofes. Selbst der Leichenbestatter hatte es nicht geschafft, das Gesicht des Toten freundlicher und friedlicher zu gestalten. Man konnte die Schmerzen und den Todeskampf ablesen, die er ausgestanden hatte. Auch die viele Schminke konnte die Sterbeursache nicht vertuschen.

Sein Bruder hatte sich in seiner Wohnung erhängt. Nach dem Bericht des Leichenbeschauers hatte die Agonie einige Minuten gedauert, da durch den Knoten, den Sven gebunden hatte, die Luftzufuhr nicht ganz abgeschnitten worden war. Keiner zweifelte an dieser Einschätzung, dazu musste man nur in das erstarrte Gesicht seines Bruders sehen.

Wie gesagt, das warf ihn nicht aus seiner gewohnten Bahn. Es war der Abschiedsbrief, den Sven geschrieben hatte. Dieser Brief brachte den Stein ins Rollen. Dieser Stein bereitete die emotionale Kettenreaktion vor, für die anderen Schicksalsschläge, die noch bevorstanden. In dem Abschiedsbrief seines Bruders stand Folgendes:

Liebe Eltern, lieber Bruder!

Das ist mein letztes Lebenszeichen und zugleich sind es meine letzten Worte, die ich an euch richte. Ich scheide aus dem Leben. Das ist keine dumme, spontane Laune von mir. Das habe ich mir sehr lange reiflich überlegt. Ich bin zu dem Schluss gekommen, dass es für alle das Beste ist zu gehen. Mein Leben war oder ist nicht gerade das, was man erfüllt nennen kann. Beruflich wie auch im Privaten.
Das Schicksal hat es eben nicht gerade gut mit mir gemeint. Vielleicht sollte es so sein, oder ich bin zu dämlich.
Für alles!
Es kam mir schon immer vor, als wenn kein Platz für mich wäre und ich nur geduldet würde.
In den Gesichtern der anderen konnte ich Abneigung mir gegenüber erkennen. Immer sollte ich Platz für andere machen, die bessere Menschen als ich wären.

Und Ihr, liebe Eltern, habt Euch für mich geschämt, es gab nur Kurt. Kurt und nochmals Kurt.

Zu mir habt Ihr nie gesagt, dass ich etwas gut gemacht habe. Oder dass Ihr mich liebt. Was soll es, ist jetzt egal. Ihr seid nun mal so. Ich habe wirklich versucht, mit Euch über meine Probleme zu sprechen, bis ich es vollends aufgab. Mit jedem. Meine Gedanken und Gefühle interessieren niemanden. Alle haben ja viel Wichtigeres zu tun. Ganz besonders die Frauenwelt. Mann, hat das nicht Spaß gemacht, den Idioten so richtig zu verarschen! Ich gebe zu, es gab eine Phase, da hätte ich jede Frau auf diesem Planeten töten können.

Das habe ich glücklicherweise überwunden. Jetzt kann ich Mitleid empfinden, mit denen und allen übrigen. Sie werden niemals glücklich werden, so wie ich. Sie sind voller Hass und Missgunst, dass es sie langsam innerlich auffrisst. Na ja, glücklich wäre übertrieben, mit mir im Reinen klingt ein wenig besser.

Die Lust zu Töten war zeitweise größer, als man annehmen könnte. Lange hatte ich den Wunsch, mich an der Menschheit zu rächen, und ihnen das anzutun, was sie mit mir gemacht haben, mit Zinseszinsen.

Bis ich erkennen musste, dass es nichts an meiner Situation ändern würde. Lassen wir das Gesülze und kommen wir auf dem Punkt.

Ich habe die Schnauze voll von alledem. Das ganze Geheuchel geht mir tierisch auf den Sack. Ich will und kann es nicht mehr ertragen herumgeschubst zu werden. Da meine Rachepläne mein Dasein auf Erden nicht verbessern können und ich beim besten Willen zu nichts Gescheitem bringen werde, muss ich mein natürliches Ableben eben beschleunigen. Für mich ist kein Platz in dieser Welt und ich will hier auch nicht mehr leben.

Noch eine Sache zum Schluss. Ich hatte viel Zeit zum Nachdenken durch meine häufige Arbeitslosigkeit. Mir ist Folgendes klar geworden:

Wenn die Menschen nicht einsehen, dass sie nicht die Krone der Schöpfung sind, ist es bald vorbei. Die Menschen nehmen sich selbst viel zu wichtig und ignorieren ihre gesamte Umwelt. Sie meinen, sie stünden über allem. Es gibt sogar solche, die nach einem Sinn fragen, aber als Antwort akzeptieren sie nur Macht und Reichtum.

Was ist schon wahre Macht und Reichtum?

Was beherrschen wir wirklich? Die Klimaanlage in unseren Autos? Und was nutzt das ganze Geld, wenn man eh nichts mitnehmen kann.

Ein Herz zu haben für die Dinge und Menschen, die von

den von Euch festgelegten Normen abweichen, so wird man reich. Aber was rede ich mir eigentlich den Mund fusselig. Es hat sowieso keinen Sinn. Eine Sache ist sicher, wenn Ihr Euch nicht allesamt ändert, fahrt Ihr auf direktem Weg zur Hölle.

Man sieht sich,
Sven

P.S.
Ich wünsche keine falschen Tränen auf meiner Beerdigung, das könnt Ihr Euch wirklich sparen.

Der Abschiedsbrief schlug nicht ein wie eine Bombe, aber seine Wirkung verfehlte er nicht. Es vergoss keiner eine Träne. Leider war nicht eindeutig festzustellen, ob es an dem Brief lag oder an diesem Stolz, der schon seit Generationen vererbt wurde. Meistens wollte niemand ein Anzeichen von Schwäche zeigen, da war Sven zu seinem Leidwesen anders gestrickt.
Der Brief seines Bruders hatte Kurt berührt, jedoch nicht so, wie er es gewollt hätte. Der eigentliche Effekt trat später ein. Zuerst ärgerte der Brief ihn ein wenig, denn er war nicht gut darin weggekommen. Es ging

hauptsächlich um ihn selbst und sein ganzes Verhalten, dieser Brief hatte direkt ihn angesprochen. Es war fast so, als wenn man über einen anwesenden Menschen in der dritten Person spräche. Seine Wut hielt nicht lange an und er vergaß die ganze Angelegenheit. Die Beerdigung glich einer großen Inszenierung, wie sein Bruder es prophezeit hatte.

Hiernach sollte wiederum Zeit vergehen und Gras über diesen Vorfall wachsen, bis der Brief seine sich langsam steigernde Wirkung entfaltete. Zuvor brachte ein neuerliches Unglück sein Leben durcheinander. Diesmal verursachte es einen bleibenden Schaden, oder eine positive Veränderung. Das hing ganz davon ab, aus welcher Perspektive man es betrachtete.

Kurt war bereits einige Jahre mit seiner Freundin zusammen und sie hatten sich vor nicht all zu langer Zeit verlobt. Es sollte noch ein knappes Jahr bis zur Hochzeit dauern, jedoch der Termin stand unwiderruflich fest. Genau hier setzte das Schicksal in weiteres Mal seinen Willen mit eiserner Hand durch. Es geschah an einem ganz gewöhnlichen Tag, einem Samstag, um genau zu sein. Kurt und seine Verlobte Tina machten einen Spaziergang und diskutierten über den weiteren Verlauf des Wochenendes.

Es war eine angeregte Unterhaltung, die mehr als nur das Wochenende beinhaltete. Auch die Hochzeit wurde heftigst debattiert, welche eines der Lieblingsthemen der beiden war. Plötzlich wurden sie jäh unterbrochen. Es traf Kurt wie ein Blitz aus heiterem Himmel. Tina, die nicht still und wortkarg war, verstummte, blickte ihn mit glasigen Augen an und brach leblos zusammen. Kurt war absolut hilflos und verzweifelt, da es ihm nicht möglich war, sie wieder aus ihrer Ohnmacht aufzuwecken. Ein geistesgegenwärtiger Passant rief sofort mit seinem Handy einen Notarzt, wozu Kurt überhaupt nicht in der Lage gewesen wäre, da der Schock ihn gelähmt hatte.

Erst nach Stunden angsterfüllten Wartens erwachte Tina wieder im Krankenhaus. Sie war nicht dieselbe wie vorher, nur ein Schatten ihrer selbst. Das Sprechen fiel ihr sichtbar schwer. Trotz der ungeheuren Anstrengung, die es ihr bereitete, beantwortete sie alle Fragen des Chefarztes so gut wie möglich. Erst als der Chefarzt und einige andere Ärzte sich ihres Zustandes sicher waren, durfte auch Kurt das Krankenzimmer betreten. Dort wurden beide schonungslos sachlich von den Ärzten aufgeklärt. Kurt konnte nicht begreifen, wie kalt und unberührt die Diagnose ausgesprochen wurde. Tina hatte einen Gehirntumor im fortgeschrittenen Stadium, der inoperabel war. Jeder Eingriff hätte zum sofortigen Ableben geführt.

Das war keine Hiobsbotschaft, sondern das Ende des Lebens, welches Kurt bis dato geführt hatte.

Tina lebte noch eine Woche. Diese versuchten die Ärzte Tina so schmerzfrei wie möglich zu gestalten. Der Tumor war anfangs nicht so schlimm gewesen, dass man ihn nicht hätte entfernen können, wenn - ja wenn Tina die ersten Warnzeichen etwas ernster genommen hätte. Schon seit längerem hatte Tina mit Kopfschmerzen und Schwindelgefühl zu kämpfen gehabt. Doch sie hatte es auf das Wetter, den Arbeitsstress und die nahe Hochzeit geschoben. Stets hatte sie, wenn es schlimmer wurde, ein paar Aspirin eingenommen und es gekonnt ignoriert. Und zwar so lange, bis es zu spät für jede Hilfe gewesen war.

Kurt verfiel in eine tiefe Depression, in der er erst alles und jeden verfluchte. Die Beerdigung war der reinste Höllentrip für ihn gewesen. Zum ersten Mal hatte er bewusst geweint. Früher wäre ihm es viel zu peinlich gewesen öffentlich zu weinen, nicht so an diesem Tag. Er hätte ihr noch so viel sagen wollen, es war aber zu spät dafür. Eine Woche lang hatte Kurt über sie gewacht. Sieben Tage saß er da und rührte sich nur, wenn ein menschliches Bedürfnis ihn dazu trieb. Diese Tage hätte er nutzen können, um mit ihr über alles zu reden, doch das war ihm nicht gelungen. Tina war in ihren letzten Tagen nie mehr richtig zu Bewusstsein gekommen. Kurt hätte trotzdem zu ihr sprechen können, das brachte er jedoch aus lauter Angst nicht fertig. Er saß nur da und hielt ihre Hand, sieben Tage lang.

Die Arbeit, die ihn sonst ausgefüllt hatte, wurde ein nötiges Übel. Das zeichnete sich immer mehr ab. Die ersten Fehler traten wegen seiner Unkonzentriertheit auf, dann aber machte er sie absichtlich. Keine großen Sachen, nur Kleinigkeiten. Diese summierten sich. Niemand traute sich in Anbetracht seiner Lage etwas zu sagen. Mit der Zeit wurde er unausstehlicher, seine Laune und mittlerweile ausgewachsene Boshaftigkeit sorgten dafür, dass wirklich jeder einen großen Bogen um Kurt machte. Es glich eher einem zweckmäßigen Sicherheitsabstand, um das Überleben zu sichern.
So ging es weiter. Auf die Phase der Boshaftigkeit folgte die Gleichgültigkeit, danach die Lustlosigkeit mit regelmäßigen Verspätungen und zum Schluss die beängstigend wirkende Freundlichkeit, die niemand

richtig zu deuten vermochte. Dann sollte sich sein Leben wieder einigermaßen einpendeln, doch die alte Norm erreichte Kurt nicht mehr.

Seine Wohnung verkam. Wie schlimm es in seinen vier Wänden aussah, spiegelte sich in Kurts Äußerem, welches sich gleichermaßen zusehends verschlechterte. Er sah aus, wie von einem Bus überfahren. Kurt war alles egal, sein Leben glitt dahin und er lief schleppend hinterher. Sein Kopf war gänzlich blank, das Denken hatte er aufgegeben.

Wenn man dachte, litt man, wer litt, empfand Schmerz.

Kurt wollte nie wieder Schmerzen fühlen. Nie wieder.

Vorbei, das Leben war vorbei. Kurt konnte an nichts anderes denken. Zukunft, Gegenwart oder Vergangenheit, das hatte keine Bedeutung mehr für ihn. Er vegetierte dahin, innerlich gänzlich abgestumpft und hohl. Er glich den Millionen Zombies, die die Welt bevölkerten, ohne Gefühle, ohne Mitleid und nicht fähig eigenständig zu denken. Kein großer Unterschied zu früher, mit der einzigen Abweichung, dass sein Herz gebrochen war.

Kurt verschwand in der Masse. Er hob sich nicht ab. Er wurde zu einem Jedermann. Auf dieser Ebene richtete er sich vorzüglich ein und so bekam sein Leben ein gewisses Maß an Normalität zurück. So hätte es unendlich fortlaufen können, wenn, ja, wenn das Schicksal nicht zu seinem letzten und alles entscheidenden Schlag ausgeholt hätte.

Eines Nachmittags klingelte das Telefon in seinem Büro, nichts Ungewöhnliches, denn es geschah jeden Tag unzählige Male. Dieser Anruf stand nicht in Bezug zu seiner Arbeit. Dieser Anruf war das ultimative Ende seines klaren Verstandes.

Als Kurt nach dem Gespräch auflegte, schwieg er einige Sekunden, um danach einen nicht menschlich wirkenden Schrei auszustoßen, dem die Fensterscheiben gerade eben stand halten konnten. Er tobte wie von Sinnen durch das Büro. Dabei zerschlug er alles, was er nur greifen konnte. Keiner wagte es sich dem Raum anzunähern. Erst als Kurt kraftlos in einer Ecke des Büros versank, betrat sein Chef den Raum.

»Herr Schiefenwacher!«, sprach sein Chef ihn mit fester Stimme an.

Doch weiter kam er nicht. Ohne einen Laut von sich zu geben, sprang Kurt wie ein Gepard auf und warf seinen Chef mit der ganzen Wucht seines Körpers zu Boden. Kurt saß auf ihm, seine Hände umschlangen seinen Hals, würgten ihn und schlugen seinen Kopf in einem gleich bleibenden Rhythmus auf dem Boden auf. Immer und immer wieder.

Es vergingen nur Sekunden, bis sechs der Angestellten ihn aus dem Würgegriff befreiten und Kurt niederstreckten. Die sechs Männer waren auch nötig, da er sich wie ein Besessener wehrte. Doch die Gegenwehr endete so schnell, wie sie aufgeflammt war. Jetzt lag er regungslos da. Das war zu viel für ihn gewesen. Aus der Bewusstlosigkeit wachte Kurt erst zwei Stunden später auf - in einem Krankenhaus.

Er hatte einen Nervenzusammenbruch erlitten und zugleich die Kontrolle über seinen Körper verloren. Die Ärzte versicherten ihm, dass er zu diesem Zeitpunkt nicht zurechnungsfähig gewesen war und für keine seiner Handlungen zur Verantwortung gezogen werden könne. In Anbetracht seiner Handlungen war es ein geringer Trost. Leider konnte er sich an alles erinnern und er schämte sich zutiefst dafür. Der Schock über die Nachricht saß sehr tief.

Am Telefon hatte er erfahren müssen, dass seine Eltern auf einem ihrer Ausflüge, die sie häufiger unternahmen, einen Unfall gehabt hatten. Sie fuhren öfter ins Grüne, um zu entspannen. Doch von dieser Tour kamen sie nie wieder zurück. Ein LKW war umgekippt, sein Vater verlor die Kontrolle, und konnte nicht schnell genug ausweichen. Der Aufprall war so stark, dass beide Eltern auf der Stelle starben.

In nur einem Jahr hatte Kurt seine Eltern, seinen Bruder und seine zukünftige Frau verloren und der Wohnungsbrand hinterließ finanziell noch immer seine Spuren. Er lag völlig regungslos in seinem Bett und starrte apathisch die Zimmerdecke an. Nichts interessierte ihn, selbst die Kündigung seiner Firma löste nicht die geringste Gefühlsregung bei ihm aus. Ein Pfarrer, der jeden Tag auf ihn einredete und ihm Mut zu machen versuchte, drang nicht zu Kurt durch. Ständig faselte er von Jesus und seinem Leidensweg, doch das Lachen verkniff Kurt sich lieber. Dann war die Geduld des Pfarrers am Ende und er überließ Kurt wieder seinem Schicksal. Als Abschiedsgeschenk ließ er eine Bibel zurück, die Kurt am liebsten in den Mülleimer in der Ecke des Zimmers geworfen hätte, aber er beschloss, das Buch zu ignorieren.

Kurt musste einige Zeit im Krankenhaus verbringen, da sein Fußgelenk gebrochen war. Den Bruch hatte einer seiner ehemaligen Arbeitskollegen verursacht, als sie versucht hatten ihn außer Gefecht zu setzen. Ganze drei Wochen ließ man ihn unter Beobachtung, nur um sicher zu gehen, dass er keinen weiteren Zusammenbruch und Wutanfall erleiden würde. Kurt war ein verdammt zäher Brocken, aber selbst ihn quälte die Langeweile. Da es nichts Besonderes gab, was Kurt in einem Krankenhaus hätte ablenken können, griff er ergeben zu diesem Lügenbuch in der Nachttischschublade. Von allen Seiten wurde es als Zeichen der Besserung gewertet, dass er jetzt die Bibel las. Er ging das Buch von Anfang bis Ende durch und mit jeder Seite, die Kurt studierte, fing er an sich besser zu fühlen. Er wurde ruhiger und ausgeglichener. Kurt sprach mit den Ärzten und Mitpatienten über seine Gefühle und entwickelte seinen Humor von Neuem. Alles deutete darauf hin, dass sich alles wieder zum Guten wenden würde. Einem ganz normalen Leben stand scheinbar nichts mehr im Wege.

Am Tag seiner Entlassung war Kurt ein völlig neuer Mensch geworden. Der Bestattung seiner Eltern war er ferngeblieben, weil er zu diesem Zeitpunkt nicht in der seelischen Verfassung dafür gewesen war. Nun besuchte er alle drei Gräber auf einmal. Nacheinander verabschiedete Kurt sich von denen, die sein ganzes Leben unbewusst am stärksten beeinflusst hatten. Er bat um Verzeihung und gelobte Besserung für sein neues Leben, welches er jetzt beschreiten würde. Kurt verpflichtete sich allen zu helfen, die Hilfe benötigten. Am Grab seines Bruders sagte er sogar, dass er endlich verstanden habe, worauf es im Leben tatsächlich ankäme, und verließ den Friedhof mit den Worten:

»Ich werde mit der ganzen Kraft meines Herzens, meiner Liebe und mit Gottes Hilfe die frohe Botschaft verkünden. Nichts wird mich davon abhalten, selbst Satan wird vor Ehrfurcht sein Haupt senken.«

Die Wandlung war bereits im vollen Gange. So glaubte er tatsächlich, dass alle Schicksalsschläge, die er hatte erleiden müssen, von Gott gewollt waren. Kurt glaubte, nur so habe er auf den Pfad der Tugend gelangen können. Ein wahrlich hoher Preis, aber nötig. So war er der festen Überzeugung durch seinen Leidensweg den unerschütterlichen Beweis erhalten zu haben. Kurt glaubte, er sei Jesus, der zurückgekehrt sei, um die Welt endgültig von ihren Qualen zu befreien. Diesmal würde er es vorsichtiger und geschickter anstellen, denn er hatte aus seinen Fehlern beim letzten Besuch gelernt, so meinte er.

Zuhause in seiner Wohnung blickte Kurt sich im Spiegel an und lächelte. Es gab nicht den geringsten Zweifel. Er war Jesus, der leibhaftige Sohn Gottes.

In letzter Zeit hatte er sein Äußeres vernachlässigt. Bart und Haare hatten bereits eine beträchtliche Länge erreicht. Den Bart stutzte er sich seit langer Zeit wieder, kämmte das schulterlange Haar ordentlich durch, kramte seine alten Sandalen heraus und nähte sich in aller Gemütsruhe eine Tunika aus einem alten Bettlaken. Nachdem alles seinen Vorstellungen entsprach, griff er nach seiner Bibel und befestigte sie in einem kleinen Hüftbeutel unter seiner Tunika, in dem er die allernötigsten Dinge mitnahm.

Dazu gehörte sein ständiger Begleiter die Bibel. Fertig ausgerüstet ging er mit einem breiten Grinsen im Gesicht aus seiner Wohnung. In seinem Kopf herrschte nur ein Gedanke. Nur er konnte und musste die Welt von allem Übel und Leid befreien. Sein Marsch ging ziellos durch die Stadt, immer Ausschau haltend nach Menschen, die seiner Hilfe bedurften. Kurt gönnte sich kaum Pausen bei seiner heiligen Mission. Doch nach Stunden des unermüdlichen Suchens blieb er stehen. Es war fast, als wenn VATER persönlich ihn dazu anhalten würde, für einen Moment innezuhalten.

Es traf Kurt wie ein Blitzschlag aus heiterem Himmel. Er hatte seinem VATER noch nicht für diese wundervolle Erkenntnis gedankt. Er war es schließlich gewesen, der ihn aus seinem Tiefschlaf erweckt hatte. Aus lauter Freude und Liebe für seinen Erlöser fiel er auf die Knie, riss die Arme in die Höhe und dankte von ganzem Herzen. Auch versicherte er VATER, dass alles wieder gut werden würde. Er würde sein Reich im alten Glanze neu erstrahlen lassen. Daran glaubte Kurt ganz fest. Er war so vertieft in sein Dankesgebet, dass er die verstörte, junge Frau, die mit schnellen Schritten und weit geöffneten Augen an ihm vorbeiflitzte, nicht bemerkte.

Für diesen Moment war er eins mit Gott und dem Universum. Nicht einmal eine gewaltige Explosion hätte Kurt aus seiner Meditation herausgerissen. Die Frau verschwand außer Sichtweite und Kurt lächelte mit weit ausgestreckten Armen, die in den Himmel gerichtet waren. Er war glücklich wie nie in seinem Leben, denn er war Jesus, der Erlöser von allem Übel.

Mit einem gewaltigen Gähnen und ausgiebigem Räkeln startete Julia in den neuen Tag. Die meisten Träume verblassen mit jeder Sekunde des jungen Tages, doch manchmal gibt es Träume, die wiederkehren. Dann stellt man sich die Frage nach Traum oder Wirklichkeit. Es ist ein eigenartiges Gefühl der Vertrautheit, die weit entfernt und doch nah scheint.

Diesen Traum konnte Julia dort einordnen, aber mittlerweile hatte sie sich an die Reisen in die Schicksale fremder Menschen gewöhnt. Bei einer Schale Früchtemüsli ließ Julia den Traum im Schnelldurchlauf im Geiste an sich vorbeiziehen, um ihn später für sich besser auswerten zu können. Als dieser Vorgang beendet war, kaute sie vergnügt an ihrem Müsli weiter.

War Kurt nun wahnsinnig oder völlig normal? Das war eine verdammt gute Frage. Wenn man bedachte, was er alles durchgemacht hatte, war der Wahnsinn nicht ausgeschlossen. Aber war es möglich, durch Schicksalsschläge den wahren Sinn des Lebens zu entdecken? Leicht bescheuert musste er schon gewesen sein, denn ansonsten wäre er nicht so auffällig herumgelaufen. Man konnte völlig Fremden auch mit ganz normaler, unauffälliger Kleidung helfen. Eines stand fest, zu einem kleinen Spinner war Kurt geworden.

»Es ist erschreckend.«, dachte Julia, »wie die Menschen miteinander umgehen. Die meisten merken gar nicht, was für einen Reichtum sie besitzen. Erst wenn sie alles verlieren, wird ihnen die wahre Bedeutung bewusst.

Viele streben nach Höherem und glauben das Glück woanders zu finden. Dabei nehmen sie fast unmenschliche Strapazen auf sich. Sie legen unendlich scheinende Entfernungen zurück, um in ihr Paradies zu gelangen oder in das gelobte Land, in dem Milch und Honig fließen. Obwohl jeder diese Worte mit Recht belächelt, jagen sie ein ganzes Leben lang einem Hirngespinst nach, weil es tief in ihnen und ihrer Gesellschaft verwurzelt ist.

Von außen betrachtet, können sie einem leid tun. Es ist unbegreiflich. Das Glück liegt jedem vor den Füßen; anstatt sich zu bücken und es aufzuheben, laufen sie davon. Das wirklich Schlimme an der Sache ist, dass das Glück den Menschen noch hinterhereilt und sie von hinten anspricht.

Es ruft: »Hallo hier bin ich doch!«

Die große, universelle Wahrheit ist in den kleinen Dingen, fast unsichtbar. Sie zeigt sich in Worten, Gesten, Lächeln, Freundschaft, Liebe, Ehrlichkeit und Treue den Menschen jeden Tag. Nichts ist wertvoller als das, kein Geld und zweifelhafter Ruhm können einem Menschen dieses Gefühl schenken. Es bietet sich absolut kostenlos und ohne Mühen an, mit nur einer einzigen Bedingung. Zu empfangen.

Wann Julia das letzte Mal empfangen hatte, konnte sie nicht mehr mit Gewissheit beantworten. Es war viel zu lange her. Zu häufig war sie in Selbstmitleid versunken und hatte ihr monotones Leben beklagt, mit Neid auf andere gesehen, denen es scheinbar besser ging als ihr selbst. Ging es denn vielen besser als ihr selbst? Einigen vielleicht schon, aber waren die dann auch wunschlos glücklich? Die plagten Probleme, die überhaupt keine waren und Julia mehr als lächerlich schienen.

»Was ist Glück?« Diese Frage hatte ihr Religionslehrer in der Berufsschule gestellt, darüber hatten sie drei Monate mit keinem abschließenden Ergebnis diskutiert.

Damals hatte Julia kein besonderes Interesse daran gehabt, jedoch an diesem Morgen brannte sie förmlich auf eine Antwort.

Irgendwo hatte Julia gehört, dass alle Fragen, die die Menschen stellten, bereits beantwortet seien. Die Antworten auf jede Frage sollten im Menschen liegen und nur darauf warten, geborgen zu werden. Empfangen.

Das war es. War dieser Zustand denn so schwer zu erreichen?

Musste jeder Mensch erst am Rande des Wahnsinns stehen, wie Kurt, um zu begreifen? Es musste eine andere Lösung geben, bei der man ein normaler Mensch bleib.

»Du musst es von Herzen wollen.«, flüsterte ihr eine innere Stimme zu.

Oder war es doch ein Geistesblitz? Oder sogar ein unsichtbarer Geist, der ihr die Lösungen zuflüsterte?

Es war eine einfache Eingebung, darauf legte Julia sich fest. In irgendwelche paranormale Welten wollte Julia nicht ausweichen.

»Für alles gibt es eine einfache Lösung.«, sagte Julia zu sich.

»Und die Lösung werde ich heute noch herausbekommen.«

Es war Samstag, wieder ein wunderschöner Tag, den sie nicht nutzlos verstreichen lassen konnte, ohne in die Welt hinauszustürmen. Die Sache mit dem Sinn des Lebens und dem Glück beschäftigte sie noch eine geraume Weile. Julias bisheriges Leben war hauptsächlich in ihrem Geiste abgelaufen. Es war nicht besonders lang.

In den wenigen Jahren, die sie existierte, hatte sie bereits einiges an Erfahrungen angesammelt. Für die meisten Menschen nichts Besonderes, keine großen

Abenteuer. Ihre Erlebnisse waren mehr emotional geprägt. Sie erinnerte sich an die schönen Stunden in ihrer Kindheit, wenn sie abrupt anfangen musste zu lachen. Leider folgten im direkten Anschluss die vielen negativen Vorfälle, die sich bis zu dem heutigen Tage ergeben hatten. Häufig musste Julia Niederlagen und Enttäuschungen hinnehmen, mehr Rückschläge als die meisten Menschen, wie sie glaubte. Diese empfand sie als äußerst bedrückend in ihrem Leben. Für alles musste sie hart arbeiten, sehr hart. Sei es in der Schule, im Privaten oder im Job, jeder kleine Erfolg verlangte ihr einen hohen seelischen Blutzoll ab. Häufig hatte sie dagesessen und geweint. Und mit Gott geschimpft.

Julia hasste nichts mehr als Sprüche wie:

»Das ist eben Schicksal.«, »Gottes Wille ist unergründlich.« oder

»Alles, was geschieht, hat einen bestimmten Sinn.«

Bei so was wurde Julia immer speiübel. Oft glaubte sie zu dumm geboren worden zu sein und schaute neidvoll auf die angeblich Klugen, Schönen und Erfolgreichen. Doch je älter sie wurde, desto klarer wurde Julia, dass sie überhaupt nicht so blöd war, wie sie von sich selbst gedacht hatte.

Die anderen wussten einfach nur Dinge, die sie nicht (noch nicht) wusste. Früher war ihr Minderwertigkeitsgefühl so stark gewesen, dass sie an Selbstmord gedacht hatte. Die Resignation schwang dann glücklicherweise in Wut um, mit dem Willen es allen zu zeigen. Es kam eigentlich durch mehrere dumme Zufälle zustande. Da sie den Beruf der Verkäuferin ausübte, hatte sie zwangsläufig viel Kontakt mit Menschen. In dieser Sparte blieb einem nichts anderes übrig, als mit anderen zu sprechen, ob man wollte oder nicht. Viele, die intelligent taten, waren es nicht. Das machte ihr schrittweise Mut. Dann waren da ihre Kolleginnen, die sie hin und wieder nach ihrer Meinung zu gewissen Dingen fragten. Auch hier musste sie feststellen, dass sie erstaunlich viel wusste und insgeheim über die Meinungen und Ansichten ihrer Mitmenschen nur mit dem Kopf schütteln konnte.

Nichts regte Julia mehr auf, als wenn Menschen nichts zu einem bestimmten Thema wussten, aber lautstark der Umwelt ihre Meinung kundtun mussten, und sei es noch so dumm und schwachsinnig. Das jedoch war sie zu mehr als 90 Prozent von den Menschen, die sie hatte erleben dürfen gewohnt. So wurde Julia ermutigt die Dinge nachzuholen, die sie wissen und selbst erleben wollte.

Das bereits beträchtliche Wissen reichte leider nicht aus, um ihr Selbstvertrauen auf das Maß zu steigern, welches sich Julia seit ewigen Zeiten wünschte. Die Hoffnung, es zu erreichen, war groß, doch vermutete sie, dass es viele Jahre dauern würde und sie viele Bücher lesen musste, um sich ihren Herzenswunsch zu erfüllen. Das größte Hindernis dabei war die Einsamkeit.

Im Grunde genommen lebte sie allein. Wirkliche Freunde hatte sie keine und auch nie wirklich gehabt Eine Familie war praktisch nicht vorhanden und die Eltern. waren ein anderes Thema. Mit Freundschaften hatte sie sich in den letzten Jahren sehr große Mühe gegeben, doch alle anfänglich guten Bekanntschaften waren schnell im Sande verlaufen. Der feste Wille, sie aufrecht zu halten, war von Julias Seite da, aber bei ihren Bekanntschaften stieß sie häufig auf diese Lustlosigkeit. Und hinter Leuten hinterherzulaufen, fand sie ausgesprochen doof. Wer nicht wollte, hatte eben Pech.

Die Familie war durch alle Verwandtschaftsgrade zerstritten und ein jeder scherte sich einen Dreck um den Angehörigen. Hier war es gesünder für das eigene Nervenkostüm, einen gebührenden Abstand zu wahren.

Mit ihren Eltern kam sie klar, es herrschte keine Funkstille, dafür auch kein reger Kontakt. Sie lebte jetzt ihr eigenes Leben und war nicht mehr das kleine Mädchen mit den Zöpfen, das ohne die Hilfe und den Rat der Eltern nicht auskam. Sie hatte ihre eigene Meinung und eine Vorstellung vom Leben, die mit der Auffassung ihrer Eltern nicht übereinstimmte. In der Hauptsache ging es um Kinder und Ehemann. Für ihre Eltern gehörte es sich nicht, dass eine Frau allein lebte, ohne wenigstens in einer Beziehung zu sein. Sie behaupteten sogar, dass sie durch ihre ganze Art nie einen Mann abbekommen würde. Häufig gaben sie Vorschläge, wem sie sich an den Hals werfen sollte. Da spielte es keine Rolle, ob sie für denjenigen etwas empfand oder nicht. Der Kommentar ihrer Mutter lautete: »Das wird sich irgendwann ergeben.«

Die ideale Zukunftsvision ihrer Eltern für ihre Tochter war, dass Julia so schnell wie irgend möglich Hausfrau und Mutter werden sollte. Das war das einzige Leben, welches ihre Eltern für sinnvoll und lebenswert hielten.

Da machte sie nicht mit.

So wie sie lebte, war sie nicht überschwänglich glücklich, aber sie fühlte sich wohl dabei und genoss ihre Freiheit. Um den endlosen Diskussionen, die zu nichts führten, und den daraus resultierenden Streitgesprächen, aus dem Wege zu gehen, hielt Julia den Kontakt auf ein erträgliches Minimum begrenzt. Einen Partner für das Leben zu finden, wünschte sie sich von ganzem Herzen, auch wenn sie das nicht zeigte. Das größte Problem bestand darin, dass Julia nie wirklich verliebt gewesen war.

Es gab zwei Möglichkeiten: Vielleicht war sie dazu bestimmt, allein zu leben.

Dann war jede Suche die reinste Energie- und Zeitverschwendung. Oder sie und ihre Liebe waren für einen bestimmten Menschen reserviert. Eine äußerst romantische, schöne Vorstellung, die jedoch mehr an einen Kitschroman erinnerte. Der beste Weg war alles auf sich zukommen zu lassen. Mit roher Gewalt erreichte man nichts, das hatte Julia oft genug feststellen müssen.

Was passierte, passierte. Anders konnte man nicht herangehen und es schonte ungemein die Nerven.

Das Frühstück war seit einigen Minuten beendet und Julia machte sich für den neuen Tag fertig. Während dieser Vorbereitungsphase ging ihr die Frage nach dem Sinn und dem wahren Glück im Leben eines jeden Menschen nicht mehr aus dem Kopf. Sie verschwendete keine wertvollen Gedanken an andere belanglose Dinge, sondern vertiefte sich in die Bedeutung ihres nächtlichen Traumes. Diese Erfahrung schien wieder mehr mit ihr selbst zu tun zu haben, als sie gedacht hatte. Nach und nach kam sie der Bedeutung auf die Spur und fand eine Auflösung, die sie zumindest befriedigte. Sie half, ihren derweil immer wachen Geist zu beruhigen:

»Das ganze Leben ist ein dahinfließendes Gewässer aus Eindrücken, Gefühlen und Geschehnissen, das man nicht aufhalten sollte. Viele Menschen fürchten sich, fühlen sich bedroht durch diesen immerwährenden Wandel. Durch ihre bloße Angst und Abneigung errichten sie Staudämme, um diesen Prozess zu verhindern. Zum Stillstand kommt dieser freilich nicht, er wird nur zeitweise unterbrochen. Die Störung ist im Vergleich zur Ewigkeit nicht relevant, jedoch schwerwiegend genug, um Schaden anzurichten. Der Druck wird so stark, dass das Gleichgewicht allen Seins beschädigt wird. Um dieses Missgeschick zu beheben, werden einzelne Menschen dazu veranlasst, eine Schleuse zu öffnen, um das grundlegende, universelle Wissen in das Tal der Vergessenheit zu spülen.

Der Boden ist durch die Ignoranz dermaßen

ausgetrocknet, dass das Wasser haltlos wieder abfließt. Es gibt jedoch immer eine Stelle, die bereit ist, das Wasser aufzunehmen, um den Kreis zu schließen. Diese Kraft reicht nicht, um eine wirkliche Veränderung hervorzurufen. Es ist aber beabsichtigt nicht zu viel freizusetzen, das würde nur zerstören. Dieser Prozess ist schleichend gewollt. Langsam, ganz langsam kommt die Neuordnung. Aus Einzelnen werden viele, aus vielen werden Massen. Diese Massen werden erkennen, dass die Energie schon immer in ihnen wohnte. Und sie werden die Barrieren mit größter Freude einreißen, um wieder ein Teil des ewigen Flusses zu werden.«

Julia fing an, Kurt zu begreifen. Das Leben war Veränderung und Veränderung war Leben. Das war nicht der Sinn des Lebens, aber ein Puzzleteil in dem großen Gebilde. Dieser Traum war wieder nur ein Fragment, das sie zu einem weiteren führen würde. Es war ungewiss, ob sie jemals diese Botschaft verstehen würde. Aber eines war für Julia sicher, es beeinflusste ihr Leben positiv.

Um der Lösung des Rätsels näher zu kommen, musste sie raus. Sie wollte weitere Antworten erhalten, damit sie ihre Reise fortzusetzen konnte. Mit einem Lächeln verließ sie ihre Wohnung, voller freudiger Erwartung auf ein weiteres Abenteuer. Sanft fiel die Wohnungstür ins Schloss.

Kapitel 6

Laut Wetterbericht sollte der gesamte Urlaub von Julia aus dem reinsten Sonnenschein bestehen. Das war Anlass genug, einen Abstecher ins Freibad zu unternehmen. Auch das gehörte zu den Dingen, die Julia in ihrem bisherigen Leben viel zu selten getan hatte - wegen ihrer Angst vor Menschenmassen. Das beklemmende Gefühl war noch da, aber es schwand von Tag zu Tag und von Traum zu Traum. In der Tat war ihre Furcht völlig unbegründet, denn in diesen frühen Stunden tummelten sich nur wenige Menschen im Freibad. Flugs suchte Julia sich eine schöne Stelle auf der Liegewiese aus und entfaltete sich auf ihrem Handtuch. Bevor die Mittagszeit anbrach, wollte Julia sich noch ein wenig sonnen. In ein paar Stunden würde es bestimmt unerträglich werden.

Ehe sie sich´s versah, döste Julia ein. Als sie die Augen öffnete, war es fast Mittag und die Liegewiese füllte sich langsam. Da sie im Schwimmbad nicht den ganzen Tag faul in der Sonne liegen wollte, kam sie dem Ruf des kühlen Nass´ nach. Eine halbe Stunde zog sie ihre Bahnen ohne Unterbrechung konsequent durch, um danach noch herumzuplanschen. Nicht die Erschöpfung, sondern der Hunger trieb Julia aus dem Becken heraus. Seit dem Frühstück hatte sie nicht gegessen und ihr Magen knurrte bereits enorm. Sie ging zu dem Bistro und bestellte sich eine kleine Pizza und ein großes Glas eiskalte Cola. Während sie ihre Pizza aß, schaute Julia sich vorsichtig um. Es waren nur langweilige, normale Durchschnittsmenschen wie sie zu erspähen. Nach dem Mittagessen schlenderte sie durch die weitläufige Anlage. Da war auch nichts. Enttäuscht kehrte sie zur Liegewiese zurück und Julia legte sich ein weiteres Mal hin, um zu entspannen.

Für den Rest des Tages pendelte Julia zwischen Liegewiese und Schwimmbecken, ohne den geringsten Erfolg. Um Viertel nach sieben gab Julia auf. Obwohl sie enttäuscht war, war es doch ein schöner Tag geworden, an dem sie sogar Farbe bekommen hatte. Auf dem Weg zurück nach Hause machte Julia Halt an einem Eiscafé, um sich zum Abschluss des Tages einen großen Erdbeerbecher zu gönnen.

»Ja, der Tag ist wirklich gut gewesen.«, dachte Julia sich. »Es gab keine außergewöhnlichen Menschen zu sehen und keine spannenden Traumreisen, dafür war es ein weiterer entspannter Urlaubstag.«

Nach dem Eis radelte Julia gemütlich und glücklich

nach Hause zurück. Wenn Julia zum Schwimmbad wollte, musste sie den Innenstadtring entlangfahren, was nicht schlimm war, da dieser ein gutes Fahrradwegenetz besaß. Hier war viel Verkehr. Da konnte man kommen, wann man wollte. Auf dem Hinweg war es das reinste Chaos gewesen, doch jetzt zu fortgeschrittener Stunde war es übersichtlicher und ruhiger. Julia musste eine kilometerlange Strecke geradeaus fahren. Die wenigen Biegungen brachten keine Abwechslung. So fuhr Julia dahin, ohne besonderen Gedanken nachzuhängen.

Ihre Augen glitten an der Straße entlang wie ihr Fahrrad, ohne einen Punkt zu fixieren. Selbst als sie an der Rollstuhlfahrerin vorbeifuhr, blieb ihr Blick nicht für einen Bruchteil einer Sekunde hängen. Es dauerte ganze fünf Sekunden, bis dieser Eindruck von ihren Gehirnwindungen realisiert wurde. Erst jetzt zog Julia die Bremsen ihres Hollandrades so fest an, wie sie konnte, und blieb mit quietschenden Reifen abrupt stehen. Julia war von dem Geschehen einige Meter entfernt, aber noch nah genug, um alles deutlich zu erkennen.

Das war jenes Erlebnis, nach dem Julia den ganzen Tag Ausschau gehalten hatte. Durch das krampfhafte Suchen hatte sie nichts erreicht, erst als sie sich hatte treiben lassen, geschah es. Unterdessen hatte Julia das Prinzip erkannt: Nur wenn ihr Geist frei war von allen störenden Gedanken, konnte sie die kleinen Wunder, die um sie herum geschahen, erkennen und begreifen. Um sich selbst zu verstehen und zu erfassen, musste Julia aufhören zu denken. Aus der sicheren Entfernung betrachtete sie die Rollstuhlfahrerin, die noch keine dreißig zu sein schien. Wieder konnte man sagen, dass es etwas Alltägliches war, nicht häufig, aber auch nicht bemerkenswert. Ja, wenn diese Frau nicht etwas total Verrücktes getan hätte. Sie überquerte nämlich die stark befahrene Straße mit ihrem Rollstuhl, ohne eine Ampel zu benutzen. Dieses Schauspiel ließ einen nur mit dem Kopf schütteln. Wieso tat ein behinderter Mensch so einen Unsinn?

Die Frau kam nur bis zur Mitte der Straße und hing dann fest, weil der Verkehr wieder zunahm. Dem Gesicht der jungen Frau konnte man ansehen, dass sie diese Situation heraufbeschwören wollte. Selbst aus der Entfernung konnte Julia das verzerrte Grinsen in ihrem Gesicht erkennen. Sie konnte nicht hören, was sie rief, dafür war Julia bereits zu weit weg. Dem wilden Herumgefuchtel mit den Händen war zu entnehmen, dass die junge Frau sehr angespannt war. Ja, sie beschimpfte die Autofahrer.

»Das hat die gerade nötig. Wer verhält sich denn wie ein Vollidiot?«, dachte Julia laut. »Die muss doch einen absoluten Totalschaden haben.«

Das Spielchen zog sich eine geraume Weile hin, immer wieder preschte die Frau im Rollstuhl vor, um dann wieder zurückgedrängt zu werden. Das Gehupe der Autos schien sie in ihrem Vorhaben weiter anzuspornen. Julia traute ihren Augen kaum: Die junge Frau lehnte sich zurück und wippte auf den Hinterrädern hin und her. In dieser Stellung verweilte sie einen Moment, bevor sie eine passende Lücke erwischte und auf den Hinterrädern rollend die andere Straßenseite erreichte.

Dort angelangt riss sie beide Arme in die Höhe und stieß einen Siegesschrei aus, den selbst Julia auf der anderen Seite laut und deutlich hören konnte. Die Irre drehte sich mit ihrem Rollstuhl um die eigene Achse und verschwand in einem der kleinen Seitenwege, die zu den dahinter liegenden Wohngegenden führten. Julia war sich nicht sicher, was sie eigentlich gesehen hatte. Das musste sie einen Moment sacken lassen. Unverständnis breitete sich in ihr aus.

»Warum bringt sich so ein Mensch wissentlich in

Gefahr?«, fragte Julia sich.

Ihr war klar, dass die Welt voll von durchgeknallten Menschen war, aber das war wirklich eine Spur zu bekloppt. Verwirrt stieg Julia wieder auf ihr Rad und fuhr weiter. Das vorherige gedankenlose Dahinschweben hatte mit diesen Bildern ein jähes Ende gefunden. Und wieder einmal wurde Julia von der Geschichte einer ihr völlig fremden Person in den Bann gezogen. Sie setzte ihre Fahrt nach Hause fort. Jedoch langsamer als bisher. Auch als sie angekommen war, blieb Julia tief in ihren Traum versunken, der ihr Aufschluss über diese Frau geben sollte. Nichts um Julia herum war bedeutungsvoll, es zählte nur der Traum, der zu ihrer Realität wurde.

»Ihr verdammten Wichser, ich hab die ganze Scheiße hier satt!« Das flüsterte Nicola Garoh mehr, als dass es laut über ihre Lippen kam. Sie war eine junge, hübsche Frau von Mitte zwanzig. Sie sah verdammt gut aus, nur brachte ihr das etwas? Nein! Es war eigentlich ein Grund zur Freude, die Männer hätten ihr zu Füßen liegen müssen. Das taten sie aber nicht, weil sie ein verdammter Krüppel war. Seit dem Unfall, den sie mit vierzehn Jahren gehabt hatte, war ihr Leben ein einziger

Scherbenhaufen, ein Leben ohne Zukunft. Nicola fragte seit Jahren, was sie falsch gemacht habe. Sie verfluchte den Tag im Mai, an dem sie im Badezimmer ausgerutscht war.

Wie jeden Tag war sie nach ihrer Morgendusche aus der Kabine gestiegen und hatte sich abtrocknen wollen. Jeden Morgen der gleiche Ablauf. Nichts war an dem Tag anders. Dieser jedoch beeinflusste ihr gesamtes weiteres Leben. Beim Frottieren rutschte sie aus, wie das passieren konnte, war ihr bis heute nicht klar.

Es passierte einfach.

Sie verlor ihr Gleichgewicht, und um selbiges wieder zu finden, hatte sie wild mit den Armen herumgefuchtelt, eine Drehung gemacht und war gestürzt. Während des Sturzes schlug sie mit dem Hinterkopf auf das Waschbecken auf, dann brach sie besinnungslos zusammen.

Nicola blieb nicht lange ohne Bewusstsein. Das Erwachen bereute sie viele Jahre, von da an hätte sie lieber sterben wollen, als so zu enden. Es war ihr nicht mehr möglich, sich zu bewegen. Erst durch viele Monate harten Trainings erlangte Nicola ihre Mobilität zurück. Eigentlich ein Grund zur Freude, jedes Körperteil hatte seine Funktionen zurückerlangt, bis auf ihre Beine.

Kein Arzt war der Lage ihr zu helfen. Ihre Beine blieben für immer gelähmt. Die Mediziner meinten, es sei sowohl physisch als auch psychisch bedingt. Die Psyche war völliger Schwachsinn. Nicola wünschte sich nichts sehnlicher, als wieder laufen zu können, doch jeder Versuch scheiterte kläglich.

Bei der körperlichen Ursache handelte es sich um einen gequetschten Nerv, der die Laufinformation zu ihren Beinen nicht weiterleiten konnte. Der Aufprall auf den Hinterkopf war nicht alles gewesen. Sie musste noch irgendwo falsch aufgeschlagen sein. Doch dazu konnte Nicola nichts sagen, da sie direkt nach dem Waschbecken überhaupt keine Erinnerungen an das weitere Geschehen hatte.

Der Rest des Ablaufes und die Behandlung waren Geschichte, für Nicola keiner Erwähnung mehr würdig. Im Grunde nervte es sie total, den Leuten ständig ihr beschissenes Leben zu erläutern. Sie hatte keinen Bock auf die geheuchelte Freundschaft, Mitgefühl und das angebliche Interesse. Für den Großteil aller Menschen war sie nur ein Krüppel, der keinen Wert hatte und eine Belastung für diese Gesellschaft war.

Sie wollte »auf eigenen Beinen stehen«. Den Spruch

konnte sie noch weniger ertragen.

Durch ihre ganze Art hatte sie sich vieles verbaut. Obwohl sie blond war, war sie schlauer als die meisten Tussis. Ihr größtes Problem waren die Ausdauer und der Wille, etwas bis zum Ende durchzuhalten. Nach diesen geförderten Arbeitsplätzen für behinderte Menschen stand ihr überhaupt nicht der Sinn. Noch zahlte ihr Vater alles, der als ein guter Anwalt ein vorzügliches Auskommen hatte. Aber in den letzten Monaten verschlechterte sich die Laune ihrer Eltern. Langsam musste Nicola sehen, dass sie etwas aus ihrem Leben machte. Eben das Beste, was möglich war, und nicht nur die Hand aufhalten. Der große Knall stand kurz bevor, das war deutlich zu spüren.

Nicolas Leben war bis sprunghaft gewesen, doch brachte es nichts, nur Fragmente daraus zu erzählen. Das würde die Sicht verfälschen. Aus den einzelnen Abschnitten würde man einen nicht besonders netten Menschen erkennen, dessen Bekanntschaft man besser vermied.

Jedoch war es in Wirklichkeit anders als es schien. Am besten war es nach der Therapie anzusetzen und einiges aus der Schulzeit zu erzählen.

Als Nicola die Schule nach langer Zeit wieder betrat,

war sie bereits fünfzehn Jahre alt. Anfänglich versuchte man sie auf ihrem alten Gymnasium zu integrieren, doch es stellte sich als schwieriger heraus, als alle anfangs dachten. Das Albert-Schweizer-Gymnasium war überhaupt nicht für Menschen mit einer Behinderung ausgelegt, was vorerst für niemanden ein Problem darstellte. Die Zeit sprach eine andere Sprache. Alle alten Freundinnen waren da, auch die, die sich überhaupt nicht hatten zeigen wollen, als es ihr richtig schlecht ging.

Die meisten Menschen erkannten den Egoismus ihrer Mitmenschen erst in späteren Jahren, doch Nicola war bereits mit fünfzehn in der Lage jeden menschlichen Typus in wenigen Minuten vollkommen offenzulegen. Das Bild, welches sich Nicola dabei auftat, war mehr als nur erschreckend. Sie musste feststellen, dass sie keine wirklichen Freunde hatte. Die logistischen Probleme, die sich ihr stellten, wenn sie von einem Unterrichtsraum in den nächsten zu gelangen versuchte, waren noch das kleinere Übel.

Vor dem Unfall hatte sie im Mittelpunkt gestanden, war ein Teil eines Ganzen gewesen. Nun stand sie unmissverständlich und unwiderruflich außerhalb des Kreises. Nicola war eine von denen geworden, die sie früher verpönt und ausgelacht hatte. Auch sie empfand eine rege Neugier für Jungs, wie alle Mädchen in ihrer Klasse, doch an einem Krüppel war niemand interessiert. Wirklich jeder machte einen großen Bogen um sie, gleich so, als hätte sie eine furchterregende und ansteckende Krankheit.

Diese Distanz und falsche Freundlichkeit bei unvermeidbaren Konfrontationen ließen ihre Wut wachsen und das einstige Selbstvertrauen immer stärker schwinden.

»Die Zombies«, so nannte sie früher die anderen Außenseiter, die waren ehrlicher und freundlicher zu ihr. Doch deren Hilfe lehnte Nicola dankend ab, um nicht noch tiefer im Ansehen ihrer einstigen Freundinnen zu sinken. Für sich selbst stand sie irgendwo dazwischen, in so einer Art Wartezone. Sie musste nur den richtigen Moment abwarten, um auf den fahrenden Zug aufzuspringen. Der Zug, auf den sie alle Hoffnungen gesetzt hatte, fuhr an ihr vorbei, ohne sie aufzunehmen.

Nicola war eine äußerst begabte und kluge Schülerin, was sie auch heute noch gerne unter Beweis stellte. Nur diesem Talent hatte sie es zu verdanken, dass sie ohne die geringste Unterbrechung in der alten Klasse wieder einzusteigen konnte. Man hielt es für psychologisch sinnvoller sie dort einzusetzen. Doch damit erreichten sie das Gegenteil. Mit jedem Tag rutschte Nicola tiefer in ihre Einsamkeit. Abgedrängt in eine bodenlose Depression wurde sie immer feindseliger. Schon nach kurzer Zeit war es unmöglich sich in Nicolas Nähe aufzuhalten. Sie beleidigte und pöbelte jeden an, der ihr in den Weg kam. Es dauerte nur zwei Wochen, da war sie nicht mehr eine von den Sonderlingen. Sie war eine eigene, neue Gruppierung geworden. Ein Mensch, der niemandem zugeordnet wurde, sie war nur noch »Der Krüppel«. Wirklich jeder ignorierte sie, und das hätte so weiterlaufen können, wenn nicht ein belauschtes Gespräch die eine Wendung ins totale Chaos gebracht hätte.

Es war an einem ganz normalen Schultag in der großen Pause. Nicola versuchte die aufgestaute Energie loszuwerden und fuhr mit ihrem Rollstuhl, den sie mit der gesamten Kraft ihrer beiden Arme antrieb, über den Pausenhof. Abrupt blieb sie stehen, als sie in die Nähe ihrer einst besten Freundinnen gelangte. Sie standen in einer Ecke und lästerten über alles und jeden. Das, was Nicola früher auch gerne getan hatte. Sie waren so darin vertieft, dass sie ihre Anwesenheit gar nicht bemerkten. In dieser scheinbaren Sicherheit hörte sie Folgendes mit an:

»Hast du unseren Krüppel heut angesehen?«
»Nein, wieso denn? Meinst du, ich will blind werden?«
»Was meinst du?«
»Die sieht doch aus, als wäre sie von einem wilden Tier aufgefressen und gleich darauf ausgekotzt worden.«
»Die sieht doch immer so aus.«
»Ekelig, mit so etwas haben wir uns mal abgegeben.«
»Oh ja, widerlich.«
»Also, ich fand sie früher schon nicht so toll.«
»Ach, ich auch nicht.«
»Die hat mich schon immer angewidert.«
»Nicola hatte früher schon einen Schaden.«
»Also leiden konnte ich sie nie.«
»Ich auch nicht, ständig auf freundlich tun und beste Freundin. Das ist mir langsam echt zu viel geworden.«
»Oh ja, das ging uns allen so. Gut, dass der Unfall passiert ist.«
»Da hast du recht, so war es einfacher sie rauszukicken.«
Die zwei lachten herzhaft und nickten sich bestätigend zu.
Die Tränen flossen Nicola aus den Augen, mit aller

Kraft preschte sie in eine Ecke und weinte sich still und leise aus. So lange, bis keine Tränen mehr kamen.

Im Klassenraum saß sie da und starrte apathisch nach vorne, ohne sich mit einer Silbe am Unterricht zu beteiligen. Das Lernen war ihre einzige Ablenkung geworden. Hier fühlte sie sich nicht wie ein Krüppel. Da machte ihr niemand was vor. Da waren die anderen die mit der Behinderung. Erst am darauf folgenden Tag fand sie wieder zu ihrer Energie zurück; zu einem Frust der alles Vorherige in den Schatten stellte und zugleich ihr Schicksal an dieser Schule für immer besiegelte.

Es begann mit der bereits normal gewordenen Gereiztheit, die sich jedoch fortlaufend steigerte. In der Deutschstunde geschah es. Nichts wirklich Besonderes, aber es brachte das Fass zum Überlaufen.

Nicola verlas sich bei einem Text. Sie verbesserte sich sofort und niemanden hätte es gestört, wenn nicht eine ihrer ehemaligen besten Freundinnen angefangen hätte zu kichern. Dieses leise und unterdrückte Kichern war ein Messerstich ins Herz von Nicola. Sie verlor die Beherrschung, pfefferte ihr Etui in die Richtung der Belustigten und traf diese sogar direkt am Kopf. Sofort sprang Herr Barrich, der Deutschlehrer, auf, um sie von weiteren Ausbrüchen abzuhalten.

Bei Nicola war aber eine Sicherung durchgebrannt. Die Kontrolle über ihr Verhalten hatte sie gänzlich verloren. Diese Wut musste aus ihr heraus, sonst würde sie durchdrehen. Das war das Einzige, woran sie sich erinnern konnte, und was sie zu diesem Vorfall erzählte. Herr Barrich stand schimpfend vor ihr, doch die Worte, die aus seinem Munde drangen, konnte sie nicht hören. Die wild umherfuchtelnden Hände des Deutschlehrers erkannte sie nur als Bedrohung und reagierte sofort darauf. Mit voller Wucht stieß sie ihren Rucksack in das Gesicht des Lehrers und schrie wie am Spieß. Wie man ihr später erzählte, hatte sie wild um sich geschlagen. Erst mehreren Mitschülern, die sie festhielten, gelang es sie zu beruhigen.

Nicolas ungestümer Wutausbruch blieb nicht ohne Folgen, die Schulleitung reagierte noch am selben Tag. Sie wurde mit sofortiger Wirkung der Schule verwiesen. Stattdessen wurde ihr nahegelegt, eine spezielle Lehranstalt, zu besuchen. Eine Schule, die ihren persönlichen Gegebenheiten entspräche. »Ihren persönlichen Gegebenheiten«. Es hörte sich an wie eine todbringende Krankheit, sie war das Problem und nicht ihre Mitschüler. Warum sich die Mühe machen und nach Gründen fragen. Das wäre viel zu anstrengend gewesen.

Es hätte sie gezwungen, über gewisse Dinge nachzudenken. So war es viel einfacher. Sie war das Problem und Probleme beseitigte man am besten, indem man sie abschob und anderen aufhalste. Und um ganz sicher zu gehen, vermied man jemals wieder ein Wort darüber zu verlieren.

Für ihre alte Schule hörte Nicola auf zu existieren. Sie war halt von Anfang an ein Dorn im Auge der Stätte gewesen. Wenn ihr Vater nicht einen starken Druck auf den Direktor ausgeübt hätte, wäre nicht ein Zentimeter ihres Rollis hineingelangt. Nur durch den ständigen Umgang mit dem Bürgermeister, der Stadtverwaltung und einigen anderen bedeutenden Persönlichkeiten war ihr Vater so etwas, wie eine heilige Kuh geworden. Niemand traute sich etwas zu sagen, bis zu diesem Vorfall.

Da konnte selbst ihr Vater, der bekannteste Anwalt der Stadt, nichts mehr ausrichten. Es war Nicola recht. Sie gehörte dort sowieso nicht mehr hin. Nicola wurde daraufhin auf eine Schule für Menschen mit Behinderungen geschickt. Und mit den besten Mitteln gefördert, um das Größtmögliche aus ihr herauszuholen. Ihr Vater zahlte es gerne, weil er seinen kleinen Schatz abgöttisch liebte, für seine Tochter war ihm nichts zu teuer.

Auf der neuen Schule lief alles besser. Sie fing wieder an, Spaß am Leben zu finden. Sie fand viele neue Freunde, auch mit den Jungs lief es nicht schlecht. Nicola blieb dort bis zu ihrem Abitur, welches sie mit einem Durchschnitt von 1,0 abschloss. Alles verlief bestens. Es gab keine Wutausbrüche und ihr Leben schien in geordneten Bahnen vonstatten zu gehen. Was aber niemand bemerkte, war, dass sich der Schmerz tief in diese kleine Seele gebrannt hatte. Niemand bemerkte, wie sich die ständigen, erfolglosen Therapien zur Wiedererlangung ihrer Gehfähigkeit auf sie auswirkten. Ihr Vater war überzeugt, dass sie wieder laufen lernen würde. Er ließ einiges dafür springen - ohne den gewünschten Erfolg. Nicola glaubte die ersten Jahre auch fest daran, jedoch wurde diese Zuversicht von Versuch zu Versuch schwächer. Bis sie gänzlich verebbte. Ihr Vater musste auch einsehen , dass es keine Hoffnung gab.

Auf Anraten ihres Vaters fing Nicola ebenfalls mit dem Jurastudium an. Doch sie merkte nach dem ersten Semester, dass sie niemals Anwältin werden konnte. Das Problem lag darin, dass die neue Umwelt alte Wunden aufriss. Die Uni war nicht mehr eine in sich geschlossene und vor der Außenwelt behütende Anstalt, wo auf die Gefühle eines benachteiligten Menschen geachtet wurde. Es herrschte diese Vorurteilslosigkeit, die Nicola sich schon viel früher in ihrem Leben gewünscht hatte. An der Uni war trotzdem wieder alles präsent, wovor sie sich am meisten fürchtete.

Ausgrenzung.

Auf der Uni wurde sie von ihrer Vergangenheit eingeholt. Außerhalb der Vorlesung war sie zwar nicht Luft, doch hinter der freundlichen Fassade konnte man die wahren Gedanken deutlich erkennen. Dafür hatte Nicola einen siebten Sinn entwickelt. Wo sich ihre Mitstudenten amüsierten, saß sie da und lernte. Nicola verspürte keine Lust sich hinter Büchern zu verstecken.

Was sollte nach dem Studium kommen? Da draußen war es noch härter und es gab niemanden, der an ihrer Seite stehen würde. Sie spürte die Schwäche in sich. Für Schwache war nie Platz in dieser Welt gewesen, überleben durften nur die Starken. Seit Darwin stand es geschrieben. Alle Ängste und negativen Gefühle kamen zurück und drängten an die Oberfläche. Häufig hatte sie sich gewünscht, mit jemandem aus der Familie zu reden, doch dort wurde einfach so getan, als wäre alles normal.

Die Gespräche in ihrer Schule waren gut gewesen, hatten jedoch die wirkliche Wurzel nie erfasst. Dieses Versäumnis sollte sich langsam aber sicher rächen. Das äußere Erscheinungsbild von Nicola veränderte sich stufenweise. Immer in kleinen Schritten, so dass es wenig Besorgnis und Ärger hervorrief.

Zuerst hörte sie auf sich zu schminken. Danach vernachlässigte sie ihre Haare und zum Schluss legte sie auch keinen großen Wert auf ihre vorher so gute Kleidung. Sie stänkerte und pöbelte nicht herum, so wie es früher der Fall gewesen war, der Wechsel war jedoch deutlich zu spüren. Nicolas ganze Ausstrahlung wirkte abweisend, so sehr, dass auch der letzte Zweifler es für besser befand, einen weiträumigen Abstand zu halten. Innerlich war sie so verbittert, dass keine Gefühlsregung über ihr Gesicht huschte. Es war wie versteinert, kalt, eisig und leer.

Da ihr Vater sie finanzierte, brauchte sie sich über ihr Auskommen keine Sorgen zu machen, doch diese Unterstützung sollte bald ein Ende finden. Er zahlte zwar weiter, aber mit wachsendem Widerwillen. Nicola hatte kapituliert, vor sich selbst, der Welt und dem Studium. Bereits das Ziel des zweiten Semesters erreichte sie nicht mehr. Aber erst nach dem 10.

Semester des planlosen Studierens gab es den ersten großen Knall in ihrem Elternhaus. So hatte Nicola ihren Vater noch nie gesehen. Er rastete völlig aus. Ihre Mutter musste ihn zurückhalten, um Schlimmeres zu verhindern. Doch Nicola interessierte es gänzlich wenig. Sie zog ab.

Zu dem Gespräch hatte Nicola überhaupt nichts beizutragen. Sie schwiegwie immer. Ihr Vater jedoch machte seinen Ärger Luft: »Was soll der Mist eigentlich, was versuchst du damit zu bezwecken? Weißt du eigentlich, was mich der ganze Spaß gekostet hat? Wie gedenkst du eigentlich mit deinem Leben fortzufahren? Du siehst aus, als wenn du auf der Straße leben würdest! Habe ich denn nicht alles getan, um dir ein sorgenfreies Leben zu ermöglichen?«

Es war mehr ein nicht enden wollender Monolog, der durch ihren Kopf rauschte wie ein ICE. Das ganze Gelaber hing Nicola zum Halse heraus. Er tat fast, als würde er alles aus reiner Nächstenliebe tun. Nein, es war aus kühler Berechnung heraus. Nun war Nicola alt genug um zu erkennen, dass sie eine Marionette in den Händen ihres Vaters war, ohne einen wirklichen, eigenen Willen. Immer hatte sie das gemacht, was er als richtig empfunden hatte. Und er hatte getan, was er für seine Tochter für das Beste hielt, ohne sie zu fragen, ob sie es überhaupt wollte. Er brauchte etwas, dass er vorzeigen konnte. Was wäre das für ein grandioser Sieg geworden, wenn seine Krüppeltochter es zur Anwältin gebracht hätte. Wieder ein Sieg für ihn, der erneut seine herausragende Überlegenheit verdeutlicht hätte. Er habe ihr alles gegeben, ja klar. Das, was sie am meisten gebraucht hätte, ja, das hatte sie nie von ihm bekommen. Wirkliche tiefe Gespräche, nicht nur solche, die nicht einmal die Oberfläche ankratzten. Und eine Familie, das war es, was sie nötig hatte. Alles war hier nur Schein, immer schön die Fassade wahren. In Wirklichkeit war dahinter alles verrottet und erbärmlich. Es lohnte sich nicht, einen weiteren Gedanken daran zu verschwenden. Nicola musste aus diesem Irrenhaus raus. Das ständige falsche Gehabe, da ein Küsschen und wie schön dich zu sehen, obwohl ich dich zum Kotzen finde, nein, nie wieder.

Das war vorbei. Es war ihr absolut egal, was aus ihr werden sollte, Hauptsache nicht solche Menschen wie ihre Eltern. Niemand begriff diesen Schmerz und die Einsamkeit, die sie tagtäglich empfand. Sie konnte und wollte nicht mehr. Nicola musste gehen, fort von hier, fort von sich, fort aus dem Gefängnis, welches ihr

Körper war. Sterben war das Einzige, was Nicola noch logisch erschien, endlich frei von alledem sein. Der Wunsch war so plötzlich in ihr aufgestiegen, dass sie darüber nicht nachdenken konnte. Im Hintergrund hörte sie die vorbeifahrenden Autos. Das ginge schnell und wäre unkompliziert. Nicola musste nur durch eine kleine Gasse, um zur Hauptstraße und zum stark befahrenen Stadtring zu gelangen. Dort stand sie, das kleine abgetrennte Viertel der besseren Gesellschaft hinter sich und vor ihr der schnelle Tod.

Lange beobachtete sie den Verkehr und ließ ihr gesamtes Leben an sich vorbeirauschen, so wie die Autos. Sie erkannte Schmerz und Leid, doch die Furcht war größer. Langsam rollte sie zur Ampel und überquerte sie. Da stand sie nun auf der gegenüberliegenden Seite und starrte von dort aus die passierenden Fahrzeuge an. Ihr Zögern war ihr so zuwider, dass Nicola die Straße hundert Meter hoch fuhr und erneut anhielt. Mit einem einzigen Ruck bugsierte sie sich auf die belebte Straße. Ihr Herz schlug ganz ruhig und sie atmete mit geschlossenen Augen tief ein und aus. Sie rollte los, rollte weiter und weiter, ohne dass etwas geschah. Das Hupen der Autos war nicht zu überhören. Der erhoffte Knall kam aber nicht. Langsam öffnete Nicola ihre Augen und sah, dass sie fast die Mitte erreicht hatte. Dann folgte ein lauter Krach. Er klang völlig anders, als sie es sich vorgestellt hatte. In ihr stieg eine Wärme auf, die sie noch nie gespürt hatte. War sie überfahren worden und bereits tot? Nein, sie lebte und diese Wärme war eine übersprudelnde Quelle aus Energie, die ihren Körper durchströmte. Plötzlich fühlte sie sich unbeschreiblich froh und der Wunsch zu leben, war stärker als jemals zuvor. Nicola musste einfach anfangen laut zu lachen und fuchtelte wie wild mit ihren Armen herum. Diese Kraft musste aus ihr heraus, egal auf welchem Wege. Nervös vor Glück zappelte sie auf der Mittellinie hin und her. Sie begrüßte überschwänglich jedes Fahrzeug, das an ihr vorbeikam. Aus einer größeren Entfernung musste es aussehen, als pöbelte sie die Fahrer an. An deren Gesichtern konnte man diesen Gedanken auch ablesen. Fehlanzeige, Nicola wollte allen mitteilen, wie gut sie sich fühlte. Was alle über sie dachten, war ihr egal. Zum ersten Mal in ihrem Leben fühlte sie sich frei wie ein Vogel. Sie verstand ihr Leben nicht mehr als Strafe und endlos scheinende Gefangenschaft, sondern als ein großartiges Geschenk. Sie erkannte den Sinn des Lebens. Es war so einfach. Der wahre Sinn war das Leben selbst anzunehmen. Schnell schlängelte sie sich über den Rest der Straße und gelangte schließlich wieder auf die andere Seite. Für eine Sekunde blickte Nicola sich um, lächelte und fuhr weiter.

Hätte sie länger über ihre Schulter geblickt, dann hätte sie vielleicht die junge Frau auf dem Fahrrad gesehen, die mit offenem Mund die Szene beobachtet hatte. Nicola huschte durch die kleine Gasse, aus der sie zuvor gekommen war. Jetzt würde alles anders werden.

Julia versuchte das Erlebte zu deuten. Eines wusste sie: Das jeder Traum etwas mit ihr selbst zu tun hatte. Viele Parallelen waren mal wieder unverkennbar. Die Ausgrenzung in der Schule, die Eltern, die weit über einem selbst standen und das eigene Leben diktierten, fernab von jedem persönlichen Wunsch, und der neidvolle Blick auf die so genannten besseren Menschen.

Julia war nie besonders beliebt gewesen, aber auch nicht verachtet. Eben eine von denen, die am Rande standen und das Geschehen aus großer Entfernung betrachteten. Irgendwie war das heute noch so. Dieser Traum spiegelte ihr ganzes Leben wider. Das Leben von Julia verlief strikt nach Plan. Abweichungen kamen nicht vor.

Gab es doch welche, so waren sie nie gewollt und drohten, sie ständig aus der Bahn zu werfen.

Diese Einsamkeit von Nicola kannte Julia zu gut. Kein Wunder, sie lebte in ihrer eigenen, kleinen, abgeschiedenen Welt, zu der niemand Zutritt bekam. Nicht einmal ihre einzige, beste Freundin Katja. Beste Freundin war übertrieben, die meldete sich auch nur, wenn ihr langweilig war. Die Gesellschaft nahm Julia dankend an, da sie wenigstens etwas Abwechslung versprach. Julia kannte Katja schon so lange, dass sie nicht mit Bestimmtheit sagen konnte, wann diese Freundschaft eigentlich begonnen hatte. Wirklichen Streit hatte es nie gegeben, nur Pausen, die sich etwas länger hinziehen konnten. Eine von diesen Pausen hatte ein ganzes Jahr lang gedauert.

Katja war ein von sich überzeugter Mensch, der häufig gewisse Phasen durchlief, die nicht gut für die eigenen Nerven waren und die Geduld auf eine harte Probe stellen konnten. Julia war klar gewesen, dass Katja sie hauptsächlich benutzte, um sich selbst besser darstellen zu können. In ihrem Innern war sie ein zutiefst unsicherer und verstörter Mensch, der die ständige Bestätigung der Umwelt benötigte, um nicht in ein tiefes, schwarzes Loch zu fallen.

Das ließ sich nicht immer vermeiden. Wenn Katja also Sorgen plagten, dann war Julia die einzige Anlaufstelle und Kummerkasten zugleich. Katja wusste genau, dass sie die Einzige war, auf die sie sich verlassen konnte. Denn ihre anderen so tollen und bedeutungsvollen Freundschaften waren nur schöner Schein, der nicht die geringste Tiefe besaß. Häufig hatte Julia sich diese Selbstverständlichkeit und Zuverlässigkeit auch von ihr gewünscht, die leider nur sporadisch rüberkam, oder wenn sie die selten auftretenden Gewissensbisse befielen. Katja war einer von den Menschen, die hauptsächlich anderen einen Gefallen taten, wenn es für sie irgendwelche Vorteile brachte. Es wäre jetzt verdammt unfair, nur schlecht über Katja zu denken, denn sie hatte auch einige gute Wesenszüge an sich. Sie konnte, wenn sie wollte. So hatten sie viel Spaß miteinander, waren in der Lage, wirklich über jeden Mist zusammen zu lachen und sie teilten einige Vorlieben. Meistens waren sie sich einig, so gab es keine wilden Diskussionen über Lappalien. Im Grunde ihres Herzens war Katja ein guter Mensch gewesen, dem es nur schwer fiel sich von seiner Oberflächlichkeit zu lösen.

Vielleicht war es der Gegensatz ihrer Persönlichkeiten,

der sie seit Jahren verband. Sie waren wie ein Plus- und ein Minuspol. Sie hatte lange akzeptiert, wer sie war, und wollte es niemandem mehr genehm machen, damit man sie mochte.

Katja und alle anderen Menschen waren ihre eigenen Sklaven. Sie quälten sich jeden Tag fortwährend, nur um Bestätigung zu erhalten.

»Im Grunde genommen sind wir alle Außenseiter, die täglich dafür kämpfen, in der Mitte des Kreises aufgenommen zu werden, um nicht mehr am Rande zu stehen. Doch begeht man einen einzigen Fehler, sind alle Mühen und Plagen vergessen. Schwups, steht man wieder außerhalb. Ist dies einmal geschehen, sind die geforderten Aufnahmebedingungen noch höher als zuvor. Die Menschen quälen sich gerne dafür und bedanken sich noch.

Hat man seine Außenseiterrolle einmal hingenommen und lenkt man seine volle Konzentration nicht auf die Aufnahme, ist der Kopf frei für eigenständige Gedanken. Plötzlich fängt man an zu erkennen, wie lächerlich und leidvoll das alles für einen doch ist und war. Es wird einem bewusst, dass man glücklicher ist als jemals zuvor. Man fühlt sich nicht mehr so klein und minderwertig, sondern groß und frei.

Man ist sein eigener Kreis und die anderen sind die »dummen Sonderlinge.« Ohne es zu merken, hatte Julia sich irgendwann aus dem nicht enden wollenden Kreislauf ausgeschlossen und sah das Ganze gelassener. Natürlich schielte sie herüber, aber es schmerzte nicht wie früher. Für die anderen Menschen war sie zu einem totalen Einzelgänger geworden. Das interessierte Julia von da ab herzlich wenig. Sie besaß nicht viel und ihr Leben war nicht prunkvoll, jedoch war sie zufrieden mit sich und der Welt. Wenn Julia das ständige Anpreisen der Werbung und die vielen anderen Einflüsse zur Kenntnis nahm, die einem sagten, was wirklich wichtig sei um hip zu sein und dazuzugehören, konnte Julia allenfalls laut lachen.

Sie erkannte die Bedeutung des Traumes, der ihr zu sagen versuchte, wie wichtig es war seinen eigenen Kopf zu haben und selbständig zu denken; den vorgekauten Fraß und Vorurteile nicht zu übernehmen und sich selbst eine eigene Meinung zu bilden.

»Es ist egal, was du hast, oder wer du bist, solange du eine eigene Meinung vertreten kannst, und ein Individuum bist. Sollen andere denken, was sie wollen. Die Hauptsache ist, du weißt, was du willst, und nicht die anderen.«

Julia machte sich Mut, denn mit dieser Erkenntnis musste auch der letzte Schritt zum vollkommenen Glück möglich sein. Der Traum und Nicola hatten bestätigt, was Julia schon immer gewusst hatte. Eines fand Julia merkwürdig, dass das viele Geld, eine angesehene Familie und von Geburt an mitgebrachte Intelligenz kein Garant für ein erfülltes Leben waren. Es war wirklich fraglich, ob sie so etwas wollte, um damit noch unglücklicher zu werden.

»Ein wenig mehr könnte nicht schaden.«, dachte Julia sich. »Es würde einiges leichter gestalten und nicht so viele Sorgenfalten verursachen.« Doch es hatte keinen Sinn, weiter diesen Gedanken nachzuhängen, sie wurde langsam müde.

Ihr war klar, dass sie nach und nach mehr über sich selbst erfuhr, und von dem, was sie im Leben erwartete. Wünsche und Hoffnungen hatte sie von jeher sehr viele gehabt, doch wurde ihr klar, dass nicht alles gut für sie war. Die Träume rissen Blockaden ein, die über viele Jahre mühevoll erbaut worden waren und gaben endlich ihre wahre Identität frei. Julia fing an zu begreifen, wer sie überhaupt war. Die Gefühle der Bedeutungslosigkeit und Winzigkeit wichen zunehmend und sie erkannte, dass sie sehr wohl ein Recht darauf hatte, hier zu sein.

Der Weg war offen, um ihre ganz eigene Persönlichkeit zu entfalten, doch es mussten noch einige Dinge aufgearbeitet werden. Es ging auf das Ende zu, das spürte Julia. Wie es aussehen sollte, konnte sie jedoch nicht erkennen. Die Träume strengten ungemein an, denn so intensiv wie in dieser Woche hatte sie noch nie ihre Gedanken gebündelt, um ein Ziel zu erreichen.

Nicht zu denken und nur zu handeln, ohne die Folgen zu berücksichtigen, war viel bequemer. Es konfrontierte einen nicht mit unangenehmen Wahrheiten. Doch damit war ein für alle Mal Schluss. Auch wenn Julias Überlegungen scheinbar von unsichtbarer Hand gelenkt wurden und sie nur wenig Einfluss zu haben schien, kam der Anstoß doch aus ihr selbst.

Julia war sich sicher, dass es richtig war fortzufahren, um das Ergebnis zu erfahren, wie es auch immer aussehen mochte. Sie brauchte dennoch dringend eine Pause, da sie es nicht gewohnt war, so viel zu denken. Für einen gewissen Zeitraum wollte sie keine Träume mehr haben, um zur Ruhe zu kommen. Sie setzte sich auf ihren Liegestuhl auf dem Balkon, legte die Füße auf den Tisch und ließ den Tag so ruhig ausklingen, wie er angefangen hatte. Im Hintergrund lief eine CD mit leiser Musik und in der Hand hielt sie eine Tasse Jasmintee.

Julia saß einfach da und beobachtete, wie die Sonne am Horizont glühend unterging. Auch als es dunkel geworden war, schaute sie noch lange in den Sternenhimmel, bevor sie endgültig zu Bett ging.

Kapitel 7

Für viele Menschen wäre dieser Urlaub erbärmlich gewesen, nicht jedoch für Julia. Sicher dachte sie daran, wie schön es wäre, irgendwo an einem Sandstrand zu liegen und sich die Sonne des Südens auf den Bauch scheinen zu lassen. Wozu?
Sicher, sie hatte keine andere Wahl, da sie es sich nicht leisten konnte. Gerne hätte Julia sich in irgendeinen Flieger gesetzt und alles hinter sich gelassen; dabei noch alle Sorgen und Probleme vergessen, doch sie lief nicht mehr vor sich selbst davon wie die meisten Menschen. Julia stellte sich zum ersten Mal in ihrem kurzen Leben den Ängsten und Nöten. Gut, sie konnte nicht damit angeben, wo sie schon gewesen war, und ihre Mitmenschen mit langweiligen, nichts sagenden Urlaubsfotos peinigen. Wozu auch, es war das gleiche in Grün, ob sie zu Hause Urlaub machte oder auf einem fernen Eiland. Erholen konnte sie sich auch auf ihrer kleinen, grünen Insel, dem Balkon. Die Idee mit den Fotos war dennoch nicht übel gewesen. Julia kramte aus der letzten Ecke des Wohnzimmerschrankes ihren alten Fotoapparat heraus und inspizierte ihn gründlich. Er sah funktionsfähig aus. Irgendetwas würde sich schon

finden lassen, was es sich zu knipsen lohnte. Es musste ewig her sein, dass sie das alte Ding benutzt hatte. Es wurde gewissermaßen höchste Zeit ihn wieder zu neuem Leben zu erwecken.

Da es Sonntag war und Julia keinen Film hatte, musste sie zwangsläufig auf den Montag warten. Entschlossen für eine Weile keinem Traum nachzuhängen, legte sie ihn als offiziellen Ruhetag und traumfreie Zeit fest. Er verlief völlig unspektakulär. Nachmittags machte Julia einen kleinen Spaziergang um den Block und kehrte dann ohne Umwege nach Hause zurück. Sie hörte Musik, las in der Zeitung und zappte sich durch sämtliche Kanäle des Fernsehers, ohne lange bei einem Programm zu verharren. Eigentlich gammelte Julia nur herum und ließ den Tag langsam verstreichen. Gegen sieben Uhr bereitete Julia sich etwas Besonderes zu. An diesen Abend gab es Fettucine mit Champignons und Bohnen in Sahnesauce. Das war der passende Ausklang für einen wunderschönen Faulenzertag. Und wie fast jeden Abend in diesem Sommer setzte sie sich auf ihren kleinen Balkon und beobachtete den Sonnenuntergang. Nur diesmal hatte sie ein Glas Weißwein in der Hand und seufzte leise vor sich hin.

Nein, Julia beklagte sich nicht über ihr Leben, aber das

war einer dieser Momente, in denen sie ihr Singledasein ausgeprägter spürte als sonst. Diese ausgesuchten Augenblicke in ihrem Leben, die es wert waren geteilt zu werden. Sofern es das Schicksal wollte, würde sich auch dieser Wunsch erfüllen. Als das Spektakel vorüber und das Weinglas geleert war, verließ Julia ihren Liegestuhl und schloss die Balkontür hinter sich zu.

Julia blieb noch zwei Stunden wach und las im Bett an ihrem Wälzer weiter, der kein Ende zu nehmen schien. Sie hatte vor einiger Zeit das Buch *Les Miserables* von Victor Hugo in die Hände bekommen, das sie erst durch die enorme Seitenzahl abschreckt hatte, sich dann von Seite zu Seite als spannendes und fesselndes Buch erwies. Als Julia wieder ihr Lesezeichen einschob, hatte sie gerade erst die Fünfhundertermarke passiert.

»Ein verdammt langer Weg bis Seite Tausendsechshundertsiebenundzwanzig.«, dachte Julia sich, als sie den Schmöker auf dem Nachttisch deponierte. Ein wenig verharrte ihr Blick auf dem Buchdeckel. Das Bild darauf war sehr dunkel gehalten, mit gesichtslosen Menschen. Sie liefen an der Seine entlang oder starrten auf das Wasser hinaus, ohne ein wirkliches Ziel zu fixieren. Julia stieß einen tiefen Seufzer aus, löschte das Licht und schlief sofort ein.

Der nächste Tag begann wie jeder andere in ihrem Urlaub. Julia stand langsam auf, ohne jede Hast, und genoss ihren Morgentee und das tägliche Müsli. Zuerst ging sie zu dem kleinen Zeitschriftenhandel um die Ecke und kaufte sich einen Film für den alten Fotoapparat. Er war wirklich nicht das neuste Modell, aber nachdem Julia eine neue Batterie eingelegt hatte, war er praktisch voll funktionsfähig. Sie hielt sich nicht lange auf, nach einem kurzen Schwatz verabschiedete sie sich mit dem Versprechen, sich bald Zeit für ein längeres Gespräch zu nehmen. Julia kannte Henriette seitdem sie in ihre kleine Wohnung eingezogen war. Hier kaufte sie ihre Zeitungen und Zeitschriften. Der kleine Laden hatte viel mehr zu bieten. Es gab hier nicht nur eine Postannahmestelle, sondern auch eine Ecke mit Dekor- und Geschenkartikeln und eine große Auswahl an Büchern und Fotozubehör, eben ein Sortiment für das man sich Zeit nehmen musste. Das Besondere an diesem Laden war jedoch Henriette, eine Frau, um die Fünfzig. Sie war eine Erscheinung, die sofort auffiel. Diese Frau war klein, sehr korpulent, immer modisch und gepflegt gekleidet und mit einer Art Freude beseelt, die äußerst ansteckend war. Es gab keine Möglichkeit, sich ihrem Zauber zu entziehen. Sie steckte jeden mit ihrer Freude an, war eben ein Mensch, den man einfach lieben konnte. Jeder, der diesen Laden grimmig betrat, verließ ihn mit einem Lächeln. Manchmal konnte man nicht sagen, ob es an Henriettes Gemüt oder an der gewagten Kombination aus bunter Kleidung und Make-up gelegen hatte. Das spielte auch keine Rolle. Es bereitete einfach Spaß, in den Laden zu kommen. Henriette war einer der wenigen Menschen, mit denen Julia sprach, und bei denen sie ihre angeborene Schüchternheit völlig ablegte – und einer der wenigen Gründe, nicht in tiefe Depressionen zu verfallen. Doch heute hatte sie keine Muße für ein Gespräch. Julia spürte bereits den einen Tag des Entzuges ihrer lieb gewonnen Tagträume. Die Überlegungen der ersten Woche mussten ihre Spuren hinterlassen haben, denn Henriette schien eine Veränderung an Julia zu spüren. Sie rief etwas hinter ihr her: »Langsam machst du dich, mein Kind, weiter so.«

Sie hatte, seit sie sich kannten, gesagt, sie dürfe nicht so verkrampft sein, solle mal ihren Gefühlen freien Lauf lassen und nicht immer alles herunterschlucken. Julia spürte, dass sich etwas in ihr verwandelte. So schnell? War das möglich, nur durch träumen?

Egal, dafür hatte sie keine Zeit. Sie musste raus, um Stoff für neue Träume zu sammeln und, um einen weiteren schönen Urlaubstag zu genießen. Geschwind schwang Julia sich auf ihr Rad und fuhr in Richtung Innenstadt. Ihr Ziel lag am Rande der Innenstadt. In der letzten Nacht, kurz vor dem Einschlafen, war ihr die Idee gekommen, sie könne einen Abstecher in den Botanischen Garten und den Schlosspark unternehmen. In beiden war sie seit Jahren nicht mehr gewesen und gerade zu dieser Zeit lief eine Skulpturenausstellung in der Anlage. Das waren zwei, oder besser drei Fliegen mit einer Klappe. Und wiederum eine gute Gelegenheit für ein paar Urlaubsschnappschüsse.

Es dauerte eine Weile, bis sie das Schloss erreichte. Ein richtiges Schloss war es nicht, irgend ein alter Prunkbau für einen Bischof, der seit dreihundert Jahren tot war. Das Gebäude wurde seit langer Zeit von der Universität genutzt, der Park jedoch war uneingeschränkt für Besucher geöffnet.

Julia stellte ihr Fahrrad in einem Fahrradständer für die Studenten ab und schritt durch das große, mit Schnörkeln verzierte Eisentor zu dem dahinter liegenden Park. Es war relativ früh, so konnte Julia keine großartigen und ungewöhnlichen Begegnungen erwarten. Das machte nichts, da sie erst einmal die Skulpturen in Ruhe betrachten wollte. Gut, dass Julia die Gelegenheit genutzt hatte, denn die Ausstellung sollte zum Ende der Woche wieder abgebaut werden. Es war so, wenn man sich etwas vornahm, musste man seinen Hintern sofort in die Höhe bewegen, sonst verschob man es immer wieder unnötig. Weshalb Julia das oft passiert, wusste sie selber nicht genau. Der Ärger war umso größer, wenn sie es verpasst hatte. Manchmal war es die Angst, fremden Menschen zu begegnen, oder manchmal das Gefühl, man könne etwas tun, um den Schein aufrechtzuerhalten beschäftigt zu sein.

Dieser Selbstbetrug oder Faulheit oder was es auch sein mochte, hatte seit letzter Woche ein Ende gefunden. Sie merkte es an ihrem Verhalten. In dem Park war so viel Platz, dass es keine große Mühe bereitet hätte, den wenigen sich zurzeit dort aufhaltenden Menschen aus dem Wege zu gehen. Anders als früher suchte Julia geradezu die Nähe von anderen Menschen. Sie wurde regelrecht von ihnen angezogen. Das war es nicht, was Julia als seltsam empfand, vielmehr, dass sie überhaupt kein beklemmendes, unsicheres Gefühl in der Magengegend verspürte. Da stand sie und betrachtete mit einem älteren Herren, der neben ihr stand, eine sehr ungewöhnlich aussehende Skulptur.

»Das ist Kunst?«, fragte Julia leise.

»Das frage ich mich auch«, antwortete der Mann, an den die Frage überhaupt nicht gerichtet gewesen war. Julia hatte mehr zu sich gesprochen und blickte den Mann verwundert an. Der ältere Herr verstand das wiederum als eine Aufforderung. »Sie haben vollkommen Recht. Was in Gottes Namen soll das darstellen? Ich habe nicht die leiseste Ahnung.«

Der Mann äußerte sich so selbstverständlich, wie ein Mensch den lebensnotwendigen Sauerstoff einatmete. Im Grunde genommen nichts Ungewöhnliches, war es für Julia eine Erfahrung, die einem Urknall gleichkam. Sie, ein Mensch, der in der Masse verschwand, sie, die Zeit ihres Lebens wie Luft behandelt worden war, wurde auf einmal wahrgenommen.

»Ich finde, dieses Ding sieht aus wie ein riesiger Pickel.«, erklärte Julia mit einem Lächeln.

Der ältere Herr schmunzelte und schüttelte mit dem Kopf. »Ja, so sieht es tatsächlich aus.«

Freundlich verabschiedete sich der Mann mit einem Kopfnicken und verschwand hinter einer Biegung aus Julias Blickwinkel. Fassungslos stand sie da und grinste vor sich hin, als wäre sie bescheuert. Das konnte ein

Zufall gewesen sein, dachte sie sich und schoss ein Foto von dieser Skulptur. Julia sah sich fünf weitere Gebilde an, die sie fotografierte. Dann brach sie ihren kleinen Rundgang ab und blieb vor dem kleinen Musikpavillon stehen. Es wäre schön gewesen, wenn dort Musik gespielt worden wäre, aber man konnte nicht alles haben. Julias Blick wanderte von der freien Wiesenfläche vor der Bühne den kleinen Hügel hinauf zu dem Café. Etwas zu trinken konnte sie schon vertragen, dachte Julia sich und ging hinauf. Direkt vor dem Eingang war eine kleine Terrasse mit vielen kleinen Tischen und Stühlen. Von dort aus konnte man einen großen Teil der Anlage überblicken. Diese schöne Aussicht wollte Julia nutzen, den Film um ein weiteres schönes Urlaubsfoto zu bereichern. Sie bestellte bei der Kellnerin ein großes Glas Wasser, welches sie Schluck für Schluck genoss, da es langsam wärmer wurde. Weit über eine halbe Stunde erfreute sie sich an der herrlichen Aussicht, ehe sie bezahlte und sich wieder auf den Weg machte, um sich die restlichen Skulpturen anzusehen. Julia schlenderte amüsiert durch den Park und belächelte die eigenartige Ausstellung. Sie war richtig froh, dass sie dafür kein Geld hatte bezahlen müssen, sonst hätte sie sich schwarz geärgert.

Der Großteil der so genannten Kunstwerke war schlichtweg nicht zu definieren, selbst mit viel Phantasie stieß man irgendwann an seine Grenzen. Und wenn man die kleinen Erklärungsschilder las, war die Verwirrung perfekt. Aber es war umsonst gewesen und noch dazu in eine wunderschöne Landschaft eingebettet, sie hatte keinen Grund sich zu beschweren. Es gab bestimmt irgendwelche Intellektuelle die dafür Geld ausgegeben hätten und stundenlang über eine bestimmte Rundung diskutieren konnten, aber nicht mit Julia. Sie empfand es als spaßig zu sehen, mit was sich manche Menschen die Zeit vertrieben.

Einige Künstler, dachte Julia, mussten geradezu vor Langeweile umgekommen sein, um solch einen Schwachsinn zu verzapfen.

Im Park gab es nichts Interessantes mehr zu sehen, deshalb ging Julia den schmalen, schwarzen Schotterweg entlang, der am Tor des Botanischen Gartens endete. Sie ließ die Gewächshäuser und Hallen links liegen und folgte den Wegweisern zum Seerosenteich. Davon musste sie ein Foto schießen, denn Rosen liebte Julia über alles, egal welcher Art. Ihre Erwartungen wurden keineswegs enttäuscht, der See stand in voller Blüte. Für einen kurzen Moment stand

Julia nur da und war von der Schönheit überwältigt. Dann fing sie sich und fotografierte die Pracht.

Der See war eine eigene Welt für sich, da er völlig vom Grün umschlossen war. Um zu dem See zu gelangen, musste man eine Art terrassenförmig angelegte Natursteinformation überqueren und als Eingang diente eine Lücke aus zwei wuchtigen Hecken. Von dieser Position aus nahm Julia dieses unvergleichliche Bild auf. Langsam und behutsam schritt sie hinab, setzte sich auf eine der vier Bänke und ließ ihren Blick über den See schweifen. Lange blieb sie nicht in Gedanken versunken, da sie eine Frauenstimme von der Seite ansprach.

»Sie sollten von den beiden Schwänen ein Foto machen, das ist ein wunderschönes Motiv.«

Die Stimme war nicht laut und klang weit entfernt, doch reichte sie aus, um Julia zusammenzucken zu lassen. Sie war sich sicher gewesen, hier alleine zu sein. Nervös drehte sie sich um und spähte in die Richtung, aus der die Stimme gekommen war. Da war niemand. Wie war das möglich?

»Hier bin ich! Habe ich Sie erschreckt? Oh, das wollte ich nicht.«

Plötzlich erkannte sie eine alte Frau, die aus dem

Dunkel einer Hecke hervortrat. Sie hatte am Rande der letzten Bank gesessen, wo das Licht so fiel, dass ein kleiner Teil im Schatten verborgen blieb.

Freundlich lächelte die alte Dame Julia an und kam auf sie zu. »Die beiden Schwäne meine ich.«

Julia blickte in die Richtung, wo die Frau hindeutete, und tatsächlich war dort ein Schwanenpärchen, welches eng umschlungen mit seinen Hälsen herumturtelte. Sie griff nach ihrem Fotoapparat und schoss das beste Foto ihres Lebens. Nach ihrem Urlaub ließ sie dieses Bild vergrößern und widmete der Aufnahme einen festen Platz in ihrem Wohnzimmer. Das sollte erst viel später geschehen, nachdem sich die Ereignisse überschlagen hatten. Jetzt saß sie auf der Bank und starrte die Frau an, die plötzlich aus dem Nichts aufgetaucht war.

»Darf ich mich zu Ihnen setzen?«, fragte diese.

Julia konnte nur freundlich zurücklächeln und nicken.

»Es ist herrlich. Im Sommer komme ich jeden Tag hierher.«, sagte die alte Dame.

Erst jetzt fand Julia ihre Stimme zurück und antwortete.

»Es ist unbeschreiblich schön hier.«, meinte sie etwas zögernd.

»Nicht so schüchtern, mein Kind, ich beiße nicht.«

Als die alte Dame diese Worte aussprach, konnte Julia

sich das Lachen nicht verkneifen. Es war nicht, was sie sagte, sondern wie sie es sagte.

»Ich heiße Emma und du, mein Kind?«

»Emma, wie die Lokomotive?«, fragte Julia.

»Ja, wie die Lokomotive bei Jim Knopf«, gab die alte Frau zurück und grinste wieder.

»Ich heiße Julia.«

»Hallo Julia.«, sagte Emma freundlich.

Beide reichten sich die Hände und da geschah es. Alles schien zusammenzulaufen, die Verwirrtheit verschwand völlig und Julia spürte etwas, das sie zuletzt als keines Kind gespürt hatte. Sie konnte es nur mit der Vorfreude auf Weihnachten beschreiben, dieses Kribbeln kurz vor der Bescherung.

Emma und Julia lehnten sich zurück und schauten gemeinsam auf den See, bis Emma wieder sprach.

»Du bist auf der Suche.«

»Wie bitte, ich verstehe nicht, was du meinst, Emma.«

»Du hast mich sehr wohl verstanden, Julia. Du bist auf der Suche nach dir selbst und nach dem Sinn von allem.«

»Ja das stimmt.«, gab Julia verwundert zu.

»Diese Suche wird nie ein Ende finden, das ist aber nicht schlimm. Gerade das ist es.«

»Was ist was?«, wollte Julia wissen.

»Viele Menschen hören irgendwann auf, Fragen zu stellen und sich selbst zu suchen, wenn sie überhaupt beginnen.«

»Deswegen ist die Welt, wie sie ist?«, erkundigte sich Julia vorsichtig und so, dass es keine Frage mehr war.

»Ja genau. Die Menschen geben ihre Träume und Hoffnungen auf, dadurch werden sie distanzierter. Sie bewegen sich von sich selbst weg, sie bewegen sich von ihren Mitmenschen weg und ihr Herz mitsamt dem Einfühlungsvermögen versteinert, bis es ganz stirbt.«

»Gibt es kein Zurück mehr, wenn die Menschen innerlich sterben?«, erkundigte Julia sich deprimiert.

Emma schaute Julia mit einem Ausdruck an, der ihr die Luft raubte. In diesen Augen war Güte und Liebe zu sehen. Julia erkannte die wahre Größe des Universums in diesem Blick.

Wer war diese Frau?

Warum verspürte sie keine Angst?

Woher kam nur diese Wärme und Ruhe, die sie spürte?

»Es ist gut, Fragen zu stellen, doch man muss wissen, wann es besser ist zu schweigen und zuzuhören.« Diese Worte sprach Emma mit solch festen Stimme aus, dass Julia zusammenfuhr. Diese Fragen hatte sie in ihrem

Kopf gehabt und nicht laut ausgesprochen. Wer war diese Emma, die ihre Gedanken hören konnte?

»Ich kann viel mehr, Julia, das ist nicht von Belang, mein Schatz. Hör nur zu, was ich dir zu sagen habe.«

Julia nickte, sah Emma wie gebannt in die Augen und lauschte ihren Worten.

»Julia, nichts auf der Welt geschieht ohne Grund. Ich weiß, manchmal scheint uns die Welt hart und ungerecht, das ist sie aber nicht. Wir alle sind ein Teil eines großen Ganzen, dessen Spielplan wir strikt befolgen.

Keiner, wirklich keiner, wird vergessen. Jeder bekommt seine Chance. Um diese Chance zu erhalten, müssen wir häufig unerklärliche Dinge durchleben, die uns nicht immer gefallen. Es ist dein gutes Recht, dein bisheriges Leben anzuzweifeln, doch bedenke, dass alles in deinem Leben einen Sinn hatte. Schau mich nicht so ungläubig an. Sieh mal, in deinem Leben lief nicht alles so glatt und du findest es eher negativ als positiv.

Hast du dich denn nie ernsthaft gefragt, was für ein Mensch du geworden wärst, wenn dies alles nicht geschehen wäre? Lass es, antworte nicht. Ich kenne deine Träume, sie sind allesamt Schönfärberei. Ich sage dir, wer du geworden wärst:

Ein Mensch ohne Selbstachtung, ohne Gewissen, ohne Würde, ohne Stolz und keine Spur von Liebe im Herzen. Dein ganzes Leben würde sich um dich selbst drehen, dein Egoismus würde dein Innerstes auffressen. Du verstehst, worauf ich hinaus will, du kennst diese Menschen.

Es sind die, die dich ein Leben lang ausgegrenzt und für deine Geradlinigkeit ausgelacht haben.

Es sind die Menschen, die dafür gesorgt haben, dass du dich in den Schlaf geweint hast und es sind die Menschen, denen du die Pest und den Tod an den Hals gewünscht hast. Glaube mir, dein Weg ist der Richtige. Es musste sein. Wir wollten nicht, dass du leidest. Nur dadurch bist du fähig geworden, aus dir selbst zu wachsen und die Welt zu verbessern.

Die Träume sind der Weg dorthin. Das Ziel ist greifbar nah.

Jetzt schließe deine Augen, Julia.«

»Wieso?«, fragte Julia verwundert.

»Vertraue mir, mein Kind«, sagte Emma sanft.

Julia schloss ihre Augen, Emma rückte näher und flüsterte ihr ins Ohr:

»Wir sehen uns wieder, bis dahin schenke ich dir das Bild. Ach noch was, dein Wunsch wird bald in

Erfüllung gehen.«

»Welcher Wunsch denn?«, wollte Julia wissen, und öffnete ihre Augen, um Emma anzusehen. »Emma!?«

» Ich bin nicht Emma.«, antwortete plötzlich eine Männerstimme.

»Wer sind Sie denn und wo ist die alte Frau, die gerade hier gesessen hat?«

»Ich bin seit fünf Minuten hier, wir sind die einzigen Personen. Ich bin Gärtner und arbeite im Botanischen Garten.«

»Hier war niemand? Das ist unmöglich, ich habe gerade mit Emma gesprochen.«, gab Julia verzweifelt zurück.

» Ja ja, mit geschlossenen Augen, alles klar.«

Julia sagte kein Wort mehr. Sie hatte nicht geschlafen. Sie blickte auf ihren Fotoapparat, da war der Beweis. Sie hatte den See zweimal fotografiert. Das erste Bild war der See gewesen und die zweite Aufnahme zeigte die Schwäne, auf die Emma sie hingewiesen hatte. Beim ersten Seefoto hatte sie fünf Bilder auf dem Film und nun stand da eindeutig die Zahl Vier.

Also hatte sie die Schwäne fotografiert. Das war kein Traum gewesen.

»Hey Sie!« rief Julia dem Gärtner hinterher.

»Was?«

»Emma war doch hier, sie hat mir nämlich die beiden Schwäne gezeigt.«

»Welche Schwäne?«

»Na, diese dort.», sagte Julia siegessicher und zeigte auf die Stelle, wo die Schwäne kurz vorher gewesen waren.

»Oh Mann, ich werd verrückt mit der Tussi. Hier gibt es keine Schwäne und es hat nie welche hier gegeben. Bitte lassen Sie mich gefälligst in Ruhe.«

Der Gärtner ging kopfschüttelnd davon und Julia suchte mit ihren Blicken verzweifelt das Wasser nach den Vögeln ab. Nach einigen Minuten sah sie ein, dass es keinen Zweck hatte. Sie blieb eine geraume Zeit auf der Bank sitzen und dachte über die Worte von Emma nach. Es wäre schön, wenn wirklich alles in ihrem Leben einen Sinn gehabt hätte.

Traum blieb Traum, das Bild war kein Beweis. Sie konnte sich genauso gut verguckt haben. In einer Sache war Julia sich völlig sicher, der Weg, den sie eingeschlagen hatte, war der einzig richtige. Andere Menschen hatten ihre positive Veränderung schon gespürt und das war gut. Sie würde weiter Fragen stellen und den letzten Rätseln ihrer Seele auf die Spur kommen. Julia konnte es gar nicht abwarten, auf den nächsten interessanten Menschen oder die nächste außergewöhnliche Situation zu treffen. Emma verschwand aus ihrem Gedächtnis, wie ein nächtlicher Traum, der im Licht der Morgensonne verblasst.

Julia durchstreifte den Rest des Botanischen Gartens und verknipste die letzten freien Bilder des Films. Nach dem Palmenhaus ging sie vom Gelände; drei Stunden nach der Begegnung mit Emma, an die Julia sich nicht mehr erinnern konnte. Auch nicht an den Gärtner, der sie spöttisch behandelt hatte. Sie waren praktisch aus ihrem Erinnerungsvermögen gelöscht worden.

Julia schwang sich wieder auf ihr Hollandrad und fuhr in die Innenstadt. Erst dachte sie an einen kleinen Rundgang, aber sie entschied sich anders. Nachdem sie ihren Film zum Entwickeln abgegeben hatte, verließ sie die Altstadt und fuhr ziellos durch die Gegend, immer Ausschau haltend nach neuem Traumstoff, der schwieriger zu finden war, als sie dachte. Als Julia resigniert aufgeben wollte, fand sie ihren Traum, den sie erst beim zweiten Hinsehen erkannte.

Der Tag mit dem vielen Laufen und der kleinen Radtour durch die Stadt hatten seinen Tribut gefordert. Julia

machte eine winzige Rast, um zu verschnaufen. Ihr Fahrrad hatte sie an eine Backsteinmauer angelehnt. Sie selbst saß auf der kleinen Mauer und ließ die Beine ein wenig baumeln.
Wie sie dasaß und die vorbeigehenden Leute beobachtete, geschah es.
Nicht direkt vor ihrer Nase, sondern auf der anderen Seite der Straße. Gegenüber gab es eine ganz ähnliche, normale Wohnhäuserreihe wie auf ihrer Seite, mit dem Unterschied, dass drüben im Erdgeschoss eines Hauses eine Arztpraxis war. Ein Allgemeinmediziner, der gut besucht zu sein schien, wie konnte an einem Montag anders sein. Die Patienten gingen ein und aus, ein reges Treiben. Diese Betriebsamkeit brach nach einiger Zeit ab und es rührte sich rein gar nichts dort drüben. Julia wandte schnell gelangweilt den Blick ab, bis sich die Tür wieder öffnete. Heraus trat eine junge Frau in einem weißen Kittel. Selbst aus dieser Entfernung konnte man erkennen, dass etwas nicht stimmte. Der Stress war ihr regelrecht anzusehen. Mit zittrigen Händen griff sie in die Kitteltasche und fingerte eine Schachtel heraus. Umständlich klopfte sie eine Zigarette aus der Packung und steckte sie sich an. Platt wie eine Flunder drückte die junge Frau sich an die Hauswand und sog den

blauen Dunst tief ein.

Während der gesamten Zigarette war ihr Blick nach oben gerichtet. Sie starrte in den Himmel. Als sie aufgeraucht hatte, schnippte sie die Kippe davon. Schwerfällig ging sie wieder ins Haus zurück und ließ die Tür donnernd zufallen. Julia konnte nur mit dem Kopf schütteln, was war mit der los gewesen?

Ein schrilles Piepen riss Katharina Janborg aus einer nach ihrer Ansicht viel zu kurzen Nacht. Mit einer weit ausholenden Handbewegung setzte sie der Ruhestörung ein abruptes Ende. Noch ein paar Minuten einkuscheln, dann würde sie aufstehen. Katharina schlief sofort wieder ein. Die Freude war nicht von langer Dauer, da der Wecker sich in einem regelmäßigen Fünf-Minuten Rhythmus meldete.

»Na gut, dann stehe ich halt auf.«

Genervt und widerwillig schälte sich Kathy aus der Umklammerung ihrer Decke und schaltete den Wecker ganz aus. Gähnend und schlurfend begab sie sich ins Badezimmer, um die tägliche Ladung kaltes Wasser in ihr Gesicht zu schleudern, ohne die sie nicht die geringste Chance hatte, wach zu werden. Halb im Tiefschlaf schleppte Kathy sich in die Küche, um ihren Morgenkaffee zu trinken. Ein richtiges Frühstück gab es bei ihr normalerweise nicht, doch heute war ein halbwegs guter Morgen. Zum üblichen Morgenkaffee kam eine Scheibe Toast mit Himbeermarmelade dazu.

Katharina war der geborene Morgenmuffel, den man besser nicht ansprach, wenn einem das eigene Leben lieb und teuer war. Das Küchenradio wurde morgens nie eingeschaltet, da sie es nicht leiden konnte. Es musste absolute Stille herrschen. Wenig begeistert (so schien es jedenfalls) würgte Kathy den Kaffee und den Toast herunter. Damit ließ sie sich immer Zeit, weil es einfach nicht schneller ging. In dem Tempo einer betäubten Schnecke brachte sie ihr Frühstück zu Ende. Genervt und müde richtete sie ihren Blick zu der Uhr, die über der Küchentür hing. Wie von einem Blitz getroffen verflog jedwede Müdigkeit. Plötzlich war Kathy hellwach. Wie konnte das passiert sein, nach ihrer Meinung hatte sie gerade angefangen zu frühstücken. Nun blieben ihr noch fünfzehn Minuten, um sich anzuziehen und zu schminken.

Viel zu wenig Zeit, doch sie musste einfach ausreichen. In Windeseile erledigte sie notdürftig alle kosmetischen Angelegenheiten und schlüpfte in die erstbesten Klamotten, die sie finden konnte. Der nächste Blick auf die Uhr verriet ihr, dass sie zwanzig Minuten gebraucht hatte. Die Nachbarn konnten an diesem Morgen wieder ein laut gebrülltes »Scheiße!« hören. Deswegen, weil es mindestens zweimal die Woche vorkam, dass Katharina zu spät dran war. Katharina war nicht schlampig, Zeitgefühl besaß sie jedoch überhaupt nicht. Nicht nur ihren Chef, auch alle Bekannten und Freunde brachte das zur Weißglut.

Mehr springend als laufend nahm Kathy die Treppe und riss unten angekommen die Tür ihres Corsas auf, um hineinzuschlüpfen. Doch das führte zum nächsten Aufschrei. Der enorme Schwung, den sie durch die Verspätung an den Tag gelegt hatte, blieb nicht ohne Folgen.

Mit voller Wucht donnerte sie die Fahrertür gegen einen der Begrenzungspfosten, die die einzelnen Parkbuchten voneinander abtrennten. Eine völlig unsinnige Einrichtung. Jeder kannte diese Gefahrenquelle und verhielt sich dementsprechend vorsichtig, nur nicht an diesem Morgen. Der Abdruck des Pollers war gut zu erkennen. Es blieb keine Zeit den angerichteten Schaden weiter zu betrachten und zu fluchen, sie musste los.

Wütend und schimpfend drückte sie das Gaspedal bis zum Anschlag durch. Beinahe schien alles gut zu gehen und Kathy hatte fast die gesamte verlorene Zeit aufgeholt, bis sie zu der großen Kreuzung gelangte. »Hier darf ich nicht stehen bleiben, dann ist alles verloren.«, dachte sie, als die Ampel auf Gelb umsprang. Ein allerletztes Mal gab sie richtig Gas. Ja, sie hatte es geschafft! Bevor sie ein lautes Juhu ausrufen konnte, wurde sie von einem grellen Lichtblitz daran gehindert. Das war ja wohl nicht möglich, sie hatte es geschafft. Es war noch Gelb gewesen. Die Kamera jedoch sah das anders. Kathy konnte nur ein zweites Mal laut »Scheiße« brüllen. Das letzte Stück bis zur Praxis stieß sie die schlimmsten Flüche aus, die sie jemals ausgesprochen hatte.

Ihr Leiden fand kein Ende. Die Zeit verrann. Einen Parkplatz zu finden, war nie leicht. Heute war es fast unmöglich. Es blieb Kathy nichts anderes übrig, als einen entfernten Parkplatz anzusteuern, was einen Fünf-Minuten-Fußmarsch zurück bedeutete.

In endgültigen Zahlen ausgedrückt kam sie auf eine Verspätung von 28 Minuten. Die passende Antwort von Kathys Chef ließ nicht lange auf sich warten.

»Was meinen Sie eigentlich, wo Sie hier beschäftigt sind, Fräulein Janborg? Das ist nicht ihre persönliche Vergnügungsanstalt. Ich verlange absolute Pünktlichkeit. Das dürfte langsam jedem klar sein, auch

IHNEN! Mir reicht es mit Ihnen. Ich bin ein geduldiger Mensch, aber was zu viel ist, ist zu viel. Das ist eine offizielle Abmahnung, die ich sofort in Ihre Personalakte eintrage. Sie wissen, was die dritte Abmahnung bedeutet! Und jetzt sehen Sie zu, dass Sie endlich an Ihre Arbeit kommen. Ich bezahle Sie nicht für dummes Herumstehen.« Mit diesen Worten verschwand er in eines der Untersuchungszimmer. Die Blicke der beiden anderen Arzthelferinnen sprachen Bände. Es fiel nicht ein einziges Wort und Kathy machte sich sofort an die Arbeit. Doch der Tag fing erst an, das Schlimmste sollte noch kommen.

Ihre Kolleginnen waren nicht begeistert, da sich die miese Laune vom Doktor auch auf sie auswirkte. Die Stimmung war gedrückt. Bis auf die Gespräche mit den Patienten herrschte absolute Funkstille. Die Wut über die ganze Situation war so groß, dass sämtliche ungeliebten Aufgaben an Kathy hängen blieben. Den Großteil des Tages war sie mit Ablage und nervtötendem Papierkram beschäftigt. Auch die Problempatienten, die kein Benehmen kannten, gehörten zu ihrem heutigen Arbeitsalltag. Beschweren konnte sie sich ja nicht. Normalerweise wurde es gerecht aufgeteilt, auch die Sahnestücke. An diesem Tag konnte Kathy froh sein, wenn sie ihn ohne weitere Probleme überstand.

In der Mittagspause hätte Kathy schreien können, sie wurde immer noch ignoriert. Es war fast, als hätte sie die Krätze am Leib. Sie saßen jeden Mittag zusammen, nur heute sah es aus, als gäbe es den »Wie weit kann ich mich auf engstem Raum von Katharina fernhalten« -Wettbewerb. Die anliegenden Besorgungen durfte sie auch nicht erledigen. Nicht einmal für eine halbe Stunde kam sie aus diesem Loch. Stattdessen wurde sie zum Telefondienst verurteilt.

Es war eine ruhige Arbeit, da über Mittag nicht viele Patienten anriefen, um Termine zu vereinbaren. Die bösen Blicke und Kontrollen des Doktors waren so zermürbend, dass sie sich an einen anderen Ort wünschte. Ob er notwendigerweise häufiger an ihr vorbeikommen musste, war fraglich. Aber heute war es unerträglich, da sie allein an der Rezeption saß. Eine Kollegin war unterwegs, die andere räumte in den Behandlungszimmern auf. Diese völlige Isolation und stumme Beobachtung trieben sie schier in den Wahnsinn. Doch auch diese quälende und ewig währende Mittagspause hatte irgendwann ein Ende. Die Praxis wurde wieder geöffnet und der Patientenzulauf fing von neuem an.

Morgens war er generell stärker als am Nachmittag, dafür waren die Leute an diesem Tag umso missgelaunter. Es waren die üblichen Probleme, von den vermeintlich zu langen Wartezeiten bis hin zu den angeblich falschen, nicht wirksamen Medikamenten. Alle Patienten, die sich auf diese oder jene Weise beschwerten, waren für heute ihr Problem. Wirklich alles Unangenehme wurde bei ihr abgeladen.
Gegen sechzehn Uhr war die Grenze der Belastbarkeit bei ihr erreicht. Mehr durfte und konnte sie nicht ertragen. Genug war einfach genug. Der verzweifelte, innerliche Hilferuf schien für kurze Zeit erhört worden zu sein, da die Patienten endlich Ruhe gaben. Auch die lieben Kolleginnen wechselten mit ihr innerhalb von zehn Minuten mehr Worte als den gesamten Tag über. Der Gipfel war überschritten. So konnte es wenigstens ein einigermaßen angenehm ausklingender Tag werden. Durch den Lautsprecher kam dann die Stimme des Doktors, der sie aufforderte, eine gewisse Frau Kleinhaus in Behandlungszimmer drei zu begleiten, um ihr eine Injektion zu geben. Die Stimme klang nicht mies gelaunt, sondern freundlich und entspannt. Mit

einem Lächeln auf den Lippen führte Kathy Frau Kleinhaus in den entsprechenden Raum. Frau Kleinhaus, eine ältere Dame um die sechzig, ging bereitwillig mit ihr und setzte sich auf eine Liege. Wenige Augenblicke später folgte ihr der Doktor und legte eine Spritze auf ein kleines Tablett neben der Liege. Er verabschiedete sich und sah Kathy mit einem emotionslosen Gesicht an. Katharina konnte eine Sache wirklich nicht begreifen: Sprach er mit seinen Patienten, legte er ein freudestrahlendes Sonntagsgesicht auf, sprach er wenige Augenblicke später mit einer seiner Angestellten, wich jede Gefühlsregung aus seinem Gesicht. Sie kamen mit ihm klar. Er gab jedoch unmissverständlich zu erkennen, dass er sich für etwas Besseres hielt. Kathy erhielt also die Anweisung für die Injektion, die sie nach seinem Verschwinden ausführte. Mit ihren Gedanken war sie leider woanders.

Der Tag und seine Geschehnisse hatten ihre Spuren hinterlassen. Besser wäre es gewesen, wenn sie sich einen Moment auf ihre bevorstehende Aufgabe konzentriert hätte. Eine simple Injektion war für eine Arzthelferin, wie sie es war, eine alltägliche Routine, der sie keine besondere Beachtung mehr schenkte. Diese Unachtsamkeit sollte ihr zum Verhängnis werden.

Da half ihr auch nicht die Ausrede, dass es ihr noch nie passiert sei.

Katharina legte den Arm von Frau Kleinhaus frei, klopfte die passende Stelle für den Einstich ab und versank in Erinnerungen des Katastrophentages. Völlig in Gedanken, setzte sie die Spritze an und stach zu. Der aufgestaute Ärger veranlasste sie dazu stärker als eigentlich gewollt zuzustoßen. Dabei wich sie einige Millimeter ab und verfehlte die gewünschte Ader. Das Resultat war ein entsetzlich lauter Schmerzensschrei von Frau Kleinhaus. Als Kathy nach dem Schrecken klar wurde, was sie angerichtet hatte, war das Behandlungszimmer voller Menschen. Der Arm von Frau Kleinhaus war vom eigenen Blut verschmiert, nichts Ernstes, doch schlimm genug, um den bisher größten Wutausbruch des Doktors auszulösen. An die Worte, die er benutzte, konnte Kathy sich nicht mehr erinnern. Der Schock saß zu tief, als dass sie irgendetwas hätte registrieren können. Das hatte sie doch nicht mit Absicht getan. Das Einzige, woran sie sich lebhaft erinnern konnte, war, wie der Doktor sie als »inkompetente blöde Kuh« beschimpfte und »Raus!« brüllte. Und dies hatte er mit einem unmissverständlichen Fingerzeig verdeutlicht. Am ganzen Körper zitternd stürmte sie aus dem Behandlungszimmer, in dem sich nun andere um das Wohlergehen von Frau Kleinhaus kümmerten. Aufgelöst und verstört rannte sie aus der Praxis und stürmte die vier Stufen zur Haustür hinunter. Draußen angekommen lehnte sie sich an die Hauswand und atmete einige Atemzüge tief ein und aus. Nervös fingerte sie nach der Schachtel Zigaretten in ihrer Kitteltasche.

Kathy war so außer sich, dass ihr fast der Glimmstängel aus der Hand gefallen wäre. Im letzten Moment konnte sie sich durch gutes Zureden fangen. Die ersten zwei Züge inhalierte sie so tief, wie es irgend möglich war. Die Wirkung trat schnell ein und sie wurde merklich ruhiger. Während Kathy ihre Zigarette rauchte, starrte sie in den Himmel und verfolgte mit ihren Blicken die vorbeiziehenden Wolken. »Jetzt ein Vogel sein und davonfliegen.«, flüsterte sie leise.

Lange durfte sie nicht fortbleiben, sonst hätte das noch mehr Ärger zur Folge gehabt, als es bereits gab. Die absolute Grenze war erreicht, mehr konnte sie nicht verkraften. Ein letztes Mal ließ sie ihren Blick schweifen, beobachtete die Autos, die sich auf der Straße drängten und die Menschen, die vorbeigingen. Auf der anderen Straßenseite entdeckte sie eine junge

Frau, die auf einer kleinen Mauer saß und sie scheinbar betrachtete. Und wenn schon, Kathy wandte sich ab. Sie musste wieder reingehen, damit die ganze Angelegenheit nicht weiter eskalierte. Donnernd fiel die Haustür ins Schloss und Kathy kam ein kurzer Gedanke in den Sinn. Gerne hätte sie mit der Frau auf der anderen Straßenseite getauscht. Die hatte bestimmt ein schöneres Leben als sie und nicht so viele Probleme. So schnell die Idee aufgetaucht war, verschwand sie wieder. Katharina ging ein zweites Mal an diesem Tag in die Praxis, diesmal mit einem schlechteren Gefühl als beim ersten Betreten. Das anfängliche Chaos hatte sich gelegt und war einer fast normalen Ruhe gewichen. Katharina versuchte sich bei Frau Kleinhaus zu entschuldigen, doch die ließ ihr keine Chance. Wutschnaubend verließ die alte Dame die Praxis, ohne sie eines Blickes zu würdigen. Kathy stand nur da und wusste nicht, wie sie sich überhaupt verhalten sollte, bis der Doktor kurz im Flur auftrat. Er bat, sie mit einer beunruhigend netten Stimme, in sein Büro zu kommen. Es war diese Art Freundlichkeit, die auf den bevorstehenden Wahnsinn schließen ließ. Sie folgte der Aufforderung, da sie keine große Wahl hatte.

»Was ist eigentlich mit Ihnen los?«

»Ich, äh ich«, stammelte Katharina vor sich hin.

»Setzen!«

Wie ein dressierter Hund seinem Herren folgte sie dem Befehl, ohne jeglichen Widerstand. Der Doktor starrte sie an, als ob er auf etwas warten würde. Sie ging sofort darauf ein und erzählte, was ihr an diesem schrecklichen Tag widerfahren war. Er blieb regungslos sitzen, ohne ein Wort zu sagen. Kathy traute sich nicht, die Stille zu durchbrechen, bis der Doktor nach quälend langen Sekunden das Wort ergriff: »Wenn sich das nicht ändert und Sie sich nicht am Riemen reißen, Frau Janborg, werden sich unsere Wege in absehbarer Zeit trennen müssen. Sie verstehen, was ich damit sagen will?«

Kathy nickte kommentarlos. Sie spürte, wie Tränen ihre Augen füllten.

»Ich sehe ein, dass es kein guter Tag für Sie war. Deswegen schicke ich Sie jetzt nach Hause.«

Ein riesiger Kloß? bildete sich in Katharinas Hals. Der Doktor setzte nach einer kleinen Pause an: »Ich sehe Sie dann MORGEN, pünktlich.«

Er beendete seine Ansprache mit einem breiten Grinsen. Dieses verdammte Arschloch. Er hatte sichtlich Spaß daran, sie zu quälen und seine Macht zu demonstrieren. Kathy quetschte ein schüchternes Ja aus sich heraus und verließ mit gesenktem Kopf den Raum. Ohne sich umzusehen legte sie den Kittel ab, schnappte sich ihre Wagenschlüssel und verließ leise die Praxis. Der Tag konnte nur ein schlimmer Albtraum gewesen sein. Ganz bestimmt würde sie gleich aufwachen. Mit dieser Vorstellung legte sie sich ins Bett und zog sich die Bettdecke über ihr vor Stress gerötetes Gesicht, sobald sie in ihrer Wohnung angekommen war. Morgen würde sie bestimmt aufwachen und alles wäre vergessen. Nur ein blöder Traum.

Kopfschüttelnd setzte Julia ihren Weg fort. Unbewusst fuhr sie einen alten Weg ab, den sie einige Jahre nicht mehr gefahren war. Kurze Zeit später wurde ihr klar, dass sie sich ganz in der Nähe ihrer alten Schule befand. Ein Moment des Grübelns, ein Achselzucken und sie fuhr auf direktem Wege dorthin. Im Grunde genommen war es nur wenige Jahre her, dass sie täglich diesen Ort besucht hatte, trotzdem kam es ihr wie eine Ewigkeit vor.

Die Schule hatte sich kaum verändert. Hier und da gab es einen frischen Anstrich. Sonst war alles beim Alten geblieben. Julia blickte durch einige Fenster im Erdgeschoss, was sie als eigenartig empfand. Lange hielt sie sich nicht in dem Gebäude auf, denn geliebt hatte sie diese Schule nie. Den Tag des Abschlusses würde sie nicht vergessen. Das war der schönste der gesamten Schulzeit gewesen. Nicht dass diese Abschlussfeier umwerfend toll gewesen wäre, nein sie war der absolute Reinfall.

Selbst die Lehrer sagten damals, dass sie so etwas derartiges noch nie erlebt hatten. Es gab drei Abschlussklassen, die untereinander nicht verhasster sein konnten. Ein Treffen für die Planung ergab, dass jede Klasse besser für sich etwas organisieren sollte. Einer war besser als der andere, miteinander reden, endete immer in einem Streit. Das Witzige an der ganzen Angelegenheit war Folgendes:

Ihre Klasse hatte keine brauchbare Idee zustande gebracht und verließ sich deshalb auf die beiden anderen Klassen. Da sich das gleiche Spiel auch dort vollzogen haben musste, gab es am Tag X nichts.

Julia hätte sich vor Lachen ausschütten können, sie war froh, von diesen ganzen Idioten wegzukommen.

Mit einem breiten Grinsen verließ sie das Gelände und ging nach Hause. Ihr Leben wie es heute war, war nicht das eines Superstars, dafür besser als die Zeit damals, die sie lieber niemals zurückholen wollte. Plötzlich fiel ihr ihre alte Schulfreundin Katja ein.

Zu Katja hatte sie heute noch Kontakt, jedoch eher, wenn Katja es wollte. Diese Frau war früher schon ein schwieriger Mensch gewesen, der nie genau wusste, was er eigentlich wollte. Im Grunde genommen O.K., wenn sie sich Mühe gab. Katja hatte eine enorme Klappe und ihre Scherze musste man verstehen. Der Humor, den sie zum Besten gab, konnte sehr verletzend sein. Sie durfte alles sagen, was ihr in den Sinn kam. Aber wehe eine andere Person übte Kritik an ihr, dann zog sie sich beleidigt zurück und sprach kein Wort mehr.

In der Schulzeit war sie überaus nützlich für Julia gewesen. Da sie nicht zu den Überfliegern gehörte und nie einen Beliebtheitswettbewerb gewonnen hätte, war Katja an ihrer Seite der notwendige Halt, um nicht abzustürzen. Eine Freundschaft war es nie gewesen, mehr eine Zweckgemeinschaft. Nach der Schulzeit brach merkwürdigerweise der Kontakt nicht ab. Es hing zwar alles von Katjas Launen ab, aber sie konnten lustige Momente verbringen. Zuverlässig war sie keineswegs. Das erste Gebot lautete, sich nie auf Katja zu verlassen. Das zweite und letzte war, sie nicht wirklich ernst zu nehmen. Katja war eben ein Mensch, der sehr von sich selbst überzeugt war und glaubte, eine der wichtigsten Persönlichkeiten zu sein.

»Der statte ich einen unangemeldeten Besuch ab.«, dachte Julia im Stillen. Das war auch eine Marotte von Katja. Hier bin ich, hab Zeit für mich. So lief das eigentlich immer ab, es war Zeit den Spieß umzudrehen. »Morgen bist du fällig, Katja.«, sagte Julia zu sich selbst. So stand der Plan für den nächsten Tag fest.

In ihrer Wohnung zelebrierte sie ihr bewährtes Urlaubsritual der völligen Entspannung. Julia hatte noch einige Tage frei und warum sich Stress antun. Ausspannen war viel angenehmer als die Hetze nach erzählenswerten Ereignissen. Ein kurzer Blick in die Fernsehzeitung, dem nur ein Seufzer folgte, dann ein paar Schritte zurück zur Küche, am Radio vorbei, welches in letzter Zeit häufig lief. Das Fernsehprogramm war seit längerem so daneben, dass es sich nicht lohnte einzuschalten. Wiederholung über Wiederholung und wenn die Programmgestalter nicht weiter wussten, zeigten sie einfach was über den zweiten Weltkrieg und Hitler.

»Tolle Wurst.«, dachte Julia. Von denen ließ sie sich bestimmt nicht die Ferien verderben. Für einen Moment stand Julia ratlos vor dem Kühlschrank und überlegte, was sie sich kochen sollte. Lange am Herd stehen, wollte sie auf gar keinen Fall, dazu hatte sie keinen Bock. Sie entschied sich für den Griff ins Eisfach und zog eine vegetarische Pizza heraus. »Das geht schnell und schmeckt gut.«, sagte sie zu sich selbst.

Gesagt, getan. Nur eine Viertelstunde später saß Julia auf ihrem Liegestuhl, den sie ausnahmsweise hochgeklappt hatte, um besser essen zu können. Dazu trank sie ein Glas Rotwein, welchen sie vor einiger Zeit gekauft und noch nicht probiert hatte. Als sie mit dem Essen fertig war, schob Julia den Teller beiseite und ging zur Stereoanlage. Sie legte eine von ihren Lieblingsscheiben auf, eine CD mit sanfter Geigenmusik. Keine Klassik und keine wirkliche Entspannungsmusik. Sie war einfach schön. Und das reichte Julia vollkommen aus.

Auf dem Weg zum Balkon drückte Julia auf die Wiederholungstaste am CD-Player. Dieser ausklingende Tag konnte ruhig etwas länger andauern. Während sie dalag, mit einem gut gefüllten Rotweinglas in der rechten Hand, und ihren Blick über den Himmel wandern ließ, fing sie an, über ihren letzten Traum nachzudenken.

Was gab es noch über sich selbst zu erfahren, alles, was

sie jahrelang aus purer Angst vor der Wahrheit verdrängt hatte, wurde allmählich an die Oberfläche befördert. Es gab nichts, was sie mit Katharina gemeinsam haben könnte, glaubte Julia. Der Traum war keine versteckte Erklärung für ihr Leben gewesen, sondern eine Deutung ihres Gefühlslebens. Das unentwegte Unter-Druck-Stehen kannte Julia gut, permanent die Furcht zu spüren, die verlangten Normen und Anforderungen nicht zu erfüllen. Man hatte ihr immer vorgeworfen, viel zu langsam zu sein, da half auch keineswegs die Erklärung, einen anderen Rhythmus zu besitzen.

Ein abweichender Rhythmus bedeutete gleich nutzlos, faul und dumm zu sein. Viel zu oft hatte Julia diesen Aussagen Glauben geschenkt. Und genau das war der Fehler gewesen, nicht sie selbst. Um das Gleichmaß der Masse zu übernehmen, erlitt sie häufig Blessuren, die sie nicht aufhielten, jedoch auf lange Sicht ihr Ego stark beschädigten. Das eine Ziel vor Augen, die angeblich verlorene Zeit aufzuholen, ließ sie alles andere außer Betracht, häufiger mit bösen Folgen.

Julia war diese Art Mensch gewesen, die sich mit vielen unwichtigen Dingen beschäftigen konnte, aber nicht mit den notwendigen Angelegenheiten. Alles, was

Auswirkungen auf ihr Leben hatte, bedurfte ihrer vollen Konzentration. Zeit aufholen, war für Julia fatal. Was um sie herum geschah, konnte sie dann nicht mehr erfassen. Das konnte gut gehen, doch diese Fixierung führte irgendwann unweigerlich zum großen Knall, der sie komplett niederschmetterte.

Viele Menschen konnten nach so einem Knall innerhalb kürzester Zeit aufstehen und ihren bisherigen Weg fortsetzen, als wäre nie etwas vorgefallen. Julia dagegen tat sich dabei sehr schwer. Die eigenen Wunden lecken wollte sie nie, verhindern konnte sie es nicht. Es lag überwiegend daran, dass sie des Öfteren ihren Rhythmus verlassen und dabei zu sehr auf andere gehört hatte. Da sie diese Fixierung brauchte, um nicht aus ihrem selbst geschaffenen Gleichgewicht zu fallen, musste sie trotz alledem ihren Weg fortsetzen. Dort war das Chaos vorprogrammiert.

Julia gelangte an dem Punkt, an dem eine geradlinige Vorgehensweise sinnvoll, jedoch unmöglich für sie wurde.

Julia war klar, dass sie problemlos herauskommen konnte. Doch die rettenden Parkbuchten übersah sie allzu gerne durch ihre Unkonzentriertheit. Es ergab sich eine Art Kettenreaktion. Die Zeit konnte nicht eingeholt werden, sie wurde vor lauter Enttäuschung reizbar und verursachte dadurch mehr Fehler als gewollt. Das führte zu panischen Ängsten vor weiteren Fehlern und steigerte ihre ohnehin kaum bezwingbare Unsicherheit.

Ihr Handeln entwickelte sich Stück für Stück zurück, bis zu dem Punkt der totalen Unfähigkeit. Die schlimmsten Befürchtungen wurden zur Realität, was ihre Ängste wiederum bestätigte.

»Großer Gott, ich bin selbst schuld an allem, was mir widerfahren ist. Und nur weil ich es anderen Recht machen wollte. Weil ich sein wollte wie sie. Es ist so einfach, Ich muss lediglich meinem Rhythmus folgen, dann läuft alles glatt. Ich bin ich und darf nicht jemand anders sein. Ich selbst weiß am besten, was für mich gut ist. Stimmt, ich mag langsamer vorankommen, doch die Beharrlichkeit bringt mich an mein Ziel. Die meisten bleiben durch ihre Ungeduld auf der Strecke. Doch ich schreite langsam, aber mit sicheren Schritten an ihnen vorbei.«

Julia war überrascht, wie einfach es war. Egal, was in ihrem Leben für Probleme auf sie warten würden, sie war nun gewappnet. Unglaublich, wie vielseitig sie war, wenn sie genauer hinsah. Sie glaubte alles über sich zu wissen, doch jeder weitere Traum kramte Beachtlicheres aus ihr heraus. Sie konnte gar nicht in Worte fassen, wie gespannt sie die nächsten Träume erwartete. Am Himmel setzte die Dämmerung ein und es wurde kühler. Julia entschloss sich nach dem kleinen Vogelkonzert den Balkon zu verlassen und hineinzugehen.

An diesem Urlaubstag ging sie früh zu Bett, nachdem sie durch alle Kanäle geschaltet hatte. Sie las ein wenig in ihrem Buch und schlief bald ein. Dass sie früh müde wurde, lag an dem ereignisreichen Tag, den Julia verdauen musste. Die leere Rotweinflasche auf dem Balkontisch war auch nicht ganz unschuldig daran. Wie jeden Abend freute Julia sich auf den nächsten Urlaubstag mit seinen Überraschungen. Doch erklärte das nicht das breite Grinsen, mit dem sie einnickte.

Kapitel 8

Der Dienstag begann wie die vorausgegangenen Urlaubstage, langsam schälte Julia sich aus dem Bettlaken. Vor dem Frühstück räumte sie die Weinflasche und das Glas fort. Wie wundervoll wäre es gewesen, wenn sie das Brummen in ihrem Schädel auch so einfach hätte beseitigen können. Gut, dass sie nicht einen von diesen billigen Schädeltraumaweinen gekauft hatte, denn sonst wäre sie an dem heutigen Tag bestimmt nicht aus dem Bett gekommen. Bevor sie sich eine große Tasse dampfenden Kaffee und eine Käseschnitte gönnte, trank sie ein großes Glas Wasser, um ihre trockene Kehle anzufeuchten. Nach dem Frühstück war Julia fast wie neu und voller Tatendrang. Heute wollte Julia ihrer alten Schulfreundin Katja einen Besuch abstatten, doch so früh konnte sie dort nicht auftauchen. Nur weil sie Urlaub hatte, hieß es nicht, dass Katja für sie Zeit hatte. So ein dummer Überraschungsbesuch fiel da flach. Es mochte zwar Katjas Art sein Sturmangriffe zu verüben, aber sie musste sie es ihr nicht gleichtun. So griff Julia zum Handy, schickte eine SMS zu ihr rüber und wartete die Antwort ab. Es dauerte eine geraume Weile, bis sich

Julias Handy meldete.

In der Zwischenzeit hatte sie sich schon unter die Dusche gestellt. Ruhig und untätig dazusitzen, bis die Dame ein Lebenszeichen von sich gab, war Julia zu blöd. Erst als sie mit allem fertig war, warf sie einen Blick auf das Display.

»Geht klar, bin 14:00 Uhr da.« Mehr gab es nicht zu lesen, typisch Katja, so kurz wie möglich. Manchmal war ihre Freundschaft ein wenig merkwürdig. Sie konnten sich sechs Monate nicht gesehen haben und Katja tat, als wäre das letzte Treffen erst gestern gewesen. Na gut, bis 14:00 Uhr hatte sie Zeit. Julia sah sich in der Wohnung um, doch da gab es nichts zu erledigen. Alles war ordentlich, sauber und aufgeräumt. Ein Seufzer drang von ganz unten herauf. Oje, sollte tatsächlich Langeweile in diesem Urlaub aufkommen? Ein Blick auf die Obstschale sagte Julia, dass es Zeit war die Bestände aufzufüllen. Etwas Besseres gab es nicht zu tun. Auch zur Bank konnte sie gehen. Das war nicht gerade eine Herausforderung, jedoch besser als nichts. Julia griff sich einen Leinenbeutel und einen Apfel für unterwegs. Für die Strecke zum Supermarkt ließ Julia sich mit dem Rad besonders viel Zeit. Von der hatte sie schließlich genug zur Verfügung. Ihr

Hollandrad stellte Julia in der Nähe des Eingangs ab, wo sich einige Fahrradständer befanden, die sehr spärlich belegt waren. Einen Moment spielte sie mit dem Gedanken, sich einen Einkaufskorb zu nehmen, ließ es dann aber. Die Tasche, die sie dabei hatte, sollte ausreichen.

Auf dem kleinen Vorplatz des Supermarktes hatten sich einige Verkaufswagen postiert, die gerade öffneten: ein Wagen mit Hähnchen, ein Schlüsseldienst und eine Telefonfirma mit einem Glücksrad, bei dem man irgendwelchen Mist gewinnen konnte. Der Hauptgewinn war bestimmt ein Anschlussvertrag bei der supertollen Telefongesellschaft. Mit festen Schritten ging Julia auf den Eingang zu, ohne dem Typen mit seinen Werbezettelchen Beachtung zu schenken.

»Bleiben Sie stehen, junge Frau, oder wollen Sie etwa nicht gewinnen?«

Julia ging unbeeindruckt weiter und dachte, was für eine Nervensäge er sei. In dem Konsumtempel angekommen, schaute sie sich um. So leer war es selten, das musste sie ausnutzen. In jeder Ecke stöberte sie herum. Der Laden hatte weit mehr zu bieten als nur Lebensmittel und Haushaltsbedarf. Von Elektronik bis Unterwäsche gab es fast alles zu kaufen. Nicht dass sie irgendetwas davon brauchte, dieser Tag war der erste, an dem sie Zeit hatte, sich alles anzusehen. Früher war sie nur zielstrebig durchgelaufen, um sich die Dinge zu kaufen, die sie benötigte.

Es dauerte über eine halbe Stunde bis Julia in der Obstabteilung angelangt war. Ein paar Äpfel, Bananen und Kiwis verstaute Julia in ihrem Leinenbeutel. Ein paar Jogurts packte sie dazu und ging ohne Umwege zur Kasse. Den Einkauf legte Julia auf das Band und packte eine Fernsehzeitung für die nächste Woche dazu. Wenn Julia etwas hasste, dann war es die Kasse mit ihren aufgebauten Kleinigkeiten, an denen man kaum vorbeikam. Obwohl man es nicht wollte, griff man sich eine Kleinigkeit.

Sie bezahlte schnell und ging Richtung Ausgang, um nicht mehr verleitet zu werden. Der Telefonfutzi wartete schon auf sie und startete einen zweiten Versuch. Es genügte ein grimmiger Blick, um seine Worte zum Ersticken zu bringen. Nachdem sie die Nervensäge passiert hatte, musste Julia den Hähnchenwagen hinter sich lassen, um zu ihrem Rad zu gelangen.

Dort stand ein Mann mit einer Bierflasche in der Hand, dem man ansehen konnte, dass er betrunken war. Am späten Abend wäre es Julia bestimmt kaum aufgefallen, doch zu dieser Zeit war es abstoßend. Der Betrunkene unterhielt sich angeregt mit dem Verkäufer des Wagens. Anscheinend kannten sich die beiden. Julia hingegen konnte nie den Anblick von solchen Menschen gut ertragen, jedes Mal, wenn sie einen Trinker sah, stieg ein gewisser Ekel in ihr hoch.

Ohne sich umzudrehen, schwang Julia sich auf ihr Rad und fuhr zur Bank. Nachdem Julia Geld abgehoben und den aktuellen Kontoauszug ausgedruckt hatte, fuhr sie zurück nach Hause. Sie verstaute ihr Obst in der Küche und kochte sich einen Kaffee. Den brauchte sie, um ihren Magen zu beruhigen. Der Gedanke an diesen Mann mit dem Bier ließ sie nicht los. Sie konnte sich nicht erklären, woher dieser Ekel kam, immer wenn sie betrunkene und nicht besonders gepflegte Menschen sah, kletterte eine regelrechte Wut in ihr hoch. Es drehte ihr den Magen um. Es war einfach da und ging nicht wieder so schnell.

Oh nein, keinen Traum. Nein, bei so einem wollte Julia das nicht. Doch es war zu spät. Wie von einer unsichtbaren Macht geleitet, versank sie in diesem Traum, den sie überhaupt nicht wollte.

»Was für eine verdammte Scheiße.«, brach es aus

Michael Römerkamp heraus.

»Du sollst nicht so viel trinken, Michael«, entgegnete ihm der Mann im Grillwagen.

»Was glauben diese Arschlöcher vom Arbeitsamt eigentlich, wer sie sind. Die tun ja gerade, als wären sie die Herrenmenschen.«

»Bist du in dem Aufzug hingegangen?«

»Ja, wieso?«

»Und mit Sicherheit hast du wieder getrunken.«

»Kann sein.«

»Da wunderst du dich?«

»Wieso, was willst´ damit sagen?«

»In letzter Zeit in den Spiegel gesehen?«

»Nö, wieso denn?«

»Du solltest mal wieder ein Deo benutzen oder dich einfach häufiger duschen, Kumpel.«

Darauf warf Michael einen verächtlichen Blick hinüber und gab ein dumpfes Pusten von sich.

»Was glaubst du eigentlich, wie ich mich fühle? Hä? Nein, das weißt du nicht, du kannst es nicht wissen.«

»Sag schon, was war los? Was wollten die von dir?«

»Ich habe einen Brief von denen bekommen, dass ich am Montag um zehn Uhr bei denen antanzen sollte.«

»Du warst nicht pünktlich.«

»Also bitte, natürlich war ich pünktlich. Ich saß da schon um neun Uhr. Ich wollte nicht zu spät da sein. Es hörte sich richtig wichtig an.«

»Ist doch gut.«

»Nichts ist daran gut. Rate mal, wann ich endlich an der Reihe war?«

Sein Freund sah Michael fragend an.

»Ich sag es dir: um zwölf Uhr fünfundvierzig. Ich musste ganze zwei Stunden und fünfundvierzig Minuten warten. Und wofür?«

»Wofür denn? Warte, die hatten einen Job für dich.«

»Ja geschissen. Nichts haben die für mich.«

»Und warum warst du dann da?«

»Für nichts?«

»Wie für nichts.«

»Ich sollte mich nur melden. Vielleicht wollten die wissen, ob ich noch lebe. Im Hinterkopf hatte ich mir so etwas gedacht.«

»Wie melden, das Theater war für hohle Nüsse? Das gibt es doch nicht.«

»Wenn ich es dir sage, aber das Beste kommt noch. Zur Vorsicht hatte ich meine Ablehnungsschreiben mitgenommen, falls ein dummer Spruch kommen würde. Und was sage ich dir, er kam. Da sagt dieses

Beamtenarschloch, ich würde mir keine Mühe geben und ich sollte gefälligst mehr Initiativbewerbungen schreiben. Da hab ich vor lauter Wut die gesammelten Zweihundertachtundsechzig auf seinen Schreibtisch geknallt.«

»Und was hat er gesagt?«

»Erst gar nichts, aber dann. Der meinte, es würde bestimmt an der Art meiner Bewerbungen liegen, dass ich so viele Absagen bekomme. Ich habe die Scheißdinger genauso geschrieben, wie ich es in den tollen Lehrgang vom Arbeitsamt gezeigt bekommen habe.«

»Hast du dem das denn nicht gesagt?«

»Natürlich, dann lag es an meiner Einstellung.«

»Wenn du da so aufgetaucht bist, dann wundert es mich gar nicht.«

»Ach leck mich, die Klamotten hab ich nur heute an. Hatte kein Bock sie zu waschen. Gestern war ich richtig ordentlich angezogen, ganz normal eben. Besser als du in deinem Dress hier.«

»Danke. Ich verstehe nicht, woran es dann lag.«

»Das kann ich dir sagen, denen ist es egal, was mit den Leuten passiert. Übrigens, das Gespräch war nach fünf Minuten erledigt. Der hat bei sich in den Computer eingetippt, dass ich da war, und dann sollte ich wieder gehen.«

»Weswegen denn?«

»Halt dich fest, weil er Mittagspause machen wollte.«

»Das ist ein Witz, oder?«

»Nein, so sagte das Arschloch das. Ach ja, und ich sollte im Computer im Flur nach Stellen suchen, was ich ständig mache. Da steht nichts Aktuelles drin.«

»Und was hast du gemacht?«

»Nichts, hab den Penner beschimpft und hab die Tür hinter mir zugeschlagen. Bin von dort nach Hause und hab mir für den Rest des Tages den Schädel aus lauter Frust zugedröhnt.«

»Das ist also die Lösung aller deiner Probleme.«

»Tschuldigung, bin auch nur ein Mensch.«, pestete Michael zurück.

»Such dir irgendwas anderes, Michael.«

»Ja, fangen wir gleich bei dir an.«

»Du weißt, dass die niemanden einstellen. Wegen der gesamtwirtschaftlichen Lage.«

»Bla bla bla.«

»Wie wäre es , wenn du in einem Restaurant in der Küche helfen würdest?«

»So weit war ich schon, wirst nicht glauben, was ich für

Antworten bekommen habe.«

»Welche denn?«

»Die wollen mich nicht, weil ich arbeitslos bin.«

»Jetzt verarsch mich nicht, diese Antwort ist total hirnverbrannt.«

»Ja, hab ich auch gesagt. Die stellen nur Leute ein, die bereits einen Job haben. Oder die andere Variante ist, ich müsste Student sein. Ach, als Ausländer hätte ich auch gute Chancen.«

»Das haben die wirklich zu dir gesagt?«

»Ja, so wahr ich hier stehe. Das Einzige, was mir bleibt, ist weiterzusuchen.«

» Kacke, ich wünschte, ich könnte dir irgendwie helfen.«

»Lass mal, in dieser Welt kann sich nur selbst helfen. Alles andere ist vergebliche Liebesmüh. Ich gehe wieder nach Hause, ich brauch ein wenig Abstand.«

»Hey Michael, warte«, rief sein Kumpel hinter ihm her. Michael drehte sich um und sah ihn an. Sein Freund drückte ihm eine Tüte mit einem gebratenen halben Hähnchen in die Hand.

»Das kann ich mir nicht leisten.«, protestierte Michael.

»Versprichst du mir, mit diesem Frustsaufen auf der Stelle aufzuhören?«

Michael nickte und schaute beschämt auf den Boden.

»Gut, das geht aufs Haus. Das kann ich abschreiben. Guten Appetit.«

Michael flüsterte ein leises Danke und verschwand.

Zuhause angekommen nahm er aus seinem Briefkasten zwei große Umschläge, die er ungeöffnet auf seinen Garderobentisch legte. Absagen, er brauchte kein Hellseher zu sein, um das zu erkennen. Zu deutlich zeichneten sich die Ränder der Bewerbungsmappen ab, die er mit viel Hoffnung abgeschickt hatte. Niedergeschlagen setzte er sich auf sein Sofa und verspeiste das Hähnchen. Als er mit seinem Mittagessen fertig war, fragte er sich wieder, was er tun sollte. Jeder Tag war wie der Tag zuvor und der Tag zuvor. Das Datum und den Wochentag konnte Michael nicht mehr auf Anhieb sagen, wieso auch. Es spielte keine Rolle, ob es Sonntag oder Mittwoch war. Es änderte nichts an seiner Situation. Er saß da und starrte auf die Straße. Michael fixierte nichts mit seinem Blick, er ließ nur die Welt an sich vorbeiziehen. In seiner Wohnung schien die Zeit stillzustehen und draußen raste sie dahin. Das unablässige Ticken der Uhr hatte keine Bedeutung, Zeit hatte keine Bedeutung. Früher plagte Michael noch Langeweile, als er in der Wohnung alles aufgeräumt, aussortiert und repariert hatte, was er schon immer machen wollte. Heute war das anders. Langeweile gab es keine, Zeit gab es keine, Gefühle waren seit Ewigkeiten ausgeschaltet. Er lebte, oder besser gesagt, er existierte nur. Nichts war mehr wichtig. Sein Geist wurde langsam und träge. Das Denken fiel schwerer, also ließ er es, um Kopfschmerzen zu vermeiden.

Mit jedem gestressten Menschen, der an dem Fenster vorüberging, und mit jedem Auto, das vorbeirauschte, starb etwas in Michael. Mit jedem Tag der Sinnlosigkeit wich ein Stück Mensch und ein Teil seiner Würde. Michael schrumpfte in sich zusammen, ein Prozess, der unaufhaltsam voranschritt. Früher hatte er sich häufiger über sein Leben und die Arbeit beklagt, was ihm nun lächerlich vorkam. Heute wünschte er sich die Probleme von damals zurück. Seine Hände fingen an zu zittern und seine Augen wollten weinen. Tränen konnte er nicht mehr vergießen. Was ihm blieb, war Wut. Die wandelte sich so schnell, wie sie auftauchte, in Frustration. Es war ein Teufelskreis, aus dem es kein Entkommen zu geben schien. Innerlich war er bereits tot, nur sein Körper bekam das nicht mit. Jeden Tag kam der Wunsch, dem für immer ein Ende zu setzen, doch die Kraft dafür aufzubringen war unmöglich geworden.

Irgendwo an einem weit entfernten Ort in ihm drin gab es einen Funken von Hoffnung, der einfach nicht erlöschen wollte.

»Wieso braucht die Welt mich nicht? Ich habe so viel zu geben. Ich bin mehr als nur eine dumme Arbeitsmaschine, ich bin ein Mensch.« Das schoss gelegentlich durch seinen Kopf, wohin sich ansonsten kaum noch ein Gedanke verirrte, wenn er so dasaß. Der Tag kam und der Tag ging. Michael starrte lange nach draußen, bis die Gassen leergefegt und die Straßenlaternen angesprungen waren. Das Radio, das leise im Hintergrund lief, stellte er ab. Michael war hundemüde. Er fühlte sich stets schlapp und kaputt. Seine gesamte Lebensenergie schien mehr und mehr zu schwinden. Er legte sich auf sein Bett, starrte an die Decke und wünschte sich einzuschlafen und nie wieder aufzuwachen. Dann kam wieder die innere Stimme, die ihm riet nicht aufzugeben: »Morgen beginnt ein neuer Tag, vielleicht ändert sich da was. Vielleicht.«
Dieser Gedanke ließ Michael mit der Zuversicht auf eine bessere Zukunft in einen traumlosen Schlaf sinken.
Die Hoffnung starb immer zuletzt.

»Grauenvoll.«, dachte Julia. Die Einkäufe waren bereits ausgepackt und die Banksachen erledigt. Dieser Traum legte die größte Angst in ihr frei. Die Angst, überhaupt nicht gebraucht zu werden. Als besonders wichtig für das Wohlergehen der Menschheit hatte sie ihren Job nie erachtet, doch bescherte er ihr ein einigermaßen angenehmes Leben. Es war ein gutes Gefühl, sein eigenes Geld zu verdienen und selbständig zu sein. Die Hilfe von anderen hatte sie nicht nötig, sie kam gut alleine zurecht. Niemand hatte recht geglaubt, dass sie es schaffen würde, völlig auf sich gestellt klarzukommen. Am wenigsten ihre Eltern. Für die war sie noch immer ein kleines, unbeholfenes Mädchen, das ohne seine Eltern nicht überleben würde.

Allein der Gedanke, sie nach den Jahren der Selbständigkeit um Hilfe anzubetteln, jagte Julia einen kalten Schauer über den Rücken. Dass dieser Fall mal eintreten würde war nicht abwegig, denn überall, wo man hinhörte, machten reihenweise Geschäfte dicht. Auch solche, von denen man es am wenigsten erwartete. Die Angst, auf der Straße zu stehen, saß jedem im Nacken, der eins und eins zusammenzählen konnte. Julia versuchte sich ein Leben ohne ihren Job vorzustellen.

Für eine Zeit war es bestimmt ganz angenehm, wie ein ausgedehnter Urlaub. Was wäre, wenn es sich über Monate oder sogar über ein Jahr hinziehen würde? Das Geld würde schnell knapp werden. Die kargen Ersparnisse reichten mit Sicherheit nicht lange, um weiter zu leben wie bisher. Eine Angst, die jeder kannte, auch wenn er, oder sie es nicht zugab. Julia besaß viele Ängste, einige würde sie abstellen können, andere wiederum würden sie ein Leben lang begleiten. Ob das schlimm war oder nicht, war Ansichtssache. Julia hatte irgendwo vor längerer Zeit gehört, dass die meisten Fehler und Probleme durch die menschlichen Ängste verursacht wurden. Eine Feststellung, die ihr durch diesen Traum deutlicher klar wurde. Das ständige Streben nach mehr, nach Perfektion, und die Angst alles zu verlieren. Es gab immer irgendetwas, das uns hemmte.

In diesem weisen Bericht hieß es, wenn alle ihre Ängste abschüttelten, würden alle im Paradies leben. Julia glaubte nicht, dass ein Leben dafür ausreichen würde, um dies zu schaffen. Das war auch nicht wichtig. Wichtiger fand Julia, es zu versuchen und nicht aufzugeben; Neues in Angriff zu nehmen und Grenzen einzureißen. Es musste nicht immer gelingen.

Bedeutsamer war es diese Barrieren zu erkennen und niemals einfach zu akzeptieren.

Das wahre Ideal konnte nur in der Unvollkommenheit liegen, denn nichts war auf Dauer ermüdender als Perfektion ohne Ecken und Kanten. Wirklich alles war in einem ständigen Fluss der Veränderung. Das Leid kam, wenn man sich dagegenstemmte, mochte es auch in manchen Fällen seine Berechtigung haben. Es war entscheidend, das Aufbrechen von alten Hindernissen zu gewähren, um eine Erneuerung und Verbesserung geschehen zu lassen. Stillstand bedeutete den Tod, das unablässige Fließen dagegen war immer eine Quelle des Lebens gewesen.

»Puh.«, seufzte Julia.

Die Träume waren mittlerweile recht nervenaufreibend geworden. Julia war sich nicht mehr sicher, ob sie es war, die diese Träume steuerte, oder jemand anderes.

Welcher andere sollte das sein?

Nein, darüber dachte sie nicht nach, um nicht dem Verstand zu verlieren. Irgendetwas sagte Julia, dass sich sehr bald alles aufklären würde, und dabei beließ sie es für den Moment. Sie warf einen Blick auf die Uhr und stellte fest, dass es zu früh war aufzubrechen.

»Egal.«, sagte sie laut und verließ die Wohnung.

Sie kam eine ganze Stunde zu früh an und Katja war erwartungsgemäß nicht da. Julia war langweilig. Was sollte sie mit der quälend langen Stunde anfangen? In der Straße, wo Katja wohnte, befand sich eine Dönerbude und es kam, wie es kommen musste. Ihr Magen fing gewaltig an zu knurren und sie verspürte die Lust auf etwas Ekliges, einen Riesenhunger auf etwas Fettiges, Hauptsache schön ungesund. In der Stunde, die ihr verblieb, verputzte sie einen großen Dönerteller mit einer extra Portion Pommes und einer großen Cola. Als alles in ihrem Magen Platz gefunden hatte, fühlte sie sich viel besser, auch wenn sie mit ihrem Gewissen kämpfte und es zu überzeugen versuchte, dass es gelegentlich nötig war, unvernünftig zu sein.

Als Katja auf den kleinen Hausparkplatz einbog, gab Julia der Freundin ganze zwei Minuten Zeit ihre Wohnung zu betreten, damit diesmal sie keine Zeit hatte, sich vorzubereiten. Eine Art, die Katja schon immer an sich gehabt hatte und wohl nie ablegen würde. Sonst meldete Julia sich immer mit einem zaghaften Klingeln. Heute feuerte sie vier Klingelzeichen hintereinander auf Katja ab. In der dritten Etage angekommen traf Julia eine verwirrte Katja in der Tür, die nicht einmal ihre Wohnungsschlüssel aus der Hand gelegt hatte.

»Wie du? Ich hab´ dich erst in einer halben Stunde erwartet, was ist denn mit dir los? Bist wohl gut drauf?«
Mit einem schlichten »Ja.« und einem breiten Grinsen betrat Julia die Wohnung.
»Es ist ein wenig unordentlich, wollte noch aufräumen.«
»Bin ich bei dir gewohnt, gab es jemals kein Chaos bei dir? Kann mich jedenfalls nicht daran erinnern. Hast du was zu trinken? Ich habe einen tierischen Durst.«
»Kommt von deinem Döner, den du gegessen hast.«
»Riecht man das etwa?«, fragte Julia ganz verdutzt.
»Klar und deutlich, das gehört zu meinen Grundnahrungsmitteln.«
»Stopfst du noch immer jeden Tag so ein Zeug in dich rein?«
»Ja. Schmeckt doch. Jeden Tag gibt es was anderes. Montag Döner, Dienstag Pizza, Mittwoch Gyros ….«
»Hab verstanden, ist ja widerlich. Wieso nimmst du nicht zu?«
»Guter Stoffwechsel. Malzbier?«
Ohne eine Antwort darauf geben zu können, hielt Julia

eine geöffnete Flasche in der Hand.

»Schmeckt einfach geil, das Zeug.«, Katja setzte an und trank ihr Malzbier in einem Zug aus. »Möchtest du noch eine?«

»Nee, ich hab genug«, erwiderte Julia, die gerade einen Schluck genommen hatte.

»Ach, ich hol mir noch eine Flasche. Setz dich schon ins Wohnzimmer und schmeiß den Kram einfach auf den Tisch oder auf den Boden, ich komme gleich.«

Das Chaos, das sich Julia bot, hätte jeden anderen verblüfft. Doch Julia war es bereits gewohnt. Katja und Julia waren wie Feuer und Wasser. Von außen betrachtet gab es nicht einen triftigen Grund für eine funktionierende Freundschaft. Da stand Julia in ihrer ruhigen, kleinen und geordneten Welt und dort Katja, die fleischgewordene Katastrophe. Trotz ihrer Verschiedenartigkeit gab es etwas, was sie verband. Keiner konnte das erklären und niemand versuchte es.

Gegensätze zogen sich halt an. In Katjas Wohnraum lag alles, aber auch wirklich alles verstreut herum: Zeitungen, Zeitschriften, CDs, DVDs, irgendwelche Unterlagen.

Zu viel Krempel, um alles zu erwähnen. Julia machte

sich eine Ecke auf dem Sofa frei und setzte sich vorsichtig hin, um einen kräftigen Schluck aus ihrer Malzbierflasche zu nehmen. Von dieser Position aus schaute sie sich im Zimmer um.

Über dem Durcheinander am Boden stand ein prall gefüllter Wäscheständer und auf dem Tisch der Sitzecke am anderen Ende lag - soweit es aus dieser Entfernung zu erkennen war - eine Pizzaschachtel mit einigen Resten vom Vortag darin.

»Hey, ich weiß, dass es hier schlimm aussieht, ich hatte keine Zeit das zu beseitigen. Immer Stress, kennst du ja.«

Julia nickte mit dem Kopf und schaute Katja dabei vorwurfsvoll an.

»Jetzt sieh mich nicht so an. Ich weiß, dass ich eine Schlampe bin. Jeder Versuch das zu ändern, scheitert einfach an meiner Faulheit. Hey! Eine gute Sache hat es, ich bin nur faul und schlampig, aber dafür kein Messi.«

»Das ist wirklich eine gigantische Erleichterung für mich.«, frotzelte Julia.

»Was führt dich eigentlich zu mir, mitten in der Woche und zu dieser Zeit?«,wechselte Katja das Thema.

»Ich hab Urlaub. Als ich an unserer alten Schule

vorbeikam, musste ich an dich denken. Wir haben uns ein paar Monate nicht mehr gesehen.«
»Ja. Das war deutlich. Wenn du hier bist, gehe ich davon aus, dass du nicht wegfährst und nur hier bleibst, um ein wenig zu quatschen. Richtig?«
Julia nickte.
»Was gibt es Neues bei dir, Julia?«
»Ehrlich gesagt, nichts Besonderes, es läuft alles so vor sich hin. Es geht mir nicht schlecht, aber es könnte besser sein. Eben ganz normaler ereignisloser, langweiliger Alltag. Gibt es bei dir denn was Neues?«
Diesen Satz bereute Julia, sobald sie ihn ausgesprochen hatte. Diese Frage durfte man Katja niemals stellen. Sie war der Startschuss für einen endlosen Monolog. Den genauen Inhalt wiederzugeben war unmöglich, bei der Menge an Informationen, die auf Julia niederprasselte. Katja sprach über ihre Arbeit, Freizeiterlebnisse, Nachrichten, Familie und vieles mehr. Zwischenzeitlich schaltete Julia auf Durchzug und nickte, um den Anschein aufrechtzuerhalten, sie würde alles furchtbar interessant finden und konzentriert folgen. Nach zwei Stunden war es vorerst überstanden, dann kam der zweite Teil des Martyriums: Videoaufzeichnungen. Nichts, was sich wirklich gefährlich anhören würde,

doch die Wirkung ergab sich aus der Länge, der Kombination und der Art des Gezeigten. Es waren Amateuraufnahmen aus der Schulzeit, uralter Comedyklamauk aus den Siebzigern und einige Folgen von Nick Knatterton. Das war irgend eine Zeichentrickserie mit einem Detektiv, die zunächst amüsant war, nach der zehnten Folge aber in Julia eher Hassgefühle auslöste. Phase zwei der Tortur endete nach vier Stunden, da war es bereits zwanzig Uhr am Abend. Den ganzen Tag hatte Julia keinen Fuß aus Katjas Wohnung gesetzt und war mit Informationen überladen worden, die ihr Gehirn verzweifelt zu verarbeiten versuchte. Die Kopfschmerzen waren unerträglich. Was zu viel war, war zu viel. Es gab nur einen Gedanken: Raus, raus!

»Du willst wirklich schon gehen, Julia? Von mir aus kannst du ruhig noch bleiben.«
»Nee, das reicht vollkommen. Ich muss das Gesehene erst mal verarbeiten.«
»Hab ich übertrieben? War doch super?«
»Hmm...« und ein Nicken, zu mehr Äußerungen war Julia nicht mehr fähig.
»Ach, bevor du gehst, muss ich dir noch meinen

Mitbewohner vorstellen.«

»Mitbewohner?«

Katja hatte jemanden gefunden, der sich freiwillig für längere Zeit hier aufhalten wollte? Katja hatte einen Freund, wie war das möglich?

»Er heißt Ernesto.«, verkündete Katja freudestrahlend und verschwand im Schlafzimmer.

Dieser Ernesto war die ganze Zeit hier gewesen und war nicht herausgekommen? Was für ein Typ war das denn? Und ganz beiläufig erwähnte sie ihn nach sechs quälend langen Stunden? Weiter gingen Julias Gedanken nicht, weil Katja wieder aus dem Schlafzimmer kam. Sie hielt etwas auf dem Arm, was Julia nicht sofort erkannte. Dann wich sie vor Schreck einen Schritt zurück und stieß ein angewidertes »Iiiih!« aus. Wenn es Julia vor einem Tier graute, war es das Ding, welches Katja auf ihrem Arm hatte.

»Was hast du denn? Das ist nur Ernesto.«

Zärtlich tat Katja das mit Abstand Widerlichste, was Julia sich vorstellen konnte. Sie küsste das Ding.

»Oh mein Gott, ich glaub, ich muss mich übergeben.«

»Was ist denn, magst du keine Hausratten?«

»Nicht mögen? Ich hasse diese Biester!«

»Das wusste ich ja nicht.«

»Jetzt weißt du es, bitte tu den Seuchenverbreiter weg.«

»Hä, wie bist du denn drauf?«

Als Katja dann näher kam und ihr dieses Vieh noch unter die Nase hielt, war das zu viel.

»Sorry, aber ich muss raus, sonst bekomme ich einen Anfall. Wir telefonieren, nichts für ungut.«

In Windeseile verließ sie die Wohnung und stürmte die Stufen hinunter nach draußen. Vor der Haustür stieß Julia ein lautes »Igitt!« aus und ging zu ihrem Fahrrad. Der erste Schrecken war verflogen und die Erschöpfung des anstrengenden Tages gewann die Oberhand. Julia fragte sich, wie ein Mensch freiwillig mit einer Ratte zusammenleben konnte. Und in ein und demselben Raum schlafen! Katja war immer für eine Überraschung gut gewesen, sie zu ändern war ein hoffnungsloses Unterfangen. Vielleicht machte das den Reiz der Freundschaft aus.

Julia war für den heutigen Tag geschafft und strebte nur nach Hause und ins Bett. Kein Radio, keine Musik und kein Fernsehen.

Julia wollte abschalten. Eine Sache beschäftigte Julia jedoch. Nach außen war Katja normal, sogar sehr elegant und konservativ. Für einen Bürojob genau richtig. Das äußere Erscheinungsbild stimmte immer. Im Inneren musste Katja jedoch einen grauenvollen Kampf mit sich selbst und ihrer Identität ausfechten. Mit den Jahren wurde das Chaos schlimmer und drohte mehr und mehr auszubrechen. Die Ratte war nicht das Schlimmste, obwohl sich Julia nichts Beunruhigenderes vorstellen konnte. Es war Katjas Motorrad, welches die bösesten Vorahnungen in ihr weckte. Katja war fanatisch dem Rausch der Geschwindigkeit verfallen, dass es beängstigend war.

Jeder hatte dieses Bedürfnis sich zu befreien. Das kannte Julia nur zu gut. Bei Katja nahm es selbstzerstörerische Tendenzen an. Diesen Kampf würde sie verlieren, der Absturz stand kurz bevor. Das zeigte sich an unzähligen kleinen Dingen. Das waren nicht nur ihre unter den teuren Klamotten gut versteckten Tätowierungen. Es war einfach alles an ihr. Sie veränderte sich, wohin war völlig unklar. Nur eine Sache war sicher, es ging in keine gute Richtung. Einen Rat hatte Katja nie angenommen. Julia konnte nur dastehen und zusehen, wie sie ihr aus den Händen glitt. Gedanklich bei ihrer einzigen und besten Freundin bemerkte Julia nicht, dass sie einen anderen Weg nach

Hause einschlug. Als es ihr klar wurde, hatte sie bereits einen riesigen Umweg gemacht. Während sie sich zu erklären versuchte, wie ihr das passiert war, kam sie am St. Anna Krankenhaus vorbei. Dort lenkte sie eine bestimmte Person völlig von ihren Überlegungen ab.

Vor dem Haupteingang saß ein Mann in einem Rollstuhl, der den Stumpf seines rechten amputierten Beines hochgelegt hatte. Eigenartiger hätte der Anblick kaum sein können, denn der Mann war kräftig und forsch. Er merkte sofort, dass Julia ihn anstarrte, und rief in einer Machoart »Hey Schätzchen, komm zu Papa!« hinter ihr her. Julia zuckte ertappt zusammen und schämte sich in Grund und Boden, weil sie wusste, dass es sich nicht gehörte, Menschen mit einer Behinderung so deutlich anzustarren, wie sie es getan hatte.

Sie beeilte sich nach Hause zu kommen und erreichte ihre Wohnung in nur zehn Minuten. Dieser Tag war für Julia gelaufen. Das Einzige, was sie jetzt im Sinn hatte, war ihr Bett, in das sie schnell verschwand. Julia war nicht gerade ein Mensch, dem es leicht fiel früh zu Bett zu gehen, besonders nicht, wenn es draußen hell war. Die Jalousien ließ sie bis zum äußersten herunter, so tief, dass nur wenige, kleine Lichtschlitze übrig blieben.

Zu guter Letzt verschloss sie noch die Schlafzimmertür, damit es wirklich dunkel war.

»Oh Scheiße.«, stieß Julia vor Wut hervor, als sie den Bettpfosten rammte.
Eine Spur zu dunkel, dafür wusste sie nun, wo sich das Bett zum reinfallen befand. Krampfhaft hielt sie die Augen geschlossen, was durchaus anstrengend für sie war. Alle Videos schienen vor ihrem inneren Auge ein weiteres Mal abzulaufen. Julia ignorierte die Bilder so gut es ging und schlief dann schnell ein. Sie träumte intensiv wie immer, als wäre sie ein Teil davon.

Das laute Donnern des Motors war in großer Entfernung zu hören.Gert ließ die Maschine gerne ein wenig hochfahren. Er verließ die Landstraße, um auf die Autobahn abzubiegen. Einmal richtig Stoff geben. Ohne jede Rücksicht wechselte er unentwegt die Spur, fuhr Schlangenlinien, wenn er nicht sofort vorbeikam, und trieb den Motor fast bis zu seinem Limit an. Bei dem Tempo konnte er alles vergessen, was ihn bedrückte. Da gab es nur noch die Geschwindigkeit, den Wind und dieses total geile Gefühl.
Die Spritztour nahm ihr Ende, als er das Schild sah: In

Tausend Metern Autobahnende. Langsam wurde es Zeit, denn in einer knappen Dreiviertelstunde fing seine Schicht an. Nach einigen Regelverstößen und Geschwindigkeitsüberschreitungen begab er sich nach Hause, um sich umzuziehen. Gert hasste nichts mehr als seinen langweiligen Alltag, in dem es nicht die geringste Abwechslung gab. Jeder Arbeitsschritt war bis auf das Genaueste festgelegt, grobe Abweichungen durfte es nicht geben. Wenn man Gert sah, dachte man als Erstes: »Oh mein Gott!« Er war eine imposante Erscheinung für einen Durchschnittsmenschen. Nicht dass Gert ein Riese gewesen wäre, eher eine Stufe davor. Gert passte mehr in das kompakte Modell eines Arnold Schwarzenegger mit halb so vielen Muskeln. Das Bierbäuchlein verschaffte dazu einen gewissen Ausgleich. Als Beruf kam für jeden Betrachter nur das Handwerk in Frage, Maurer oder Ähnliches.

Dem war ganz und gar nicht so. Gert hatte mit Abstand einen der langweiligsten Berufe, die es auf der Welt gab. Immer, wenn er verriet, was er beruflich machte, erntete er unweigerlich ein verächtliches Naserümpfen. Dies war die zweite und endgültige Reaktion, bevor man ihn links liegen ließ. Die erste Gefühlsäußerung war immer ein lautes Lachen und »Ach, nun sag schon, was machst du wirklich?«

Gert Pasoga war von Beruf Buchhalter, unglaublich aber wahr. Dieser Bär von Mann, der überhaupt nicht wie ein nichts sagender Langweiler ausschaute, wälzte tagtäglich Zahlen hin und her. Man vermutete alles andere bei einem Menschen, dem eine Kleidergröße passte, die es nur in der Sonderanfertigung zu geben schien.

Einige Zeit später fand Gert sich im Bürokomplex seiner Firma wieder, einem schier unendlichen Gewirr aus Gängen und Büros, das einzig für den Geldtransfer und Verwaltung geschaffen wurde. Für jeden Bereich gab es eine spezielle Abteilung. Bei Gert lief ein kleiner Teil der Zweigstellen über den Schreibtisch. Er war verantwortlich für zehn Filialen und deren ordentliche Verbuchung der Nebenkosten, also Ausgaben, die für den Arbeitsablauf wichtig waren, Büromaterialien usw. Nebenbei musste Gert noch eine Statistik führen, die die Kosten veranschaulichte und überwachte, um eventuelle Ausreißer sofort zu bremsen. Mit den Jahren hatte sich alles so eingespielt und optimiert, dass es keine großen Abwechslungen mehr gab. Gert war mittlerweile so weit, dass er einige Ergebnisse voraussagen konnte. Es war ein Ablauf, der sich immer wiederholte. Er fühlte sich schon lange wie eine hirnlose Maschine, die funktionieren musste. Hauptsache, er lieferte seine Arbeit ab, und alles andere war absolut unwichtig. Persönliche Unterhaltungen gab es nicht. Die einzigen Geräusche, die diese fühlbare Stille durchdrangen, waren das Tippen auf den Tastaturen, das Glucksen der Kaffeemaschinen und die leise tapsenden Schritte auf den Fluren.

Ein Klopfen an der Bürotür riss Gert aus seinen Gedanken.

»Ja bitte!«

Zielsicher und mit festen Schritten glitt sein Abteilungsleiter Herr Naubers mit einem riesigen Stapel Akten auf Gert zu.

»Hier, das muss heute noch bearbeitet werden.«

»Das schaffe ich nie.«, gab Gert verzweifelt zurück.

»Überstunden, Überstunden!«

Mit diesen Worten verschwand er wieder. Nur im Flüsterton sprach Gert zu sich: »Was soll diese verdammte Kacke eigentlich? Erst muss ich Überstunden abbauen und dann soll ich alles abarbeiten, was da ist. Ich werde bekloppt in diesen Irrenhaus.«

Da saß er wieder, ackerte wie ein Doofer und durfte sich keine Fehler erlauben, sonst konnte er von vorne anfangen. Die Stunden verstrichen, die Dämmerung setzte ein und auf die Dämmerung folgte die sich langsam ausbreitende Nacht. Als Gert zum Ende seiner Arbeit auf die Uhr blickte, war es 22:21 Uhr.

»Jetzt raus hier.«, sagte Gert laut.

Er war der Letzte. Vertieft in seine Arbeit hatte er überhaupt nicht bemerkt, dass alle bereits gegangen waren. Seine Kollegen waren längst zu Hause, legten die Füße hoch und bereiteten sich seelisch auf den nächsten Arbeitstag vor. Richtig mies gelaunt stieg er in seinen Kombi und brauste davon. Was ihn am meisten ärgerte, war, dass er in ein paar Stunden wieder auf diesem Stuhl sitzen würde, wie jeden Tag. Tagein, tagaus dasselbe Spielchen und nicht die geringste Aussicht auf eine Besserung oder sogar eine Veränderung.

Eigentlich durfte er sich nicht beschweren, er führte ein gutes Leben. Bei der hohen Arbeitslosigkeit und der Kündigungsfreudigkeit des Vorstandes sollte er besser ganz ruhig mit seinen Flüchen sein. Gerade sein Job war todsicher. Der schlimmste Fall, der eintreten konnte, war, dass er ein paar Belege weniger zu bearbeiten hätte.

Einen Kündigungsgrund gab es nicht, da sie sowieso am äußersten Limit der Effizienz arbeiteten. Gert hatte lediglich zwei weitere Kollegen, die er selten sah. Und auf absehbare Zeit so war keine Änderung in Sicht.

Gert atmete tief ein und ermahnte sich ruhig zu bleiben. Der Gedanke an sein Überstundenkonto ging ihm nicht mehr aus dem Sinn. Als er die Moderatorin im Autoradio verkünden hörte, dass die durchschnittlichen Überstunden in diesem Jahr auf zweiundvierzig Stunden gesunken waren und die vom Vorjahr sich noch auf siebenundvierzig belaufen hatten, konnte Gert sich das Lachen nicht mehr verkneifen. Es war ein ohrenbetäubendes, lautes, donnerndes Lachen.

»Siebenundvierzig Stunden, dann verdreifache das mal, Schätzchen. Eure Probleme möchte ich haben.« Mit diesen Worten drückte Gert auf die

CD-Taste am Autoradio und gleich darauf ließ ein gewaltiges Aufheulen seine Boxen in den Verankerungen auf und ab springen. Die kreischenden E-Gitarren trieben ihm die stillen Arbeitsstunden aus dem Kopf und ließen ihn seinen Beinahe-Beamtenjob vergessen. Angestachelt von den derben Klängen drückte er das Gaspedal bis zum Anschlag durch. Die vorbeirauschende Welt gab ihm diesen Kick, den er brauchte, um nicht den Verstand zu verlieren und seine Wut herauszubrüllen. In diesem Tempo durchfuhr er die fast menschenleeren Straßen so schnell, dass er in wenigen Minuten seine Wohnung erreichte. Der erste Griff galt wie jeden Abend der obligatorischen Flasche Bier, ohne die er nicht mehr einschlafen konnte. Da es keinen Sinn hatte, noch großartig etwas zu unternehmen, legte er sich sofort in seine Koje.

Die gesamte Wohnung von Gert war ausgesprochen groß und komfortabel eingerichtet. Es war leicht zu erkennen, dass dieser, für Gert normal gewordene Standard, andere eine Jahresmiete gekostet hätte. Wie gesagt, er hatte keinen Grund sich zu beschweren. Seine Firma bezahlte ihn ausgesprochen gut für seine Arbeit. Es handelte sich zwar nicht um ein Spitzengehalt, doch viele träumten von so einer monatlichen Gehaltsabrechnung.

Das war die Masche der Firma gewesen, um Beschwerden überhaupt nicht aufkommen zu lassen. Sie kauften sich ihre Angestellten. Der Betriebsrat, der gesetzlich vorgeschrieben war, existierte nur auf dem Papier. Niemand wagte es, seine Stimme gegenüber gewissen Missständen zu erheben. Wer es trotzdem wagte, wurde demonstrativ rausgeworfen. Es waren meist die Jüngeren, die sich nicht unterwerfen wollten wie die Dienstälteren. Es gab viele individuelle Deals, die mit guten Leuten abgeschlossen wurden. Es war ein Gerücht, welches hinter vorgehaltener Hand im Vorübergehen erzählt wurde, aber die kommentarlose Duldung des Vorstandes sprach eine eindeutige Sprache. Man erzählte sich vor einigen Jahren, dass Mitarbeiter, die frühzeitig Unruhestifter meldeten, Prämien erhielten. Es herrschte also, die totale Überwachung. Das war einer der Hauptgründe, warum es wie in einem Ameisenhaufen zuging. Jeder widmete sich konzentriert seiner Arbeit und ließ keinerlei persönlichen Kontakt innerhalb oder außerhalb der Firma zu, um nicht wegen einer unbedachten Äußerung an die Luft gesetzt zu werden. Wäre die gesamtwirtschaftliche Lage besser gewesen, hätte es ganz anders ausgesehen. Viele nahmen es wegen des Geldes billigend in Kauf. Dieses Schweigen und die ständig brodelnde innere Anspannung zerstörten Gert. Jede Nacht, seitdem er für diese Firma arbeitete, schlief er unruhig.

Das Schrillen des Weckers, der einen neuen Arbeitstag verkündete, riss Gert aus seinen Träumen. Es folgte der allmorgendliche Ablauf vom Aufstehen bis hin zum

Schreibtisch. Dieser Tag sollte nicht so schlimm werden wie der gestrige, nur der bekannte Stress- und Ablieferungsdruck. Die Stunden verstrichen, die Mittagspause kam und ging. Der Nachmittag brach an und sollte bis 16:33 Uhr voranschreiten. Genau um diese Zeit kam sein Abteilungsleiter herein und verkündete freudig, dass er Feierabend machen könne, da er gute Arbeit abgeliefert habe. Die Sache hatte einen Haken - wie immer. Wenn er nun Feierabend machte, hätte er am darauf folgenden Tag einen riesigen Berg Papierkram abzuarbeiten. Da man ihm sagte, es habe bis morgen Abend Zeit, entschied Gert sich dazu zu gehen. Seine Augen fühlten sich aufgequollen an, wie ein zum Bersten gefüllter Schwamm mit Wasser. Gert schnappte sich seine Jacke und stampfte aus dem Büro. Direkt vor seiner Tür stand der Wagen mit den Unterlagen. Er bugsierte ihn mit einem kräftigen Schubs in seinen Arbeitskäfig und schloss die Tür ab. »Darum kümmere ich mich morgen.«

Mit diesen Worten verließ er das Gebäude.

In seiner Wohnung zog er sich um und schwang sich auf sein Motorrad. Mit Vollgas schoss er durch die Gegend, es half alles nichts. Seine schier grenzenlose Wut konnte er nicht kontrollieren. So bog er auf die Autobahn ab, das Aufheulen des Motors verdeutlichte jedem unverkennbar seine momentane Stimmung. Immer schneller und schneller preschte er den Asphalt entlang. Seinen Kopf konnte Gert nicht leeren. Im Slalom schlängelte er sich durch die Autokolonnen. Die Manöver wurden gewagter, doch dieses gewisse Gefühl, welches ihm half zu vergessen, mit seinem Motorrad zu verschmelzen, kam nicht auf.

Das Tempo wollte und konnte er nun nicht mehr drosseln. Gert verlangte seiner Maschine alles ab. Seine Gedanken kreisten um seinen Job und bezogen sich nicht mehr auf dem Verkehr vor seiner Nase.

»Scheiße!« Ein Stauende. Krampfhaft zog er die Bremse an, um das Schlimmste zu verhindern. Die enorme Geschwindigkeit war auf dieser Distanz nicht mehr zu bändigen, der Abstand zu den stehenden Autos nahm bedrohlich ab. Die folgenden Bruchteile von Sekunden liefen in einzelnen Bildern vor Gert ab. Keine Zeitlupe, lediglich Sequenz für Sequenz.

Schwarz. Da gab es nichts, woran er sich erinnern konnte. Als Gert aufwachte, fand er sich in einem Krankenhauszimmer wieder. Die Schwester, die sein Aufwachen bemerkte, rief sofort den Arzt. Kurz darauf traten mehrere Gestalten in Weiß ein, die ihn regelrecht auf den Kopf stellten. Erst als er die Ärzte beschimpfte, sie sollten endlich mit der Sprache rauskommen, was passiert sei, erfuhr Gert etwas, das sein Leben für immer veränderte.

Sein Bremsweg war länger gewesen, als er gedacht hatte. Durch seine Unachtsamkeit war er mit weit über 80 km/h auf das Stauende aufgestoßen. Die gewaltige Wucht des Aufpralls hatte ihn und sein Motorrad in die Luft gerissen und ihn zwanzig Meter davon geschleudert. Dabei musste er bereits das Bewusstsein verloren haben, denn sonst wäre der weitere Verlauf des Unfalls anders gewesen. Gert hatte sich so krampfhaft festgeklammert, dass selbst der kleine Flug ihn nicht von seiner Maschine gelöst hatte. Er war mitsamt Maschine auf dem Seitenstreifen aufgeschlagen. Ab hier fing der Arzt an herumzudrucksen, doch die energische Art von Gert ließ ihn nach einigem Zögern weitererzählen.

Gerts Helm hatte einiges abgefedert, dennoch war sein Kopf beim Aufprall so stark verletzt worden, dass er zwölf Tage im Koma gelegen hatte. Sein rechter Arm war mehrfach gebrochen, er hatte einige Rippenbrüche sowie viele Quetschungen erlitten. Sein rechtes Bein hatten sie nicht mehr retten können. Sie hatten es eine Handbreit über dem Knie amputieren müssen.

»Was für ein Blödsinn, ich spüre doch meine Zehen!«
Der Arzt sah die Schwester an und nickte ihr zu. Die junge Frau hob das Bettlaken und sein Blick fiel auf einen bandagierten Stumpf, der mal sein rechtes Bein gewesen war. Unfähig etwas zu sagen, weinte Gert drauflos. Er hatte das letzte Mal geweint, als er ein Kind gewesen war. Alle sahen sich ratlos an und verließen das Zimmer.
»Wir lassen Sie erst einmal in Ruhe, aber ansonsten ist alles mit Ihnen in Ordnung.«
Ansonsten ist alles in Ordnung, so was konnte nur von einem Arzt kommen. Diese Worte sollten lange durch seinen Kopf geistern. Diese verdammten Halbgötter in Weiß, die waren von nun an keine Krüppel. Da war es leicht, so einen Spruch abzulassen.
Die Wochen im Krankenhaus verstrichen und es ging von Tag zu Tag aufwärts, körperlich zumindest. Gert bekam in dieser Zeit viel Besuch von seiner Familie und Freunden. Nur von seiner Firma kam keine Reaktion. Niemand besuchte ihn, kein Anruf, nicht mal ein paar Blümchen hatten sie für ihn über. Bis zu dem Brief.

Gierig nach Informationen riss er den Umschlag auf. Er enthielt nur ein paar Zeilen:

»Aufgrund der langen Krankheit und der hohen Fehlzeit Ihrerseits bedauern wir Ihnen mitteilen zu müssen, dass Sie für unser Unternehmen nicht mehr tragbar sind.
Somit sprechen wir nach Einhaltung der gesetzlichen Fristen Ihre Kündigung aus.
Kündigungsformular anbei.

Mit freundlichem Gruß«

Im ersten Moment, als er die Zeilen las, war Gert fassungslos, dann musste er laut lachen. Man hätte glauben können, er wäre wahnsinnig geworden, dem war nicht so. Gert freute sich darüber. Da jetzt alles egal war, würde es das reinste Vergnügen sein, diese Arschlöcher zu verklagen. Gert dachte nicht weiter darüber nach, warf den Brief in die Schublade seines Beistelltisches und lachte weiter aus vollem Hals.
Nach einer Weile wurde Gert aus dem Krankenhaus in eine Rehaklinik in der Nähe verlegt. Dort lernte er mit seiner neuen Situation fertig zu werden und mit einer Prothese zu laufen. Es war ein hoher Preis, den er für

seine Freiheit gezahlt hatte. Hätte er früher den Mut gefunden sich aufzurichten und den Mund zu öffnen, wäre er um ein Bein reicher gewesen. Seinen Job hätte er hundertprozentig verloren, aber die Verdrängungstaktik, die er über Jahre betrieben hatte, hätte er vermieden. Er war gern mit seinem Motorrad umhergefahren – und gern auch sehr schnell, doch was hatte ihm das eingebracht? Egal, er war frei. Nun war ihm klar, was er sich von seinem Leben wünschte. Das war eine wertvolle Erkenntnis.

Das Leben würde irgendwie weitergehen, da war er sich sicher. Abends saß er oft mit ein paar Leidensgenossen, die den Kopf hängen, ließen vor dem Haupteingang. Gert sah es als seine Pflicht an, sie aufzuheitern. Ein paar Witze brachten diese Trauerklöße wieder in Fahrt. Auf dem Höhepunkt des Abends wurden vorbeilaufende Frauen angequatscht. So auch heute. Es musste ein merkwürdiges Bild abgeben mit diesen seltsamen Gestalten. Die Reaktionen der Passanten waren dieselben. Ein kurzes intensives Anstarren, den Blick abwenden und schnell weiterlaufen, als wäre überhaupt nichts gewesen. Gerade das reizte Gert ungemein, so auch bei einer jungen zierlichen Frau. Hübsch, ein wenig schüchtern. Die Lebensfreude wollte Gert sich nicht nehmen lassen, so rief er sie zu sich. Doch sie reagierte überhaupt nicht. Verstört fuhr sie schnell vorbei. Ein großes Gelächter brach aus, die anderen meinten, dass es so nie etwas werden würde.

Kapitel 9

Mittwoch. Das war das erste Wort, das Julia aus dem Munde drang, als sie aufwachte. Der Urlaub würde bald vorbei sein und sie spürte, dass etwas auf sie zukam. Was es war, vermochte sie nicht zu sagen. Sie überlegte herum, wie sie den Tag verbringen sollte. Ein wenig unheimlich wurde ihr die ganze Angelegenheit schon. Am liebsten hätte sie die restlichen Tage nur noch in ihren vier Wänden verbracht. Diesem Sog, der sie nach draußen zog, konnte sie jedoch nicht lange standhalten. Von Traum zu Traum spürte sie intensiver, dass sie nicht mehr die Fäden in den Händen hielt. Julia empfand es als äußerst beunruhigend, von außen gelenkt zu werden, ohne nur den geringsten Einfluss darauf nehmen zu können.

Der letzte Traum hatte eindeutig mit ihrer besten Freundin Katja zu tun gehabt. Katja war nicht nur eigenartig in ihrer ganzen Person, sondern liebte auch ihr Motorrad und ganz besonders die Geschwindigkeit. Es war also ein klarer Bezug auf ihren Lebensstil und die zu erwartenden Folgen. Trotz dieser Übereinstimmungen wusste Julia, dass es um sie selbst ging. Ihr Job war nicht das, was sie sich als Kind vorgestellt hatte, doch er war O.K. für sie. Gelegentlich kam das Gefühl der Minderwertigkeit hoch, wenn sie gegenüber anderen ihren eingeschlagenen Lebensweg verteidigen musste. Es zwang sie natürlich niemand dazu, aber die Blicke der Gesprächspartner gaben ihr immer eine andere Äußerung zu verstehen. Seit langer Zeit wollte sie, wie viele Menschen, mehr aus ihrem bedeutungslos scheinenden Leben machen. Nur übersah sie gerne die Kurzlebigkeit des Glanzes der anderen. Die Ehrlichkeit von Julia, zu sich selbst und nach außen, wurde gerne belächelt.

»Ich bin, was ich bin.« Das vertrat Julia und war einigermaßen glücklich damit. Glücklich, war sie wirklich glücklich? Ja, solange keiner dieser Blender auftrat und sie zu überzeugen versuchte, wie toll und interessant sein Leben sei im Vergleich zu ihrem sinnlosen Dahintreiben. Alle schauten nur starr nach vorne und niemand blickte zurück oder vor sich auf den Boden, denn dort würden sie die Folgen ihres egoistischen Treibens sehen. Für die Opfer war niemals Zeit gewesen. Wer es nicht schaffte, hatte auch keine Daseinsberechtigung. Schade, dass keiner es verstand. Die Welt war nicht langfristig und entscheidend von den Superstars geformt worden, sondern immer von den scheinbar „Überflüssigen".

Darüber nachzudenken war nie gut für sie gewesen und was sollte sie schon ändern können. Ein Niemand, den keiner hörte, geschweige denn sah. Julia hatte sich daran gewöhnt, in einer kalten und herzlosen Gesellschaft zu überleben, wie die meisten Menschen. Auffallen um jeden Preis lag ihr fern, was hatte sie schon zu bieten. Nein, damit würde sie wie viele versagen. Solche Ausbrüche, wie die von Gert oder Nicola, waren nicht ihre Art. Sie besann sich lieber auf den leisen Protest, der ihr Leben uninteressant, aber relativ sicher vor äußeren Einflüssen gestaltete.

Julia folgte also dem Drang nach draußen und zog die Haustür hinter sich zu. Je näher sie dem Urlaubsende kam, desto größer wurde dieses Bedürfnis hinauszukommen. Trotz aller Angst schwang immer ein beruhigendes Etwas in ihr mit. So trieb Julia umher, ohne zu wissen wohin und warum. Es war geradezu dämlich zu glauben, die Antwort würde geradewegs vom Himmel fallen. Julia schlenderte ziellos die Promenade entlang, einen kreisförmigen Grünstreifen, der die gesamte Altstadt umzog, auf dem Gebiet, wo einst im Mittelalter die Stadtmauer gestanden hatte. Wenn sie irgendwo Aufklärung erhalten konnte, dann in der grünen Lunge der Stadt, in der sich immer viele Menschen aufhielten. Von hier aus konnte man am schnellsten zu jedem Punkt in der Altstadt gelangen, wenn man die richtige Abkürzung nahm. Da es relativ früh am Tage war, war wenig los. Des Nachmittags gab es eher ein reges Treiben. Egal. Völlig in irgendwelche flüchtigen Gedanken versunken lief Julia den gesamten Ring ab. Das hatte sie sich jedenfalls vorgenommen.

Als sie bestimmt schon drei Kilometer gelaufen war, geschah es. Sie spürte ein eigenartiges Kribbeln in der Magengegend. Nicht wirklich unangenehm, aber auch nicht gut. So ein komisches Rumoren kannte sie nicht. Der erste Gedanke, der ihr kam, waren Blähungen. Das war es nicht. Es war anders und nebenher war ihr ganzer Körper wie elektrisiert. So blitzartig wie es aufgetreten war, verschwand es wieder. Als hätte sie einen geladenen Kupferdraht berührt (und gleich wieder losgelassen). In den letzten zwei Wochen war ihr, so viel Merkwürdiges widerfahren, dass sie es als eine vorübergehende nervöse Störung abtat und weiterging.

»Hey, Vorsicht!«, rief plötzlich jemand hinter ihr. Eine Männerstimme. Bevor Julia sich umsehen konnte, schubste sie jemand von hinten weg. Julia drohte durch die Wucht vornüber auf den Boden zu fallen. Zwei kräftige Hände packten sie bei den Schultern und verhinderten das. Eine enorme Wut stieg in ihr auf, was bildete sich dieses Arschloch eigentlich ein? Sie setzte zum Schimpfen an. Der Beginn ging jedoch in einem dem lauten Knall völlig unter. Verdutzt schaute Julia in die Richtung, aus der der Knall gekommen war. Ihre Augen weiteten sich um das Doppelte ihrer normalen Größe. Vor ihr, wo sie noch vor einer Sekunde gestanden hatte, lag ein Ast, der dicker war als ihr eigenes Bein. Erst jetzt blickte sie ihren vermeintlichen Grabscher an. Es traf Julia wie ein Blitz, das Kribbeln von vorhin war wieder da, stärker und intensiver als zuvor. Julia konnte im Angesicht des Fremden nur ein leises »D... Danke« stammeln. Verwirrt riss sie sich aus der Umklammerung los, die ihr plötzlich nicht unangenehm war, und lief verstört los, ohne sich umzudrehen, auch nicht, als der Fremde ihr hinterher rief: »Warte doch. Ist alles in Ordnung?«

Julia marschierte stramm und mit zügigen Schritten, um Abstand zu gewinnen. Erst nach fünf Minuten verlangsamte sie ihr Tempo und nahm Platz auf einer Bank. Von dem Unbekannten fehlte jede Spur.

Was war bloß mit ihr geschehen? Verwirrt und außer Atem saß sie da und starrte ins Nichts. Sie musste einige Minuten still sitzen, um ihre eigenartigen Gefühle zu verarbeiten, und fand dann eine plausible Erklärung für diesen Vorfall: ein Schock. Ganz klar, sie stand unter Schock. Kein Wunder, bei dem Ereignis hätte sich jeder erschrocken. Das merkwürdige Kribbeln war verschwunden, der Schreck war verdaut und alles hatte eine triftige Erklärung gefunden. Selbst für das Bauchgefühl vor dem Beinahe-Unfall hatte Julia eine Antwort parat. Im Unterbewusstsein musste sie das Knacken des Astes über sich vernommen haben und ihr Körper hatte sie instinktiv vor der Gefahr gewarnt.

Während Julia dasaß und sich selbst die Antworten auf ihre Fragen gab, liefen mehrere Menschen an ihr vorbei. Julia lauschte den Gesprächsfetzen, die sich ihr darboten. Lauter sinnloses Zeug, dessen Zusammenhang sie nicht kannte und auch nicht wissen wollte. Nur ein einziger Satz blieb bei ihr hängen und spielte sich mehrmals in ihrem Kopf ab, wie eine CD die hängengeblieben war:

»Ich sollte meine Eltern mal wieder besuchen, es ist scho...«

Wann hatte sie ihre Eltern das letzte Mal besucht? Vor

einem Monat musste das gewesen sein, ungefähr. Wenn sie erfuhren, dass sie während ihres Urlaubs nicht einmal die Zeit oder einen Gedanken daran verschwendet hatte, sie zu besuchen, war der Knatsch vorprogrammiert. Die beiden waren dann immer gleich eingeschnappt. Um das zu vermeiden, kramte Julia ihr Handy aus der Tasche und rief ihre Mutter an. Es meldete sich nur der Anrufbeantworter des Anschlusses, auf dem sie eine Nachricht hinterließ. Sicherlich arbeitete sie noch. Julia setzte ihren Spaziergang fort und einige Minuten später rief ihre Mutter zurück. Mit freudiger Stimme verkündete sie, dass der heutige Tag ihr freier Tag sei und sie zum Mittagessen kommen solle. Das Telefon hatte sie liegengelassen, weil sie nur auf die Schnelle ein paar Teile eingekauft hatte.

Widersprechen war hoffnungslos, also ging Julia auf direktem Wege zu ihren Eltern. Die vorbeiziehenden Gesprächsfetzen hatten Julia eine geraume Weile begleitet und sie schenkte ihnen keine Beachtung mehr. Kurz vor dem Verlassen des Innenstadtringes allerdings schnappte sie Worte auf, die ihr erst am Ende des Tages bewusst werden sollten. Eine Begebenheit in Gestalt zweier Studenten, die mit ihren Fahrrädern an Julia vorbeifuhren. Nicht alle Studenten waren gleich auszumachen, aber diese beiden entsprachen allen äußerlichen Klischees und gaben sich durch ihr Gespräch zu erkennen:

»Und um 13:00 Uhr muss ich wieder in der Mensa sein, wie soll ich…« Mehr gab es nicht zu hören. Aber es war auch nicht das Gesagte, das Julia schmunzeln ließ, sondern das Aussehen. Dieser Mann, der die dreißig überschritten hatte, mit einer unmöglichen Brille, dem zurückweichenden Haar und dem grässlichen Modegeschmack, war völlig ausreichend, um Julia zum Lachen zu bringen. Sein Freund sah bei weitem besser aus, war ganz klar eine Knalltüte, die den Bezug zur realen Welt verloren hatte. Das waren zweifellos zwei Möchtegernintellektuelle, die sich mit Vorliebe über den Sinn des Lebens und den Weltfrieden unterhielten. Julia verschwendete nach einem impulsiven Kopfschütteln keinen weiteren Gedanken mehr an die zwei.

Jetzt gab es Mittagessen mit Mutti, verbunden mit einem langen Gespräch über Gott und die Welt. Bei ihrer Ankunft wurde Julia mit einer überschwänglichen Umarmung begrüßt, die ihr den Atem raubte. Das Essen war schnell fertig. Da es an diesem Sommertag wärmer war als an den Tagen zuvor, entschloss sich ihren Mutter für einen Salat mit Putenstreifen, die sie frisch in der

Pfanne anbriet.

Nach dem Essen quatschten sie über alles Mögliche, und hielten einen ganz normalen Tratsch unter Mutter und Tochter. Die Zeit verflog, ohne dass die beiden Frauen es bemerkten. Am späten Nachmittag tauchte Julias Vater auf. Das zweite ungestüme Wiedersehen folgte. Da nun beide Elternteile versammelt waren, konnte das Kreuzverhör beginnen. Es war nie ein direkter Angriff, sondern baute sich langsam und stetig auf. Dabei waren die Hauptakteure:

Albert Sanderkamp:

54 Jahre, von Beruf Schreiner. Sagte immer, dass er seinen Job nicht leiden könne, war aber ein Workaholic, der ohne eine Beschäftigung unausstehlich wurde. Seine Hobbys waren schwer zu definieren, da sein Lebensinhalt seine Arbeit war. An Wochenenden liebte er es, Nichtstun, in seiner glanzvollsten Vollendung, zu zelebrieren: Ausschlafen, Fernsehen und als sportliche Betätigung ein Spaziergang am Sonntag. Sein Baby, neben seiner Tochter, war sein Auto, das er hegte und pflegte wie einen Schatz. In der Sommerzeit bedeutete das ein stundenlanges Pflegeprogramm. Neben einer Vorliebe für Krimskrams von Flohmärkten und einem

ausgeprägten Sammeltrieb war er ein unauffälliger, netter, älterer Herr.

Ingrid Sanderkamp:

51 Jahre, von Beruf Kassiererin. Eine kleine, zierliche Frau, die keineswegs zerbrechlich wirkte. Sie gehörte zu den ruhigeren Vertretern und stand meist im Schatten des Temperamentes ihres Mannes. Als richtiger Dickschädel ließ sie sich jedoch nichts von ihm gefallen. Ihre Lieblingsbeschäftigungen waren das Verschlingen von Romanen sowie der mehrmals in der Woche kultivierte Bewegungsdrang. Sie animierte ihren Gatten gerne zu ungewollten, sportlichen Betätigungen. Sie fand nämlich, dass ihr Mann mit den Jahren erheblich angesetzt habe.

»Na, wie läuft es in deinem Job?«, startete ihr Vater das Gespräch.
»Ganz gut und in deinem?«, konterte Julia, die bereits wusste, worauf die ganze Sache hinauslaufen würde.
»Kann im Grunde nicht klagen. Die Arbeit ist hart, aber die zahlen gut.«
»Und wie kommst du mit deinen Kolleginnen klar?«,

fragte jetzt ihre Mutter.

»Alles im grünen Bereich«, erwiderte Julia strahlend.

»Finanziell auch alles O.K.?«, wollte ihr Vater wissen.

»Ich brauche eure Unterstützung nicht, habe keine Schulden und mein Konto steht in den schwarzen Zahlen.«

»Deine Tante Frieda schafft das nicht, so wie der Rest der Bande.« In einem deutlich spitzeren Ton kam es aus dem Munde ihrer Mutter. Beschwichtigend redete ihr Vater auf seine Frau ein: »Ich weiß, und uns hat man vorgeworfen, wir könnten nicht mit Geld umgehen. Das ist alles kalter Kaffee. Hast du dich denn mal umgesehen?«, wandte ihr Vater sich wieder an seine Tochter.

Julia wusste sofort, worauf er hinaus wollte. Sie stellte sich blöd und antwortete mit einem unschuldigen »Wonach?«

»Nach einer besseren Stelle, diese kleinen Läden haben keine Zukunft mehr. Die machen über kurz oder lang alle dicht.«

»Nö wieso, es gefällt mir da und es läuft gut, der Umsatz stimmt.«

»Meinst du, deine Chefin sagt dir alles?«

»Nein, das behaupte ich auch nicht, wieso sollte ich die

Pferde wild machen, wenn es keinen Anlass dafür gibt?«

»Willst du nicht weiterkommen, Kind? Soll es bis zu deiner Rente so weitergehen?«

»Wenn das möglich sein sollte, ja.«

»Du bist jung. Du kannst noch was Anständiges aus dir machen.«

»Was schlägst du denn vor?«

»Ich weiß auch nicht, vielleicht ein Geschäft führen als Filialleiterin.«

»Und dann?«

»Du kannst Fragen stellen, das liegt doch an dir.«

»Ich bin nur eine einfache Einzelhandelskauffrau. Da macht man halt keine riesigen Sprünge.«

Jetzt mischte sich ihre Mutter wieder ein: »Dann geh noch mal zur Schule oder bilde dich weiter. Du bist nicht verheiratet und hast keine Kinder. Später hast du dazu keine Zeit mehr.«

»Und dann ist alles zu spät, ich weiß es, Mama.«

»Das kann dir doch keinen Spaß machen, was du da tust.«

»Das tut es aber, ich bin zufrieden damit.«

»Wie du meinst Kind, aber viel hast du dann nicht zu erwarten. Dir ist klar, dass du die Einzige von allen

Kindern in der Familie bist, die es nicht in Erwägung zieht zu studieren.«

»Boah nee! Dafür bin ich ne Spur zu blöd und ich hab auch keinen Bock meine Zeit mit sinnlosem Lernen totzuschlagen, um dann hinterher festzustellen, dass ich keinen Plan habe, was ich anstellen soll. Dann ist da die Frage: Stellt mich überhaupt einer ein? Sicherlich kann ich irgend was machen wie jetzt, aber dafür habe ich eine Bescheinigung mehr in der Tasche und das gute Gefühl, wertvolle, unwiederbringliche Jahre meines Lebens vergeudet zu haben.«

Das hatte gesessen. Nach diesem Satz herrschte ratloses Schweigen und ein Achselzucken auf beiden Seiten. Schnell war die Pause überbrückt, denn es folgte das zweitbeliebteste Diskussionsthema.

»Mein Julchen, wie sieht es langsam mit Enkelkindern aus? Dein Vater und ich werden nicht jünger. Wir würden gerne wissen, ob wir es noch erleben werden.«

Julia atmete laut aus, um ihrer Abneigung zu diesem Thema Ausdruck zu verleihen.

»Du brauchst dich nicht so zu äußern. Jetzt bist du an der Reihe.«

»Allein ist das ziemlich kompliziert, Mutter.«

»Ich glaube bald, du magst keine Männer. Du kannst uns das sagen.«

Der erschrockene und abwertende Blick ihres Vaters verriet, wie gut sie mit so einer Offenbarung fertig werden würden.

»Ja! Ich bin lesbisch. Und das ist gut, ich stehe total auf Frauen.«

Totenstille. Das einzige Geräusch, das diese Schrecksekunde durchbrach, war das leise Ticken der Küchenuhr. Als Erstes fing sich unglaublicherweise ihr Vater wieder: »Na ja, ich denke, du hast dir das gut überlegt, ähm...«

»Nein, bin ich nicht. Ich bin ganz sicher nicht lesbisch. Ihr beide geht mir nur tierisch auf die Nerven. Keine Diskussion mehr, es passiert, wenn es passiert.«

»Du musst nicht meinen, dass die Männer zu dir hinkommen und du suchst dir einfach einen aus. Ein bisschen Mühe musst du dir geben.« Ein letzter Versuch von Julias Mutter, etwas aus ihr herauszuquetschen.

»Wenn der Richtige kommt, werde ich euch rechtzeitig darüber informieren. Das ist mein letztes Wort. Wenn das so weitergeht, kann ich gleich wieder gehen.«

»Du bist wieder schlecht drauf.«, meinte ihr Vater.

»Bin ich nicht. So das war es, ich gehe.«

»Gut, wir sind still. Es ist dein Leben Julia, wir wollen nur helfen.«

Julia fixierte ihren Vater giftig. »Manchmal helft ihr mir mehr, wenn ihr mir nicht helft.«

Mit dem Satz war die ganze Angelegenheit vorerst vom Tisch - bis zum nächsten Mal. Julia ging nicht sofort wie angedroht, sondern blieb noch über eine Stunde. Mit dem fast wie eine Drohung klingenden Satz: »Wir rufen dich an«, wurde sie verabschiedet.

Was für ein Tag. Wieso taten Eltern so etwas? Erst verhätschelten und fütterten sie einen und dann machten sie dich fertig. Womöglich stand eine höhere Logik dahinter, die nur Eltern verstehen konnten. Julia hatte in diesen Situationen das Gefühl, als schämten sie sich für ihre Tochter. Irgendwo draußen gab es Gleichaltrige, die viel erfolgreicher waren. Wenn die Masche mit der Karriere nicht zog, ging das Enkelthema los. Julia hatte sich häufig den Kopf zerbrochen, um herauszufinden, was in deren Köpfen vorging. Wenn das der Fall war, empfand sie ihr Leben als unzumutbar. Sie fühlte sich sogar so mies, dass sie sich vor das nächste Auto hätte werfen können. Alles, was vorher noch gut war, erwies sich als eine bemitleidenswerte Existenz. Das ganze Leben zeigte sich in seiner vollen Sinnlosigkeit. Für Julias Eltern gab es anscheinend nur zwei gute Lebensweisen.

Die erste war viel Einfluss und Geld zu besitzen, Dinge die man nach dem Tode sowieso nicht mitnehmen konnte. Die zweite war verheiratet zu sein und mindestens ein Kind zu haben, und das obwohl die Scheidungsrate derart hoch war und die Kinder einen zwangsläufig verließen, um ihr eigenes Leben zu führen.

Wieso durfte sie ihr Leben nicht gestalten, wie sie es für richtig hielt? Irgendwie versuchten die beiden ihre gescheiterten Sehnsüchte durch sie zu erfüllen und bedachten dabei nicht, dass sie eigenständig denken konnte und entsprechend auch handeln wollte, ohne gelenkt zu werden. Es war verständlich. Beide hatten einen Beruf, der nicht besonders viel abwarf, der hart war und kaum Platz ließ für eigene Vorstellungen. Da wurde mit den Jahren vielleicht der Frust größer. Leider war ihnen nicht mehr bewusst, was sie an sich und ihrem Leben hatten. So schlecht ging es ihnen nicht. Sicher, es konnte immer eine Steigerung geben, aber ob sie das glücklicher machen würde, war wirklich fraglich.

Ihre Eltern hatten es dafür wieder geschafft. Julia fühlte sich wie in der Schule. Man gehörte zu einem großen Ganzen, war aber trotzdem inmitten der Masse allein. Ihren Kopf ließ sie nicht hängen wie noch vor ein paar Jahren, da sie wusste, dass dieser Blues in maximal zwei Tagen verflogen sein würde. Wenn das Tal durchschritten war, kam der Wille weiterzumachen und zu versuchen das Beste daraus zu gestalten. Was nützte es nach außen etwas Prächtiges darzustellen, aber innerlich total zerfressen zu sein? Tag für Tag mit seinen Dämonen zu kämpfen, um die Welt glauben zu lassen, es wäre alles wundervoll. Diese Menschen wurden eh nach einer Weile alle meschugge. Julia zuckte mit den Schultern und ging weiter.

»Hauptsache die Fassade stimmt.«, dachte Julia laut zu sich.

Diese Gesellschaft war so verlogen. Wenn sich das nicht änderte, war der Untergang nur eine Frage der Zeit. Das weiter zu verfolgen hatte keinen Sinn, sie fühlte sich mies genug.

Daheim tauchte sie in die Romanwelt ab, um zu vergessen. Leider war „Les Miserables" bei schlechter Stimmung keine sonderlich große Hilfe. Da hätte sie gleich einer Beerdigung beiwohnen können. Wie in der letzten Nacht wurde Julia von einem Traum heimgesucht, den sie, nicht wie normalerweise, sofort wieder vergaß.

Alles deutete darauf hin, dass sie sich dem Ende näherte. Die Träume prägten sich tiefer ein, und die Botschaften wurden mahnender. Julia spürte die Träume, bevor sie auftauchten, als lauerten sie bereits im Dunkeln. Beim Löschen des Lichtes meinte Julia einen Schatten zu erkennen, der vorsichtig auf sie zuwanderte. War es Einbildung oder gab es da etwas, was nicht von ihrer Seite wich und nur auf den richtigen Moment wartete?

»Wollen wir mal sehen, was es diesmal Schönes gibt.«, sagte Julia zu dem Schatten am Bettende. Nur kurze Zeit nach dem Schließen der Augen war es soweit.

Daniel Motrom öffnete widerwillig die Augen und blickte auf den Wecker, den er so gut wie nie einstellte. Schlaftrunken torkelte er aus seinem Zimmer, um ins Bad zu gehen. Der Druck in seiner Blase wurde unerträglich. Das war der einzige Grund, der ihn aus dem Bett getrieben hatte. Daniel griff zur Türklinke, drückte sie herunter und donnerte mit vollem Schwung vor die Eichentür.

»So eine Scheiße, als wenn ich nicht Kopfschmerzen genug hätte, ich muss da rein und zwar sofort!«
»Das kannst du knicken, mein Lieber. Erst wenn ich fertig bin, kommst du rein.«
»Och nee und wann ist das ungefähr, Melissa?«
»Jetzt.« Die Tür ging auf und seine Mitbewohnerin trat heraus.
»Sehr witzig.«
Daniel rannte auf die Toilette, um sich zu erleichtern, ohne Rücksicht auf die im Wege Stehenden. Nachdem er seine Notdurft verrichtet hatte, schlurfte er in die Küche, denn an Schlaf war nicht mehr zu denken. Melissa hatte bereits das Weite gesucht, um an einer ihrer Vorlesungen teilzunehmen. Der Zustand der Küche ließ sich irgendwo zwischen einer Wasserstoffbombenexplosion und dem Tor zur Hölle einordnen. Es mochte übertrieben klingen, doch das Wort »Chaos« beschrieb die tatsächlichen Verhältnisse nicht einmal annähernd.
Daniel kämpfte sich bis zur Kaffeemaschine durch, griff sich eine einigermaßen saubere Tasse und schüttete den

Rest aus der Kanne hinein. Hustend verdaute er den ersten Schluck, beim zweiten hatten sich seine Geschmacksnerven an das abgestandene, lauwarme Gebräu gewöhnt. Hungrig griff Daniel in den Brotkorb vor sich. Eine Scheibe Knäckebrot, das war alles. Das Knäckebrot und den Kaffee schlang Daniel herunter, bevor er gleich im Anschluss eine Dusche nahm und sich anzog. Danach, stand er unentschlossen vor der Wohnungstür.

Große Lust verspürte er heute überhaupt nicht und dann diese Kopfschmerzen. In dieser Verfassung an einer Vorlesung teilzunehmen, würde mit Sicherheit seine angeschlagene Kondition weiter verschlechtern. So fällte Daniel eine klare Entscheidung den Unterricht sausen zu lassen. Mit immer schwerer werdenden Beinen schleppte er sich zur Couch und legte sich mit der letzten Kraft eines sterbenden Mammuts darauf. Wirklich wohl fühlte er sich tatsächlich nicht, wenn er es genau bedachte. Eine relativ kluge Lösung. Dennoch wollte er sein Philosophiestudium nicht so vernachlässigen und beschloss sich der bequemen Feldforschung zu widmen. Ermattet griff Daniel nach der Fernbedienung und schaltete eine Talkshow an. Für die nächsten Stunden hatte er genug Studienmaterial.

Um die Sache abwechslungsreicher zu gestalten, wechselte Daniel später zu einer Gerichtsverhandlung. Zwischenzeitlich plagte ihn der Hunger, aber erst nach zwei Stunden Berieselung griff er zum Telefon, um sich eine Vier-Jahreszeiten-Pizza in XXL zu bestellen. Das war der gesamte Tagesablauf, denn am Ende schlief Daniel ein, da er den kraftraubenden Konzentrationsanstrengungen nicht standhalten konnte. Es blieb dabei, bis die ersten Mitbewohner wieder eintrafen.

»Sach ma´, warst du heute nich vor der Tür?«
»Nein, ich bin krank.«
»Für ne Riesenpizza hat es aber gereicht, hä?«
Verärgert wendete sich André ab und verschwand in seinem Zimmer. Es vergingen nur wenige Minuten, bis auch Melissa und Sarah zurückkehrten. Die Begrüßung fiel nicht so knapp aus, der Ton war rauer.
»Was zum Teufel ist hier los? Das sieht genauso aus, wie wir das verlassen haben, und noch ne Spur schlimmer!« Sarah war außer sich vor Wut. »Lass mich raten, du hast den gesamten Tag nur gegammelt und dich vollgefressen!«
Melissa hatte eine leicht gerötete Gesichtsfarbe

angenommen.

»Ich bin krank.«, gab Daniel in einem leidenden Ton von sich.«

»Saufen hat gestern noch prima geklappt!«

»Da gebe ich Sarah recht. Schon auf den Haushaltsplan gesehen?«

»Nö wieso?«, meinte Daniel ahnungslos.

»Verarschen können wir uns selber. Wir haben die Schnauze gestrichen voll, mein Lieber. Wir sind es leid, ständig deinen Mist wegzuräumen, nur weil der feine Herr seinen Arsch nicht hochbekommt. Wir geben dir genau 24 Stunden, dann sieht das hier picobello aus, ansonsten fliegst du achtkantig raus!«, kreischte Melissa.

»Wie, ich fliege achtkantig raus?«

»Du hast Melissa schon richtig verstanden. Von uns allen bist du der Einzige, der es schafft, diese Wohnung in kürzester Zeit in einen Saustall zu verwandeln.«

»Wir haben uns das zu lange mit angesehen. Das ist deine allerletzte Chance!«

»Ich bin mitten in meinem Studium und wo soll ich auf die Schnelle ein Zimmer finden, das zu bezahlen ist?«

»Mitten im Studium!« Melissa bekam nur ein Krächzen

heraus.

»Wie alt bist du eigentlich?«, fragte Sarah in einem gekünstelt freundlichen Ton.
»Vierunddreißig Jahre, wieso?«
»Und seit wann bist du an deinem Studium dran?«
»Lass mich mal kurz nachdenken. Also, mein Abi hab ich mit 19 gemacht, danach kam der Zivildienst, dann ein wenig Urlaub und mit 23 habe ich habe ich damit begonnen.«
»Seit 11 Jahren studierst du also schon Philosophie!«, brüllte Melissa Daniel aus voller Lunge an.
»Du befindest dich im zweiundzwanzigsten Semester und es ist kein Ende abzusehen!?«
Sarah hatte jetzt auch die Fassung verloren und wurde laut.
»24 Stunden, Daniel, ansonsten kannst du unter einer Brücke pennen.«, sagte Melissa in einem plötzlich gefährlich ruhig klingenden Ton.

Beide Frauen ließen ihn stehen, ohne ein weiteres Wort zu sagen, oder sich nach ihm umzudrehen. Wenige Augenblicke, nachdem sie sich entfernt hatten, öffnete sich zaghaft eine Tür am Ende des Flures. Daniel

erwartete einen weiteren Wutausbruch von den Frauen, irgendetwas Unausgesprochenes, das dringend nachgeholt werden musste. Mit leisen, festen Schritten näherte sich eine Person, es war André.
Mit großen Augen sah Daniel ihn an.

»Hör mir mal gut zu, Mann. Die beiden meinen das todernst. Du solltest lieber tun, was sie sagen.«
»Kuscht du etwa vor den beiden blöden Weibern?«
»Nein, ich bin genau derselben Meinung. Das haben wir gemeinsam entschieden. Die Quoten stehen verdammt schlecht für dich. Wir haben schon einige Kandidaten für dein Zimmer.«
»Ist es beschlossen? Dann kann ich ja gleich gehen.«
»Du hast diese eine Chance. Verbockst du die, dann fliegst du.«
So leise wie André aufgetaucht war, verzog er sich wieder und ließ ihn sitzen, wie er ihn vorgefunden hatte. Regungslos saß Daniel eine geraume Weile da und blickte auf das Durcheinander, welches hauptsächlich seine Schuld war. Daniel war ein Mensch, der nie etwas wegräumte. Jedes Teil wurde benutzt und liegen gelassen. Völlig egal, ob es Geschirr, Müll oder Essensreste waren, es fand sich immer eine

Ablagemöglichkeit dafür. Der Fußboden eignete sich dazu wunderbar. Sein gesamtes, bisheriges Leben hatte es jemanden gegeben, der die Arbeiten für ihn übernommen hatte. Er war ein ausgewachsener Schnorrer, der es geschafft hatte, sich aus allem gekonnt herauszuhalten, selbst aus der Arbeit. Das Studentenleben gefiel ihm so gut, dass es nach seiner Meinung nie enden durfte.

»Arbeiten ist was für Vollidioten. Ich will mein Leben genießen. Es gibt genug Menschen, die die nötigen Arbeiten erledigen. Und da es ohnehin nicht genug Arbeit für alle gibt, leiste ich der Gesellschaft einen wertvollen Dienst, indem ich niemanden einen Arbeitsplatz weg nehme.« Das war bis heute sein Standpunkt gewesen. Nun hatte er ein Problem, ein schlimmeres als die Studiengebühren, aus denen er sich geschickt herauswinden konnte, keiner wusste wie. Es würde auf ewig ein Geheimnis bleiben.

Selbst wenn er sich diesmal die größte Mühe gab, würden ihn die anderen Mitbewohner nicht lange durchziehen. Um das Unvermeidliche hinauszuzögern, musste er sich anstrengen. Er brauchte Zeit, um sich die die nächsten faulen Jahre zu sichern. Bis Daniel seinen Hintern vollends vom Sofa empor bewegte, vergingen geschlagene vierzig Minuten. Bevor er wirklich einen Handschlag tat, verstrich eine ganze Stunde. Schritt für Schritt arbeitete Daniel sich durch die Wohnung der WG. Vierundzwanzig Stunden waren eine lange Zeit. Zuerst beseitigte er seinen Müll aus dem Wohnzimmer, was alleine eine gute halbe Stunde in Anspruch nahm. In dieser Zeit räumte er nur den Boden frei, stellte alles an seinen vorgesehenen Platz und warf die Essensreste weg. Dann nahm er sich die Küche vor. Er ordnete das Geschirr, entsorgte den allerschlimmsten Müll aus den Ecken und dem Kühlschrank und spülte zu guter Letzt das gesamte dreckige Geschirr ab, das er akkurat an seinen vorgeschriebenen Platz stellte. Auf die Uhr blickte er nicht mehr, sondern ging sofort in sein Bett, da er völlig erschöpft war. Noch nie hatte er so viel hintereinander tun müssen. Die Angst saß ihm dennoch im Nacken, deshalb stellte er seinen Wecker auf 6:00 Uhr. Daniel war nicht in der Lage zu sagen, wann er das letzte Mal um diese Zeit aufgestanden war. In der Regel verließ er sein Bett niemals vor 12:00 Uhr mittags.

Noch bevor der Wecker 6:00 Uhr anzeigte, stand er aufrecht und angezogen vor seinem Bett. Eine Katzenwäsche genügte an diesem Tag, um startklar zu sein. Da es früh war, begnügte Daniel sich mit den ruhigeren Putzmaßnahmen. Er verfiel in einen wahren Putzeifer, wusch sämtliche Küchenschränke aus, ordnete alle Inhalte effektiver an, reinigte den Kühlschrank, scheuerte sämtliche eingetrockneten, nicht mehr definierbaren Flecken von den Küchenelementen fort und fegte und wischte den Küchenboden blitzblank. Darauf folgte das Wohnzimmer. Mithilfe von Eimer und Lappen blieb kein Fleck und Staubkorn zurück. Inzwischen regte sich das erste morgendliche Leben in den Zimmern. Daniel war gerade im Begriff, den angehäuften Müll zu den Tonnen zu bringen, als Melissa seinen Weg kreuzte. Daniel ignorierte sie und entsorgte erst den Abfall. Wieder zurückgekehrt standen alle Mitbewohner starr in der Küche und begutachteten mit offenem Mund sein Werk. Ohne viele Worte zu machen, schnappte er sich ein paar Einkaufstaschen und sagte nur: »Ich gehe einkaufen.« Er verschwand, ohne einen erkennbaren Laut der Meute zu vernehmen.

Mit voll gepackten Taschen kehrte Daniel nach einer Stunde zurück, füllte den Kühlschrank und saugte das Wohnzimmer. Das geschah alles im Beisein seiner Mitbewohner, die nicht ein Wort des Lobes für ihn übrig hatten. Der einzige Kommentar, den sie für ihn parat hielten, war, dass er das Bad auch reinigen müsse. Er konnte es sich nicht leisten, sich darüber zu beschweren. Er musste sich darum kümmern, sonst würde er auf der Straße landen. Mit dem Bad gerade erst begonnen, kam die nächste Spitze:

»Wie sieht das eigentlich mit dem Studium aus? Ist es möglich, es vielleicht diesmal zu schaffen?«

Am liebsten hätte er Sarah erwürgt. Wieso wollte er denn Philosoph werden? Hatte es jemals einen ernsthaft arbeitenden Menschen in diesem Berufszweig gegeben? Nein.

»Schon was gegessen?«, fragte André ihn.

»Nee, bin noch nicht dazu gekommen.«

»Das ist überhaupt kein Problem, sieh einfach zu, dass du um 13:00 Uhr in der Mensa bist.«

»Ich weiß, dass man dort Nahrung zu sich nehmen kann.«, zischte Daniel André wütend an.

»Das meinen wir nicht, dort wirst du Nadja treffen.«

»Ich kenne keine Nadja.«

»Ist unwichtig, sie kennt dich. Sie wird dir Unterlagen geben, die dir helfen, endlich dein Studium abzuschließen. Nimmst du sie nicht entgegen, dann fliegst du. Nadja und einige andere werden dir ein paar Instruktionen geben, um die Prüfung zu bestehen. Sie sind da, dich zu beraten und dir in den Arsch zu treten.

Kooperierst du nicht, war es das!«

»Habe ich denn eine Wahl?«

»Nein! Übrigens habe ich dir auch einen festen Aushilfsjob besorgt.«

»Das ist nicht dein Ernst, André?«

»Doch, das ist es, du hast Schulden abzubezahlen. Hier ist die Adresse. Melde dich dort um 19 Uhr. Erscheinst du nicht oder fliegst da raus, bist du hier auch draußen.«

Wütend warf Daniel den Putzlappen auf die Fliesen und verließ die Wohnung. Wenn er um 13:00 Uhr in der Mensa sein wollte, musste er sich gewaltig beeilen. So einem Stress und Zeitdruck war er noch nie ausgesetzt worden. Wie ein Wilder strampelte Daniel sich ab, um nicht zu spät zu kommen, denn so eine Unterkunft würde er bestimmt nie wieder finden. Allein der Gedanke, in einem mickrigen Studentenwohnheimzimmer untergebracht zu werden, verursachte ihm eine Gänsehaut. Auf halbem Weg traf er seinen Freund Rüdiger, der seine schnelle Fahrt bremste.

»Hey, wo willst du so eilig hin, Daniel?«

Daniel sah auf seine Armbanduhr und stellte fest, dass er ruhigen Gewissens die Fahrt verlangsamen konnte, da er genügend Zeit aufgeholt hatte.

»Die Deppen bei mir machen Stress. Sie verlangen tatsächlich von mir Hausarbeiten zu machen, einzukaufen und meine Schulden durch regelmäßige Arbeit abzubezahlen.«

»Das machst du nicht wirklich?«

»Ich muss, sonst fliege ich aus der WG.«

»Aus dieser super Wohnung? So was bekommst du nie wieder.«

»Ich weiß, aber es kommt viel schlimmer. Ich soll mein Studium beenden.«

»Dafür hast du noch Jahre Zeit.«

»Eben nicht, die haben sich mit anderen verbündet, um ihr Ziel zu erreichen. Das gemeine ist, dass mein Vater den Geldhahn zugedreht hat.«

»Nein! Dann bist du jetzt gezwungen zu arbeiten.«

»Das bin ich. Ich denke, das kommt alles von meinem Alten. Der hat vor einer knappen Woche angerufen. Da meinte er, ich könnte mich auf einiges gefasst machen.«

»Und was nun?«

»Ich habe die ganze Bude aufgeräumt, sauber gemacht und um 13:00 Uhr muss ich in der Mensa sein. Wie soll ich das alles schaffen?«

»Ganz ruhig, wir sind doch gleich da. Erzähl mal mehr

darüber.«

»Hab keine Zeit dafür, später.«

Nach diesen Worten trat Daniel wieder stärker in die Pedale, um pünktlich diese Nadja zu treffen. Gerade rechtzeitig traf er ein. Sie war schon im Begriff zu gehen. Daniel kannte die Frau nicht. Sie sagte nichts und drückte ihm nur einen Stapel Bücher und Mappen in die Hand. Bevor sie sich abwendete, sagte sie, dass sie sich bei ihm melden würde.

Kopfschüttelnd setzte er sich an einen der Tische. Ein kurzer Blick verriet ihm, dass es sich wirklich um Philosophieunterlagen handelte. Daniel holte sich darauf, für den heutigen Tag das erste Mal, etwas zu essen, schlang es herunter und bereitete sich auf die Vorlesung vor. Die letzte lag einige Wochen zurück. Diesmal musste er es zum Abschluss bringen, da er nicht wusste, wie viele Leute ihm im Nacken saßen. Mit den Jahren musste er sich einige Feinde gemacht haben.

Nach dem Kurs düste er zurück, um den Rest des Wohnungsputzes zu erledigen. Eine kleine Verschnaufpause wurde ihm gegönnt, bevor er sich auf den Weg zu seiner neuen Arbeitsstelle begab. Unglaublich, er hatte noch nie lange gearbeitet. Wie würde er das nur überstehen? Das musste sein alter Herr eingefädelt haben. Das hieß verdammt harte und schweißtreibende Schufterei.

Daniel hatte keine Ahnung, wie sein Leben sich jetzt entwickeln würde. Es war jedenfalls nicht das, welches er sich vorgestellt hatte. Irgendetwas würde ihm bestimmt einfallen, um sich aus der Affäre zu ziehen, er brauchte nur etwas Zeit.

»Na wartet, ich dreh den Spieß noch um!«, waren seine letzten Worte, bevor er sich zur Arbeit aufmachte.

Kapitel 10

Der Knall der zufallenden Tür weckte Julia auf. »Was?« Es dauerte einen Moment, bis sie begriff, dass es nicht eine Tür in ihrer Wohnung war, sondern die Tür, die Daniel im Traum zugeworfen hatte. Zum Aufstehen verspürte Julia überhaupt keine Lust. Sie hatte schließlich noch Urlaub und durfte es sich mal leisten liegenzubleiben. Julia schaltete das Radio auf ihrem Nachtschränkchen ein, döste vor sich hin und überlegte sich in diesem ruhigen Moment, was sie mit den restlichen Tagen anfangen könnte.

Das Theater und der Museumsbesuch standen bis jetzt aus und mussten dringend von ihrer Liste gestrichen werden. Langsam stieg Julia aus dem Bett, um den Spielplan des Theaters durchzusehen, den sie jedoch beim besten Willen nicht finden konnte. Im Telefonbuch stieß sie nach einigem Suchen auf die Nummer vom kleinen Bühnenboden.

Da es zu früh war um anzurufen, legte Julia sich wieder zurück ins Bett. Nach dem ganzen Rumgewühle konnte sie nicht mehr einschlafen. Stattdessen stiegen die Worte ihrer Eltern in ihr hoch. Zur selben Zeit, als sich die Schuldgefühle wieder in ihr breit machen wollten, fiel ihr Daniel ein. Unwillkürlich kam das verschwundene Lächeln zurück. So zu leben konnte kaum einer als lohnenswert betrachten. Immerhin finanzierte sie mit ihren Steuern solchen Typen den Lebensunterhalt. Sie ging arbeiten und die konnten sich dafür ausruhen. Verallgemeinern wollte sie das auch nicht. Wenn man ein bestimmtes Ziel vor Augen hatte, sah es völlig anders aus. Ihr Leben war O.K. Mit der eigenen Familie war das noch so eine Sache.

Dieser Kerl gestern hatte nicht schlecht ausgesehen und machte zudem einen netten Eindruck. Warum war sie geflüchtet? Er hatte bloß helfen wollen. Ohne ihn hätte sie bestimmt den Rest des Urlaubs im Krankenhaus mit einer schweren Gehirnerschütterung verbracht.

»Den sehe ich sowieso nicht wieder.«, dachte Julia sich im Stillen.

»Es war idiotisch, das als ein Zeichen von oben zu deuten. Wieso sollte gerade er derjenige sein, den sie suchte. Das war alles ein dummer Zufall gewesen. Ihr Leben war völlig in Ordnung und basta. Wieso ließen die Menschen einander nicht so leben, wie sie es für richtig hielten. Ständig musste es Querköpfe geben, die meinten, ihre Lebensweise wäre die beste. Gerade denen musste es eigentlich auffallen, dass es viele verschiedene Menschen gab. Das allein war ein Grund zu zweifeln. Nur die Unterschiedlichkeit unter den Menschen konnte der richtige Weg sein. War alles gleich und genormt, gab es keinen Anlass zur Veränderung, keine Chance für die Weiterentwicklung und keine Aussicht auf eine Verbesserung. Alles im Universum war einzigartig und etwas, das sich so bewährt hatte, konnte nicht falsch sein.

Jetzt fühlte Julia sich besser. Sie war immer Gefahr gelaufen, leicht in die tiefste Depression zu stürzen. Doch ihr war die Gabe mit in die Wiege gelegt worden, sich selbst wieder herauszuziehen. Lange Jahre blieb es bei diesem Auf und Ab, aber mittlerweile kam sie nach jedem Tief gestärkter zurück. Die Angst vor dem Absacken verflog mehr und mehr. Julia wusste, dass sie kein Niemand in einer bebenden, grauen Masse war. Doch wer sie wirklich war, blieb ihr weiterhin ein Rätsel. Die Träume hatten viel zu ihrer Selbsterkenntnis beigetragen, dennoch kamen mit jeder Frage, die beantwortet wurde, zwei weitere herbeigeeilt.
Langsam fragte Julia sich, ob es wirklich wichtig und erstrebenswert war das große Mysterium »Ich« zu ergründen. Sie drückte sich fast den gesamten Tag davor

das Bett zu verlassen. Zwischendurch rief sie beim Theater an. Julia hatte eigentlich vorgehabt, erst am nächsten Tag in die Vorstellung zu gehen, leider war sie ausverkauft. Die nette Dame am anderen Ende der Leitung verkündete, dass sie lediglich für den heutigen Tag noch einen Platz zu vergeben habe. Dann eben heute, beschloss Julia und reservierte den Platz für die Aufführung um 19:30 Uhr. Da war genügend Zeit rumzugammeln und die Beine baumeln zu lassen.Tagsüber geschah nichts Erwähnenswertes und Wichtiges. Selbst der Weg zum Theater war verdächtig unspektakulär. So ereignislos, dass es Julia auffiel, die ganz andere Dinge in diesem Urlaub gewöhnt war. Da Julia nicht den Teufel an die Wand malen wollte, steuerte sie ihre Gedanken in Richtung der bevorstehenden Zerstreuung.

»Der kleine Bühnenboden« war mit den Jahren seines Bestehens immer bekannter geworden, galt aber noch als Geheimtipp. Hauptsächlich wurden Komödien aufgeführt, nichts Schweres mit Tiefgang, bei dem man ewig nachdenken musste, was eigentlich gemeint war. Das schnucklige Theater war bis auf den letzten Platz besetzt und alle starrten wie gebannt auf die großen, dicken, roten Vorhänge. Niemand wagte es, laut zu sprechen. Obwohl es ein modernes Theater war, machte es einen erhabenen Eindruck, der jede rüde Umgangsform im Keim erstickte.

Das Licht verblasste allmählich und die Vorhänge lüfteten sich. Genüsslich ließ Julia sich in den großen Theatersessel zurücksinken und erfreute sich an der Vorstellung, die sie so amüsierte, dass sie aus vollem Hals lachte. Bis zur Pause folgte eine Pointe auf die nächste, die Unterbrechung kam genau richtig, denn ihr Zwerchfell hatte es bitter nötig. Wieso stürmten immer alle Besucher hinaus, als gäbe es irgendwo Freibier? Julia blieb sitzen und lauschte der leisen Musik, die über ihr aus den Lautsprechern kam. Bis auf ein paar ältere Damen war das Theater wie leergefegt. Ihr Blick schweifte umher, bis er abrupt zum Stehen kam. War er das? Julia war sich nicht sicher. Gebannt umklammerte sie ihr Programmheft. Sein Kopf bewegte sich ein wenig nach links und das Gesicht wurde deutlich sichtbar. Julias Atem stockte. Er war es. In dem Bruchteil einer Sekunde riss sie ihr Programmheft hoch und tat, als würde sie lesen. Aus den Augenwinkeln musste der Mann diese abrupte Bewegung bemerkt haben. Er drehte sich um, runzelte die Stirn und wendete sich wieder ab. Nervös rutschte er auf seinem

Sitz herum, als würde etwas tief in ihm brodeln. Julia fing langsam an zu verzweifeln. Dieses eigenartige Gefühl war wieder da. Dieses Kribbeln im ganzen Körper, welches nicht unangenehm war, sie jedoch in den Wahnsinn zu treiben schien. Erst als sich der Saal wieder mit Menschen füllte, wagte sie hinzusehen. Es gab nicht den geringsten Zweifel, das war der Mann, der sie vor einer Gehirnerschütterung oder noch viel Schlimmerem bewahrt hatte. Er musste Julias Blicke bemerkt haben und drehte sich ein zweites Mal um. Ihr Herz rutschte ihr in die Hose. Zu ihrem Glück erlosch das Licht in demselben Moment und er konnte sie nur schemenhaft auf diese Distanz erkennen.

Den ganzen Rest der Vorstellung machte sie immer wieder ihren Retter aus, der wirklich nicht schlecht aussah. Sie überlegte, ob sie nach dem Stück zu ihm gehen sollte, um sich zu bedanken und sich für ihr plötzliches Verschwinden zu entschuldigen. Sie hatte sich nicht besonders freundlich verhalten. Zum Ende der Vorstellung war der Drang zu ihm zu gehen noch da, aber die Furcht sich zu blamieren, viel größer. Während des Applauses, der für diese Aufführung berechtigt war, stand Julia als Erste auf. Hätte sie abgewartet, wäre sie wohl nicht entdeckt worden. Jetzt drehte sich der Mann um, weil ihm dieses ungewisse Gefühl keine Ruhe ließ. Julia, die gerade versuchte sich aus der Reihe zu schlängeln, warf einen Kontrollblick zurück. Ihre Augen trafen sich, sein Blick traf Julia mitten ins Herz, das sofort wie ein Presslufthammer zu schlagen anfing.

»Raus, ich muss hier raus.«

Zu einem anderen Gedanken war ihr Geist nicht fähig. Anstatt zu ihm zu gehen, verließ sie fluchtartig das Theater. Das wilde Fuchteln mit den Armen half nichts, sie verschwand aus seinen Augen.

»Mist, das war sie.«, dachte er und stürmte hinter Julia her. Am Ausgang sah er Julia gerade noch mit ihrem Hollandrad davonfahren. »Hey, warte, ich will dir nichts tun. Ich will nur mit dir reden!«

Julia wandte sich kurz zu ihm um und blieb stehen. Als er das sah, strahlte er wie die hellste Sonne und ging langsam auf sie zu. Ihr Herz pochte so stark, dass sie es hören konnte. Mit jedem Schritt, den er näher kam, nahm das Kribbeln in ihr zu. Julia fühlte sich, wie statisch aufgeladen. Mit aller Kraft umklammerte sie die Griffe des Lenkers. Sie spürte, wie sie im Gesicht rot anlief. »Wenn er noch näher kommt, zerspringe ich.«, dachte Julia verzweifelt. Mit einem Satz schwang sie sich wieder auf ihr Fahrrad und fuhr davon. Mit jedem

Meter, den sie sich von dem Fremden entfernte, normalisierte sich ihr Blutdruck, das Herz schlug ruhiger und das Kribbeln verebbte mehr und mehr, bis es völlig verschwand.

Fassungslos stand der junge Mann da und starrte Julia hinterher, die immer kleiner wurde.

»Wieso? Ich wollte dich kennen lernen. Ich glaub, ich hab mich in dich verliebt.« Mit gesenktem Kopf kehrte er um und ging mit schlurfenden Schritten fort.

»Warum hab ich das getan? Herrgott, was ist mit mir los?«

Ohne wirkliches Ziel fuhr Julia durch die Gegend, bis ihr klar wurde, dass sie vom Weg abgekommen war. Mittlerweile war sie irgendwo in dem Wohngebiet hinter dem Hauptbahnhof angelangt. Nicht gerade eine Gegend, in der man sich gerne aufhielt. Es fing bereits an zu dämmern, ein Zeichen, von hier zu verschwinden. Denn im Dunkeln wollte Julia dort nicht bleiben, bei den eigenartigen Gestalten, die sich des Abends hier herumtrieben. Ohne großartig nachzudenken, trat Julia den Heimweg an.

Das Rattern der Züge war allgegenwärtig. Nur zu sehen bekam man keine. Eine Stelle ausgenommen, die

Brücke. Der schnellste und kürzeste Weg zurück führte unter dieser Brücke hindurch. Das laute Donnern der Wagen ließ Julia aufschauen, bevor sie darunter herfuhr. Was sie sah, war ein gespenstisch leerer Zug. Die einzelnen Waggons zogen an ihr vorbei, doch keiner war besetzt. Nur in einem Abteil saß eine einzelne Person mutterseelenallein: Ein älterer Mann mit Hut und einer Zeitung in den Händen. So schnell er aufgetaucht war, verschwand er. Darauf folgten wieder nur leere Abteile. Genauso fühlte Julia sich, allein im großen Nichts des Lebens. Immer und immer wieder stellte sie sich dieselben Fragen:

Was passiert hier eigentlich?
Was bezweckt es?
Hat es überhaupt einen Sinn?
Verliere ich den Verstand?
Geschieht das alles wirklich?

Am Abend schaltete Julia das Radio ein, zündete eine Kerze an, die sie auf ihren Balkontisch stellte, und legte sich auf ihre Balkonliege. Wie gebannt starrte sie stundenlang in die helle Flamme hinein. Erst versuchte Julia Antworten auf die Fragen, die sie sich stellte, zu finden, doch der nächste Traum stand bereits vor der Tür. Bereitwillig ließ sie ihn kommen, was für eine Wahl hatte sie überhaupt.

Um 22:00 Uhr fuhr der Zug Kaiser Wilhelm aus dem Hauptbahnhof Essen heraus in Richtung Westfalen, mit dem Ziel Münster.
Edmund Schobmöller setzte sich auf Platz 23 b, stellte seine kleine Aktentasche vor sich auf den Boden und breitete die unter den linken Arm geklemmte Zeitung aus. Heute hatte Edmund seine Schwester Mechthild besucht. Das tat er alle drei Monate. Der genaue Termin wurde immer lange im Voraus mit ihr abgestimmt. Den Großteil der Zeitung hatte Edmund bereits im Büro gelesen. Nun widmete er sich den uninteressanteren Artikeln, um sich die Fahrzeit zu verkürzen. Es herrschte absolute Stille. Nichts weiter als das Rattern des Zuges konnte man hören. Die wenigen Artikel hatte Edmund schnell gelesen, bevor er in Münster eintraf.
Da saß er, kerzengerade, und blickte in die Nacht hinaus. Die Zeitung hatte er akkurat zusammengefaltet und in seine Aktentasche zurückgelegt. Hätte man nicht genau gewusst, dass sie gelesen worden war, hätte man glauben können, es handele sich um eine frisch

gedruckte Zeitung. Edmund war sehr penibel damit - wie mit vielen anderen Kleinigkeiten. Alles hatte bei ihm seinen korrekten Ablauf. Er saß wie eine Wachsfigur auf seinem Platz und rührte sich nicht, bis der Zug im Münsteraner Hauptbahnhof einfuhr. Jetzt gab es wieder Regungen, die auf ein lebendiges Wesen hindeuteten. Wirklich jede Bewegung schien gut durchdacht und perfekt ausgeführt.

Edmund stieg in ein Taxi, das direkt vor dem Eingang stand. Er nahm immer das erste Taxi. Er wohnte in einer durchschnittlichen Gegend, gerade akzeptabel für ihn. In dem Miethaus wohnten sieben weitere Mietparteien, denen er seit unzähligen Jahren aus dem Wege ging. Jeden Bewohner hatte Edmund nur im Vorübergehen gesehen. Es grüßte ihn niemand mehr, da es sinnlos war. Mehr als ein unverständliches Grummeln kam von Edmund nicht zurück. Er hielt nicht besonders viel von seinen Nachbarn. Im Grunde galt dies für fast jeden Menschen auf dem Planeten.

Edmund hielt die gesamte Welt für geistesgestört. Immer wieder bezeichnete er sich selbst als einzigen normalen Menschen in einer Horde verrückter Spinner. Bei näherer Betrachtung sah die ganze Angelegenheit andersherum aus. Er war ein äußerst seltsamer

Zeitgenosse. Das fing bei der Haustür an. Sein ganzes Leben wurde durch die Verrückten bestimmt. Es gab ein Sicherheitsschloss unten und eines oberhalb, welche zum normalen Hausstandard gehörten. Persönlich hatte er in der Mitte zwei weitere verschließbare Riegel angebracht, um sich vor der Welt draußen zu schützen. Der Rest der Wohnung machte einen ähnlich sonderbaren Eindruck.

Nicht, dass es außergewöhnlich unordentlich gewesen wäre. Es war die Ordnung, die einen (auf den zweiten Blick) stutzig machte. Es gab nicht das kleinste Staubkorn oder Papierfitzelchen, welches achtlos herumlag. Nichts, aber auch gar nichts deutete darauf hin, dass hier ein Mensch lebte. Es wirkte alles steril und künstlich, als wäre es ein extra eingerichtetes Studio für Aufnahmen aus »Schöner Wohnen«. Nach kürzester Zeit hätte es bei anderen Unbehagen ausgelöst. Da niemand außer seiner Schwester jemals diese Räume betreten hatte, konnte es niemand fühlen. Edmund hasste es, wenn unangemeldeter Besuch kam. Wenn es klingelte, öffnete er nicht die Tür. Aber wer besuchte ihn schon. Da gab es niemanden. Edmund lebte in seiner kleinen, sicheren und sterilen Welt, zu der niemand Zutritt hatte. Für alles in seinem Leben hatte er strickte vor vielen Jahren festgelegte Regeln. Jede kleine Abweichung warf ihn völlig aus der Bahn und trieb Edmund an den Rand eines Nervenzusammenbruchs.

Dieser Tag war für ihn längst beendet, da es lange nach seiner eigentlichen Schlafenszeit war. Jeden Abend pünktlich um 22:30 Uhr ging er zu Bett. Die Besuche bei seiner Schwester überschritten jedes Mal die vorgegebene Zeit. Doch darauf konnte Edmund sich lange genug im Voraus einstellen.

Wie auf einer Linie gezogen ging er zum Badezimmer, putzte sich die Zähne und beseitigte danach jede verräterische Spur. Im Schlafzimmer zog er seinen Pyjama an und legte alle Kleidungsstücke feinsäuberlich gefaltet übereinander. Danach löschte Edmund das Licht und legte sich ins Bett. Selbst dort rührte er sich nicht einen Zentimeter von seiner festgelegten Schlafposition fort. Wäre in dem Bett nicht eine leichte Erhebung auszumachen gewesen, hätte man meinen können, das Bett sei unberührt.

Der Wecker schellte um Punkt 6:00 Uhr morgens. Edmund stand immer um diese Zeit auf. Jeden Morgen gab es eine Tasse Kaffee, dazu eine Scheibe Knäckebrot mit einem Klecks Erdbeermarmelade. Sein ganzes Leben war durch diese Rituale bestimmt, auch das Frühstück.

Nach erfolgreicher Beendigung spülte er Tasse und Teller ab und stellte sie wieder zurück. Es war wirklich unheimlich, mitanzusehen, wie jedes Zeichen von Leben in der Küche wieder verschwand. Seit vielen Jahren benutzte er im Bad dasselbe Duschgel, dieselbe Zahnpasta und die immer gleich bleibende Zahnbürstenmarke. Am Morgen zuvor hatte er sich die Kleidungsstücke für den heutigen Arbeitstag zurechtgelegt. Das tat er nur, wenn er seine Schwester besuchte. Ansonsten wählte er erst am Abend die Kleidung für den nächsten Tag aus.

Wie jeden Morgen klemmte Edmund seine Aktentasche am Gepäckträger fest, zog die Hosenklammern an, damit sich seine Hose nicht in der Fahrradkette verfangen konnte, setzte sich auf sein Fahrrad und fuhr zur Arbeit. Bis zur Stadtverwaltung Münster, wo Edmund arbeitete, war es ein Weg von genau 18 Minuten, die er nur in den seltensten Fällen überschritt. Dort war er seit 28 Jahren, 7 Monaten und 2 Tagen beschäftigt. Das wusste er auf Anhieb genau, weil er über alles Buch führte. Nur so hatte er das Gefühl, alles unter Kontrolle zu haben und Überraschungen auszuschließen.

Die Kontrolle zu verlieren, war mit Abstand seine größte Angst. Alle anderen Ängste reihten sich dahinter an. Da Edmund nur seine direkten Vorgesetzten grüßte, vermied es auch fast jeder Mitarbeiter Edmund Schobmöller anzusprechen. Jeder wusste, wer er war und wo er saß, doch für den Großteil seiner Arbeitskollegen war Edmund Luft. Sein Büro lag in der dritten Etage, den linken Gang hinunter bis zum Ende und dann die letzte Tür rechts. Wenn man den Korridor betrat, konnte man den Eingang sehen. Edmund hatte bereits vor zwei Jahrzehnten sein eigenes Büro erhalten, weil man es für besser hielt. Er hatte damals die Gesamtstimmung auf ein unerträglich tiefes Niveau gedrückt. Er war selbst viel glücklicher, wenn er nicht so viele störende Elemente um sich arbeiten hatte. Sein Aufgabengebiet war der Zentrale Einkauf.

Es hörte sich wichtiger an, als es in Wirklichkeit war. Edmund war für den Bürobedarf zuständig. Er kaufte Papier, Kugelschreiber, Bleistifte und Radiergummis ein. Er organisierte die Verteilung und erstellte dann die Buchhaltung dafür. Es handelte sich nicht um einen tagesfüllenden Job. Wenn er über die Mittagspause

hinaus beschäftigt war, artete es schon in Stress aus.
Niemand wusste genau, was Edmund bis 17:00 Uhr tat.
Edmund ebenfalls nicht, doch es störte ihn keineswegs.
In die hauseigene Kantine ging Edmund nur zweimal die Woche (Dienstag und Donnerstag). Die anderen Tage verbrachte er in seinem Büro. Dort aß er sein Käsebrot, einen Apfel und trank eine Tasse Pfefferminztee. Nach dem ausgiebigen Mittagstisch folgte ein Spaziergang um das Verwaltungsgebäude. Eine Runde, mehr gab es nicht. Jeden Dienstag und Donnerstag saß Edmund in der Kantine an seinem festgelegten Platz und aß das jeweilige Tagesgericht. Diesen Platz wagte niemand zu benutzen, ebenso wie den gesamten restlichen Tisch. Ganz allein, von allen abgesondert, nahm er sein Mittagessen zu sich. Nach dem Essen ging er wieder in sein Büro bis 17:00 Uhr. Fast sein gesamtes Arbeitsleben war Edmund allein gewesen, im Privatleben bis auf wenige Ausnahmen auch.
Pünktlich um genau 17:00 Uhr schloss er sein Büro ab und ging die Treppe hinunter zum Ausgang, wo die Stempeluhr hing. Er stempelte unbemerkt ab und verschwand so still, wie er sich eingefunden hatte. Auf demselben Weg, den er für die Hinfahrt genommen

hatte, fuhr er zurück, ohne die geringste Abweichung zuzulassen. Diese Prozedur wiederholte sich von Montag bis Freitag, über Jahrzehnte. Edmund war bereits so in seinem Trott eingefahren und abgestumpft, da hätte jede Veränderung eine Katastrophe bedeutet. Das Leben hatte für Edmund keine besondere Bedeutung, tagein, tagaus aus derselbe Ablauf. Kontinuität und Verlässlichkeit waren der einzige Lebensinhalt für ihn.

Dass Edmund sich über die Jahre von der Außenwelt zurückgezogen hatte, war unverkennbar. Die enormen Auswirkungen blieben aber weitestgehend im Verborgenen. Nichts war sicher vor seiner Kontrolle, nicht einmal der Hausmüll. Wer machte sich Gedanken über den eigenen Müll? So gut wie niemand. Aus den Augen, aus dem Sinn. Selbst hier musste alles eine präzise Ordnung haben. Von Edmund konnte man getrost behaupten, dass er den saubersten Müll der Welt besaß. Ja, den saubersten. In jeder normalen Mülltüte fanden sich noch Essensreste oder irgendwelche anderen klebrigen Überbleibsel von Lebensmitteln, und waren sie noch so klein. Jedoch nicht bei Edmund. Ein Joghurtbecher wurde sorgfältig gespült und gereinigt. Erst nach dem vollständigen Trocknen wurde er zu dem vorhandenen Müll dazugegeben. Mit Dosen wurde auf dieselbe Weise verfahren. Am schlimmsten war es bei den leeren Milchpackungen. Die wurden vorsichtig geöffnet, ohne etwas zu beschädigen, und mit einem feuchten Baumwolltuch gereinigt. Damit waren die Absonderlichkeiten nicht zu Ende. Das merkwürdige Verhalten erstreckte auf alle Bereiche, ohne eine Kleinigkeit auszulassen.

Die morgendliche Dusche dauerte exakt 5 Minuten, für jeden Wochentag gab es die festgelegte Unterwäsche und restliche Bekleidung. Sollte man einmal vergessen haben, welcher Wochentag war, musste man sich nur ansehen, was Edmund angezogen hatte. Die Lebensmittel, die er immer am Freitag einkaufte, waren ebenfalls seit ewigen Zeiten fixiert. Die völlig verkümmerten Geschmacksnerven wog der Vorteil auf, dass er immer die Preisentwicklung der Lebensmittel im Auge hatte. Ganz penibel war er auch mit seiner Haushaltskasse, die auf den Cent genau geführt wurde. Diese Kuriositäten konnten unendlich weiter aufgelistet werden und ließen einen konventionellen Menschen, der mitten im Leben stand, nur mit dem Kopf schütteln.

Als ein endgültiges Resümee ließ es sich sagen, dass die Einsamkeit diesen Mann zerstört hatte. Alles Normale an ihm war bereits vor vielen Jahren unwiderruflich zu Grunde gerichtet worden. Edmund befand sich in einem Sog, der nur eine Richtung kannte, unaufhaltsam tiefer runter.

Kapitel 11

»Mist! So ein verdammter Mist, was tue ich eigentlich? Ich sollte rausgehen. Aber nein, Julia muss sich wieder verkriechen. Es könnte der Volltreffer sein oder der totale Reinfall. Ich werde es nie erfahren wegen meiner Dämlichkeit. Ich könnte mich in den Arsch beißen. So eine verfluchte Scheiße! Wieso denn nur?«

Julia tobte durch ihre Wohnung und ließ noch andere Bemerkungen über sich selbst los, die nicht freundlich waren. Ihr Verhalten war ihr unerklärlich. Sie hätte bloß stehen bleiben und sich ansprechen lassen müssen. Julia fragte sich, wieso sie weggelaufen war. Sie spürte tief in sich drin, dass alles gut gegangen wäre. Es half alles nichts, die Angst vor dem Unbekannten war stärker gewesen. Julia war so frustriert wie lange nicht mehr. Den würde sie niemals wiedertreffen. Es hieß, dass man sich immer zweimal im Leben traf und gerade dieses zweite Mal hatte sie gründlich verbockt. Am liebsten hätte Julia sich in ein ganz kleines Loch verkrochen und die Welt draußen niemals wieder betreten.

Als dieser Gedanke immer verlockender wurde, tauchte der Traum der letzten Nacht wieder auf. Dieser Traum erschien ihr wie eine letzte Warnung vor dem endgültigen Absturz. Julia war klar, dass sie im Begriff war, wie dieser Edmund zu enden. Wer immer ihr etwas zu sagen versuchte, meinte es diesmal verdammt ernst. Viel fehlte ihr dazu nicht, der Grat auf dem sie sich bewegte, war so schmal, dass jeder Schritt von Bedeutung war.

Lustlos vertrödelte sie die folgenden Stunden, bis sie den endgültigen Entschluss fasste, ihn zu suchen. Wo, wusste Julia nicht, nur eines war wirklich sicher: Zu ihr würde er diesmal nicht kommen. Irgendwo da draußen war ihr Schicksal. Vielleicht fand sie es. Vielleicht auch nicht. Das Spielchen war erst zu Ende, wenn sie es gänzlich aufgab, und das konnte sie an diesem Punkt nicht mehr. Julia fuhr zu den Orten, wo sie sich begegnet waren. Nichts. Im Nachhinein kam es Julia kindisch vor zu glauben, er würde dort auf sie warten. An seiner Stelle wäre sie so einer blöden Kuh auch nicht hinterhergerannt. Er dachte bestimmt, die olle Zicke tickt nicht ganz richtig.

Während Julia sich wieder alles schlecht redete, fiel ihr der letzte Punkt auf ihrer Urlaubsliste ein. Apropos schlecht, da gab es noch die fragwürdigen Bilder, die sich Kunst nannten. Vor einigen Jahren hatte das Picasso Museum in der Stadt seine Pforten geöffnet und ein

Besuch war lange überfällig. Die Galerie lang sehr zentral, direkt am Rande der Altstadt und mit dem Fahrrad wirklich gut zu erreichen.

Bevor Julia die Ausstellung betrat, genehmigte sie sich einen kleinen Imbiss, da sie das Frühstück ausgelassen hatte. Sie versuchte daran zu denken, doch in solchen Situationen vergaß sie es oft. Wenn sie mit ihren Gedanken woanders war oder sie Probleme plagten, schlichen sich die kleinen Versäumnisse bei ihr ein. Dann lief sie lange mit leerem Magen herum, bis ihr so schwindlig wurde, dass sie meinte, das Bewusstsein zu verlieren. Julia musste sich dazu zwingen. Falls sie ihn wiedertraf, konnte sie sich nicht noch eine weitere Peinlichkeit leisten. Dabei war sie sich nicht sicher, ob es erstrebenswert war, den Fremden wiederzutreffen. Wenn er sie von weitem sah, würde er bestimmt einen riesigen Bogen um diese bekloppte Frau machen - den sie gewiss anstreben würde, wäre ihr so etwas widerfahren. Während sie an ihrem Käse-Schinken Baguette mit Tomate und Ei kaute, schien es, als riefe jemand ihren Namen. Nicht laut, eher leise in ihr selbst verborgen. Langsam, aber zielstrebig näherte Julia sich mit jedem Bissen dem Museum. Auf dem Weg dorthin stellte sich der Ruf als Täuschung heraus. Es war niemand da, den sie kannte.

Julia spürte bereits das Ende ihrer kleinen Reise kommen. Es war ein merkwürdiges Gefühl, wie eine Vorahnung. Sie spürte keinen Wehmut, sondern die Gewissheit jetzt die große Offenbarung zu erfahren. Dort stand sie nun vor der großen, gelben Sandsteintreppe mit dem gusseisernen, verschnörkelten Geländer und starrte von unten die große weiße Eichentür mit dem goldenen Türgriff an. Es war deutlich zu fühlen, zu riechen und zu schmecken, dass dieses Gebäude den Anfang vom Ende markierte. Ein fahler Beigeschmack breitete sich in Julias Mund aus. Es half alles nichts, da musste sie durch. Wenn nicht hier, dann niemals. So eigenartig das klingen mochte, es war die letzte Möglichkeit etwas zu ändern. Mittlerweile war ihr es egal, was dabei herauskam, Hauptsache die ganze Angelegenheit bekam einen Sinn. Julia ging die Treppe mit geschlossenen Augen hinauf, öffnete die Tür und trat ein. Ihre Augen blieben so lange geschlossen, bis die Eichentür hinter ihr zugefallen und der dumpfe Hall verklungen war. Jetzt öffnete Julia ihre Lider und atmete mehrmals tief ein und aus.

Dieses Museum war nicht eines von denen mit riesigen Hallen, wo sich in der Mitte nichts befand und an den

Wänden ringsherum vereinzelt Bilder hingen. Hier war die Ausstellung in kleinen, warmen Räumen untergebracht, die einem vortäuschten, sich in einem Wohnzimmer zu befinden. Jedes Zimmer hatte etwas Friedliches an sich, was Julia sofort ins Blut überging. Ihre Atmung wurde automatisch langsamer und ruhiger. Ganz gemächlich schritt sie an den Bildern vorbei und las die kleinen Schildchen darunter, um einigermaßen zu verstehen, was sie dort sehen sollte.

Es nannte sich die Lithographische Sammlung. Für Julia war es eine Fülle von eigenartigen Darstellungen. Ein spanischer Stier, der Stück für Stück in seine Bestandteile zerlegt wurde. Julia verstand nicht viel von Kunst, doch gab es da so viel hineinzuinterpretieren?

Eine kleine Gruppe schritt an ihr vorbei und Julia wurde mit ihr mitgerissen. Es war unglaublich, was diese Frau alles über ein Bild erzählen konnte. Julia stellte sich vor, dass Picasso, hätte er neben ihr gestanden, sie bestimmt genauso ungläubig angestarrt hätte, wie Julia es in dem Moment tat. Sie folgte der Gruppe zu weiteren Bildern und erfuhr viel Wissenswertes über diesen Maler und seine Werke. Doch nach einer Viertelstunde war sie es leid, da sie von dem intellektuellen Geschwafel Kopfschmerzen bekam. So sonderte sich Julia plötzlich wieder ab, wie sie sich angeschlossen hatte. Den Rest des Museums wollte sie lieber allein erkunden. Julia gelangte in Räume, die absolut menschenleer waren und wo die Stille fast bedrohlich wirkte. Da stand sie ganz allein, genauso wie in der Gruppe. Das war nicht ihr Ziel gewesen. Sie hatte doch unter Menschen kommen wollen. Anscheinend konnte sie tun, was sie wollte, das Resultat war immer dasselbe: Einsamkeit. Julia schüttelte mit dem Kopf, wie sollte sie ihn hier finden? Es war geradezu lächerlich, was sie hier tat.

»Du machst es uns wirklich nicht leicht, Julia.«
Sie drehte sich, um in die Richtung zu schauen, aus der die Stimme gekommen war. Da war aber niemand. Sie war noch immer allein in dem Raum. War das wieder ein Traum? Diesmal war Julia sich hundertprozentig sicher, dass sie wach war und nicht schlief. Es musste anderes sein.
»Jetzt schau nicht so ungläubig. Ich bin direkt neben dir.«
Nein, das konnte nur ein Traum sein, weil es nicht sein konnte.
»Du kannst deinen Augen ruhig trauen und sieh mich bitte nicht wie den brennenden Dornenbusch an.«

»Bist du?« Julia brachte nicht mehr als ein Stammeln heraus.

»Nein, wir wollen nicht übertreiben. Ich kenne den Boss, das ist jetzt nicht von Belang. Du solltest mir dringend zuhören.«

»Ich rede mit einem Bild von Picasso, das mir auch noch antwortet. Ich kann nicht mehr alle Tassen im Schrank haben. Ich werde verrückt. Das war ja nur eine Frage der Zeit. Nach den ganzen schwachsinnigen Träumen ist das kein Wunder.«

»Würdest du mir zuhören und nicht ununterbrochen wie eine Närrin Selbstgespräche führen?«

Julia verstummte und blickte fassungslos das Bild an.

»Danke.«, sagte das Bild zu Julia und fuhr fort:

»Die Träume hatten ihre eigene Bedeutung und du hast sie bereits verstanden. Leider weigerst du dich, das Ergebnis zu akzeptieren. Du bist die, die du bist. Das ist nicht so schlimm, wie du immer meinst. Diesen jungen Mann, den du suchst, haben wir dir geschickt. Die Träume sollten dich darauf vorbereiten, damit auch alles gut läuft mit euch beiden. Er macht übrigens dasselbe durch wie du, nur, dass er den Wink verstanden hat. Aber Julia muss davonlaufen. Hast du überhaupt eine Ahnung, wie viel Arbeit es ist, zwei Menschen zusammenzuführen, die füreinander bestimmt sind?«

Julia schüttelte stumm mit dem Kopf.

»Natürlich nicht. Ganze zweimal habe ich euch zusammentreffen lassen.«

»Wir sind füreinander bestimmt?«, fragte Julia ganz zaghaft.

»Ja, das seid ihr. Jetzt liegt es an dir, was du daraus machst. Ich brauche ne Pause. Du bist verdammt anstrengend. Übrigens, einen Traum bekommst du noch von mir. Was danach kommt, entscheidest du wieder. Machs gut.«

»Hey, warte! Du kannst nicht einfach verschwinden. Ich habe doch noch so viele Fragen.«

Es half nichts, das Bild antwortete Julia nicht mehr.

»Sag mir nur warum?«

»Warum was?«

Julia zuckte wie vom Blitz getroffen zusammen, da die Stimme auf einmal hinter ihr war. Ruckartig drehte sie sich, um ihre Frage loszuwerden. Gleichwohl blickte sie in das verstörte Gesicht eines Museumswärters.

»Äh, nichts.«

Konfus suchte sie schnell das Weite, um es nicht noch peinlicher werden zu lassen. Im nächsten Raum

zermarterte Julia sich ihr Hirn darüber, warum sie in solche dämlichen Situationen geraten musste. Sie würde keine plausible Antwort finden, deswegen beschloss sie sich lieber die restlichen Bilder anzusehen. Im Ganzen betrachtet, war es interessant, wenn man diese Kunst mochte. Ein einziger Besuch reichte Julia aber für die nächsten Jahre. Da die Ausstellung nach zwei Stunden Aufenthalt keine Überraschungen mehr bereithielt, verließ Julia das Gebäude. Am Ausgang traf sie ein weiteres Mal auf den Museumswärter, den sie nicht anblickte, sondern mit gesenktem Kopf passierte. Hinter ihrem Rücken konnte Julia das Tuscheln hören.
»Das ist wieder so eine Bekloppte, die redet mit Bildern.«
Inzwischen war es Julia gleich, was man über sie sagte. Es war sinnlos dagegen anzureden. Wenn sie schon kein normales Leben haben konnte, wollte sie eben ein anormales Leben führen. Julia hatte keinen Schimmer, wie es weitergehen sollte, da die Bruchstücke sie verwirrten.
Wie sollte sie ihn finden und wo?
Große Lust auf eine Suchaktion war nicht vorhanden. Resignierend fuhr Julia nach Hause. Irgendwie erschöpft und frustriert legte sie sich in den Liegestuhl,

schnappte sich ihr Buch und las ein paar Stunden. Zwischendurch legte sie einige Pausen ein, um zu trinken, ein wenig zu essen oder für ein entspanntes Nickerchen im Schatten des Sonnenschirms. Gegen Ende des Tages hatte Julia es endlich geschafft. Sie spürte wieder diese innere Ruhe und Entspanntheit, die man nur während eines Urlaubs finden konnte.

Am Abend schaute sie ein wenig fern und ging danach zu Bett. Es blieb ein völlig unspektakulärer Tag ohne einen Traum, bis auf das Zwiegespräch mit dem Picasso-Bild. Mit jeder Stunde, die verstrich, kam es Julia mehr wie ein Traum vor.

Vielleicht war das alles hier ein endlos langer Traum?

Wo aber war der Anfang gewesen?

Wo würde das Ende sein?

Julia war sich sicher den Verstand zu verlieren, wieso auch nicht?

Ein Freak mit klaren Sinnen war doch bereits ein Widerspruch in sich.

Was wohl der nächste Tag bringen würde?

Eine Frage, auf die Julia lieber keine Antwort erhalten wollte, die Auflösung rückte jedoch unaufhaltsam näher.

Kapitel 12

Samstag, schon wieder. Der letzte Urlaubstag war angebrochen. Am Montag würde sie in den altbekannten Trott zurückfallen. Insgeheim wünschte Julia es sich, denn das bedeutete, dass alles vorbei war. Sicher war sie allerdings nicht. Es schwang nämlich die Befürchtung mit, es könne alles bleiben wie in den letzten Tagen. Diese Vorstellung war der reinste Horror. Wie sollte sie dabei ein normales Leben führen? Nicht auszudenken, wenn ständig tote Gegenstände anfingen zu reden oder urplötzlich diese Träume sie überraschen würden, die keine zeitlichen Grenzen mehr kannten. Die Gedanken in Julias Kopf fingen wieder an zu schmerzen. Sie wollte es nicht mehr ertragen. Das war immerhin ihr letzter offizieller Urlaubstag. Den konnte sie sich nicht mit miesen Überlegungen verderben. Da es ohnehin von allein stressig werden würde, beschloss Julia den letzten freien Tag zu genießen.

Scheiß auf diesen Kerl und Scheiß auf den noch fehlenden Traum. Das alte, beschissene, normale Leben wollte Julia zurück anstatt über den Mist nachzugrübeln, den sie sich in den vergangenen zwei Wochen zusammengesponnen hatte. Einfach ignorieren war da die beste Methode. Wie gestern entschied sie sich dafür herumzugammeln. Nichts, aber auch gar nichts würde sie dazu bringen, das Haus zu verlassen. Erst am Montag würde der Weg zur Arbeit sie dazu bewegen. Balkonien stand für sie bereit. Sämtliche Vorkehrungen, um möglichst selten die Liege zu verlassen, wurden getroffen. Es fehlte nur eine faule Person, die bereit war dies auszunutzen.

Julia war im Begriff, ihren Weg fortzusetzen, als ihr Blick auf die Kiste mit den alten Zeitungen und Zeitschriften fiel, die sie vor längerer Zeit aussortiert und noch nicht weggeworfen hatte. Sie hatte es eigentlich gedacht, um Platz in ihrer kleinen Wohnung zu schaffen. Doch jetzt standen sie seit Wochen in der Ecke. Julia fand, dass es wirklich an der Zeit war sie fortzuschaffen. Genaugenommen verließ sie das Haus nicht, wenn sie nur bis zu den Altpapiertonnen ging.

Während sie ihren Vorsatz überdachte, schlich sich dieses ungute Gefühl wieder bei ihr ein. Dinge endgültig und unwiderruflich über Bord zu werfen, war ihr immer unsagbar schwergefallen. Nein, damit musste ein für alle Mal Schluss sein. Diese zurückhaltende Person wollte sie nicht mehr sein. Andere hätten darüber gelacht, doch für Julia war es ein immens großer Schritt, sich von etwas zu trennen, mochte es noch so unwichtig erschien.

Es kostete regelmäßig eine riesige Überwindung und Kraft. Irgendwo musste sie beginnen. Ein kurzer Blick nach links und rechts, keiner da. Und Schwups war das Papier in der Tonne verschwunden. Julia machte kehrt und ging zur Haustür zurück. »Na wer sagt es denn.«, brach es aus ihr heraus.

Den Schlüssel bereits in der Hand, um die Haustür aufzuschließen, drang ein merkwürdiges, schlurfendes Geräusch an Julias Ohr.

»Nein, nicht umdrehen. Was es auch sein mag, es ist absolut uninteressant.«

Julia versuchte den Laut zu ignorieren und starrte krampfhaft geradeaus. Da war etwas. Irgendetwas packte ihren Kopf mit zwei unsichtbaren starken Händen und schwenkte ihn in die Richtung des Geräusches. So sehr sie sich dagegen wehrte, sie konnte die unfreiwillige Kopfbewegung nicht vermeiden. Je mehr sie sich dagegen sträubte, desto stärker wurden die unsichtbaren Hände.

Da war sie. Sie musste es sein, so wie sie aussah. Die Gestalt war so aufdringlich, dass es nicht möglich war darüber hinwegzusehen. Der letzte Traum schob sich unnachgiebig in den Vordergrund. Julia wollte fortgehen, doch man ließ es nicht zu. Der feste Griff war unbarmherzig. Auch den Blick konnte Julia nicht abwenden, geschweige denn die Augen schließen. So stark war diese fremde Macht. Ihre Augenlider waren wie festgeklebt. So musste sie alles bis zur letzten Sekunde über sich ergehen lassen. Julia kämpfte dagegen an und versuchte durch die Fremde hindurchzusehen. Je stärker Julia sich wehrte, desto intensiver nahm diese Person sie ins Visier.

Es war eine alte Frau in zerlumpten Kleidungsstücken, die ihre besten Jahre vor sehr langer Zeit gehabt haben musste. Die Schuhe, die sie trug, waren bereits so abgelaufen und verschlissen, dass die Zehen herausschauten. Der rote Ausschlag im Gesicht und auf dem Hals ließ auf Krätze schließen. Gesehen hatte Julia sie zum Glück noch nie, aber so stellte sie sich die Krankheit vor. Die Frau bemerkte Julia nicht schleppte sich weiter, ihrem unbekannten Ziel entgegen. Erst als das Geräusch der schlurfenden Schuhe verklungen war, ließen die unsichtbaren Hände von ihr ab und lösten sich in Luft auf. Nun konnte Julia sich wieder bewegen und hatte die Kontrolle über ihren Körper zurückgewonnen.

»Das kann doch alles nicht wahr sein. Habe ich denn überhaupt nichts selbst zu entscheiden?« Fluchend und verbittert ging Julia wieder zurück in ihre Wohnung. Dort tat sie das, was sie sowieso vorgehabt hatte: Nichts.

Dieser entspannende Frieden währte nicht lange. Es war wie verhext. Sie lag da und las ihr Buch, doch die Geschichte des Jean Valjean trieb sie direkt in ihren letzten Traum hinein. Während des Lesens verwandelte sich das Gesicht des Romanhelden in das Gesicht dieser alten Frau. Es war unaufhaltsam. Ihre Augen fingen an zu flimmern. Die Buchstaben vor ihr verließen ihre Zeilen und hüpften wild auf und ab. Julias Augen wurden schwer wie Blei. Es war nicht möglich sie länger geöffnet zu lassen. Ohne es wirklich zu wollen, schlief Julia ein und begab sich auf ihre endgültig letzte Traumreise.

»Wieder ein Tag wie viele vorher.«, röchelte Anna Mühljahn. Was sollte sich schon ändern? Alles war und blieb, wie seit jeher gewesen war. Nur das verdammte Jucken schien schlimmer zu werden. Einfach ignorieren. Das hatte bis jetzt funktioniert und würde es auch weiterhin. Ihr Magen fing wieder an zu knurren. Kein

Wunder, das letzte Mahl war nicht gerade üppig ausgefallen. Anna musste zunehmend feststellen, dass die Leute immer geiziger wurden. Früher hatte man sich noch etwas Anständiges aus den Tonnen zusammensuchen können, doch heutzutage fand man immer weniger Genießbares.

Wenn sie heute wieder nichts auftrieb, war sie gezwungen, an die Schwestern heranzutreten. Diese Blöße wollte sich Anna ungern geben. Sie hatte sich bis jetzt stets selbst versorgen können. So zog sie von Mülltonne zu Mülltonne, ohne das geringste Glück zu haben. Ihr Magen blieb noch Stunden später leer wie ein ausgetrockneter Brunnen in Afrika.

Die beiden Plastiktüten, die sie mit sich trug, wurden schwerer und schwerer. Ihre Kraft ließ langsam nach. Früher hatte ihr das überhaupt nichts ausgemacht. Anna spürte, dass sie älter wurde. Wie alt sie wirklich war, wusste sie nicht. Das hatte sie vor langer Zeit vergessen - wie sie vieles aus ihrer Vergangenheit vergessen hatte. Wenn man schlechte Erinnerungen lange genug verdrängte, verlor man sie schließlich aus dem Gedächtnis. Wer sie früher einmal gewesen war, war im Hier und Jetzt belanglos. Das Einzige, was Anna interessierte, war ein Platz, an dem sie sich ausruhen konnte. Die Füße schmerzten ungeheuer. Das war auch nicht weiter erstaunlich. Die Schuhe, die sie einst angehabt hatte, wurden nur durch den darauf befindlichen Dreck und festen Glauben zusammengehalten. Eine Parkbank war schnell gesichtet. Anna ließ sich mit einem lauten Seufzer darauf nieder und streckte ihre angeschwollenen Beine von sich. Angewidert entfernten sich die zwei Ruhesuchenden von der Nachbarbank. Nase rümpfend und mit einem abwertenden Blick schritten sie schnell an ihr vorbei.

Diese Leute bemerkte sie überhaupt nicht. Nur wenn sie jemand direkt ansprach, registrierte sie andere. Seit vielen Jahren lebte Anna, ohne Personen bewusst wahrzunehmen. Das gab ihr ein Gefühl der völligen Freiheit. War sie der einzige lebende Mensch auf Erden, so bestimmte niemand anderes als sie selbst, was normal war.

Leider musste Anna diesen schönen Traum ab und an verlassen, um Kontakt zu einer sonderbaren Art aufzunehmen, damit sie halbwegs überleben konnte. Die Gesellschaft berührte sie überhaupt nicht mehr. Was auch auf der Erde geschah, sie bekam nichts davon mit. Diese Konflikte und Probleme gab es in Annas Welt nicht. Sie war schon lange glücklich mit dem Kosmos, in dem sie lebte. Ein Ort ohne Menschen, die ihr wehtun konnten. Der Mülleimer, der neben der Bank stand, gab auch nach der gründlichsten Überprüfung nicht mehr als einen vertrockneten Butterkeks her, der an einer Ecke angekaut war. Vermutlich durch ein Baby. Mit größter Wahrscheinlichkeit hatte das Kind den Keks auf den Boden geworfen und die Mutter hatte ihn aus Sorge vor den vielen, kleinen, bösen Bakterien, die ihrem Kind schaden könnten, entsorgt. So gefährlich konnten diese kleinen Biester nicht sein, denn sonst wäre sie lange tot. Vielleicht war sie es und hatte es noch nicht bemerkt. Das war eine Feststellung, die eine intensive Überlegung wert war, doch jetzt war ein anderes Projekt wichtiger: der knurrende Magen. Es half alles nichts, sie musste heute zu den Schwestern und um eine warme Mahlzeit bitten. Die Schwestern zur Heiligen Jungfrau Maria gaben jeden Tag von Montag bis Sonntag einen Teller Suppe oder Eintopf an Bedürftige aus. Sie hatten einen regen Zulauf, nach Annas Geschmack zu viel. Hier wurde man ausgequetscht. Da sie nur mit Tieren sprach, war das der reinste Spießrutenlauf für sie. Die meisten kannten sie und grinsten sie aus ihren fast zahnlosen Mäulern an. Mehr, als ein flüchtiges

Hochziehen des Mundwinkels, hatten die nicht von ihr zu erwarten. Das war das Äußerste an Freundlichkeit, zu dem sie bereit war.

Schwester Magdalena begrüßte Anna mit einem freundlichen »Hallo Anna, schön dich zu sehen.«

Anna spürte sofort, wenn Menschen ihr falsche Freundlichkeit entgegenbrachten, aber die Schwestern freuten sich wirklich, sie zu sehen. Anna vermutete, dass es durch die ständige Weihrauch-Schnüffelei kommen musste. Einen Beweis hatte sie nie finden können. Wenn man die Schwestern darauf ansprach, erntete man nur ein freundliches Lächeln und ein sachtes Kopfschütteln.

Es gab einen Teller Linseneintopf und ein Stück Brot. Die Schwestern stellten jeden Mittag die langen, schmalen Tische und Sitzbänke auf, die immer bis auf den letzten Platz besetzt waren. Wie die Hennen saßen sie alle da und schaufelten gierig ihr Essen in sich hinein. Anna hasste es, eng aneinandergedrückt mit anderen sitzen zu müssen. Sobald sich die Möglichkeit bot, verzog sie sich in eine Ecke und löffelte ihre Suppe ungestört für sich. Die Ruhe war nicht von langer Dauer, denn Schwester Magdalena ließ nie lange auf sich warten.

»Hast du dir es überlegt, Anna?«

Anna wusste sofort, was gemeint war. Darauf wollte sie nicht eingehen und aß unbeeindruckt weiter.
»Ist das deine endgültige Antwort?«
Anna würdigte die Schwester keines Blickes und tat, als wäre sie überhaupt nicht anwesend.
»Anna, sieh dich an. Du bist alt geworden. Genauso wie ich, aber im Gegensatz zu dir, bringt mich das Leben auf der Straße nicht um. Du siehst verdammt schlecht aus. Du musst dringend untersucht werden.«
»Kein Arzt!«, antwortete Anna plötzlich mit fester Stimme.
»Ich kann nicht verstehen, wie ein Mensch so bockig sein kann und jede Hilfe abweist!«
»Ich brauche niemanden. Ich komme gut alleine klar.«
»Das sehe ich. Du weißt, wo du uns finden kannst, Tag und Nacht.«
Schwester Magdalena drehte sich resigniert um und ging fort. Schnell stopfte Anna den Rest des Eintopfes in sich hinein, denn sie musste schleunigst weg von hier. Je länger sie blieb, desto größer wurde die Wahrscheinlichkeit, dass man über sie zwangsverfügte. Die ständige Angst, ihre Freiheit zu verlieren, begleitete

sie jeden Tag. Wie früher wollte sie nicht leben. Einen Weg zurück durfte es nicht geben. Gut, sie hatte sich schon besser gefühlt. Es war lange kein Grund einen Quacksalber zu konsultieren. Anna war doch nicht blöd. Sie erkannte die Falle auf Anhieb. Erst war man freundlich zu ihr und dann stellte man fest, wie krank und hilflos sie doch sei. Oh nein, diese Masche durchschaute sie sofort. Man wollte sie wieder einsperren und zwingen das Spiel mitzuspielen. Reintegrieren nannte man das. Versklaven war aber ein besserer Ausdruck dafür. Anna war bereits vor vielen Jahren geflüchtet, denn sie hatte die Augen geöffnet und gesehen, wie die Welt wirklich aussah.

Humpelnd lief Anna weiter fort, um eine möglichst große Distanz zu dem Haus der Schwestern zu erlangen. Das ließ sie nicht mit sich machen, sich einigen und den Trott der anderen übernehmen. Sie wollte kein Geld oder Almosen. Der Staat konnte ihr auch gestohlen bleiben. Das war jetzt ihr Leben, das Umherziehen. Leider war sie in all den Jahren nie aus dieser Stadt herausgekommen. Es störte sie nicht sonderlich, denn hier kannte sie sich aus. Hier wusste sie, wo die besten Schlafplätze, das beste Essen und die besten Verstecke waren.

Die Schwestern meinten, sie wäre aus der Bahn geworfen worden und wollten ihr helfen, den Weg wieder zu finden. Jeder war gleich wichtig zu wissen, wie es zu diesen Leben hatte kommen können. Es gab Leute, die aberwitzige Geschichten dazu erzählen konnten, z.B. der Ehepartner gestorben, Arbeitslosigkeit und Krankheiten hatten dazu geführt, auch Unfälle der eigenartigsten Form mussten dafür herhalten.

Bei Anna gab es das nicht. Dennoch, obwohl sie alles aus ihrem Vorleben verdrängt hatte, kam es in diesen Momenten für einige Minuten ins Gedächtnis zurück. Einst hatte sie als Verkäuferin in einem schönen Geschäft gearbeitet und, für ihre Verhältnisse und Wünsche, gut verdient, bis sie eines Tages aufwachte. Es war ein normaler Arbeitstag. Doch in den Betrieb gehen konnte und wollte sie nicht. Es hatte sich was verändert. Sie hatte sich verändert. Über Nacht war etwas in ihr und mit ihr geschehen, was sie bis heute nicht erklären konnte. Auf einmal war da dieses Verlangen, alles aufzugeben und auszubrechen. Die bedrückende Enge der Wohnung, des Lebens und der Umwelt war unerträglich geworden.

Sie verkaufte ihr ganzes Hab und Gut, bis auf die Kleidung, die sie auf dem Leib trug, und gerade so viel, wie in zwei Einkaufstüten passte. Sie verließ ihr Leben. Sie ignorierte alles und ging einfach fort. Es war, als würden tonnenschwere Ketten von ihrer Seele abfallen. Das Leben vorher war wie ein klitzekleiner Raum, der immer mehr zu schrumpfen schien, ohne die Möglichkeit zu entkommen. Noch einen weiteren Tag in dieser Enge und sie wäre innerlich zerquetscht worden.

Wie viele Jahre sie auf der Straße lebte, konnte Anna nicht sagen. Zeit war nicht relevant in ihrem Leben. Ein besonderes Merkmal kristallisierte sich bereits in der ersten Woche heraus. Anna konnte nicht stehen bleiben oder eine zweite Nacht am selben Ort schlafen. Ab der zweiten Nacht spürte Anna die aufeinander zulaufenden Mauern auch, wenn sie auf freiem Felde übernachtete. Sie lief und lief. Sie lief vor ihrer Vergangenheit davon, vor ihrer Zukunft, vor ihren Gedanken, vor…

Sie musste unentwegt in Bewegung bleiben. Still zu stehen, hieß nachzudenken. Und denken, bedeutete leiden. Sie war auf der Suche nach sich selbst, ihrer Identität, nach einem speziellen Weggefährten, nach …

Es war eine nie enden wollende Jagd nach dem Sinn an sich, nach dem Sinn im Sinn.

Die anderen konnten nie die Antwort finden, da sie sich im Kreis drehten. Sie aber drängte vorwärts und kam mit jedem Schritt dem Ziel näher. Anna wusste nicht, wie es aussah. Darüber nachzudenken, hieß, es zu verlieren. Also spekulierte sie nicht darüber und setzte einen Fuß vor den anderen. Es gab Tage, an denen sie das Angebot der Schwestern annehmen wollte, da sie insgeheim wusste, was mit ihr los war. Sie war verrückt geworden. Sie hatte nicht mehr alle Tassen im Schrank. Leider ging das nicht, sie war in ihrem eigenen Universum gefangen. Sie hätte niemals den einzigen Menschen, den sie wirklich geliebt hatte, abweisen dürfen. Sie hätte sich aus lauter Wut auf die gesamte Welt nicht zurückziehen dürfen. Sie hätte versuchen sollen zu leben. Anna war müde geworden. Ein wenig Schlaf half. Den ganzen Tag war sie unterwegs gewesen und schlurfte jetzt an einer Häusersiedlung vorbei, die sie lange nicht besucht hatte. Es war noch nicht spät, aber sie spürte, dass es Zeit wurde, einen geeigneten Schlafplatz zu suchen, um wenigstens ein kleines Nickerchen zumachen. Anna nahm wahr, wie die junge Frau sie anstarrte, tat aber wieder so, als wäre sie allein auf der Welt und setzte ihren Weg unbeirrt fort. Sie verdrängte das plötzliche Gefühl der Vertrautheit, das sie für diese fremde Person empfand. Sie kannte keine Menschenseele und niemand kannte sie. So erschöpft wie heute war Anna lange nicht mehr gewesen. Sie benötigte dringend eine Mütze voll Schlaf, um wieder zu Kräften zu kommen. Schließlich bereitete sie sich ihren Schlafplatz hinter ein paar Mülltonnen.

Dieser Ort war ideal, da er durch Büsche und Bäume an den Seiten gut verdeckt war und so unentdeckt blieb. Wie oft sie in ihrem Leben bereits verscheucht worden war, konnte sie nicht mehr zählen. In der Nacht ein neues Lager zu finden, zehrte ungeheuer an den Reserven.

Aus der einen Tüte beförderte Anna eine kleine Decke hervor, die sie feinsäuberlich entfaltete, und aus der anderen Tüte ein längliches Wollknäuel. Das Knäuel war ihr Kopfkissen. Nicht schick, aber weich und angenehm. Sie konnte sich nicht erinnern, wann sie jemals so eine Müdigkeit gespürt hatte. Die Nacht war noch lange nicht angebrochen und die letzten Sonnenstrahlen der untergehenden Sonne glitten erst Stunden später über ihr Nachtlager hinweg. Einmal gähnte Anna ausgiebig und legte sich sogleich hin. Noch bevor sie sich ausgestreckt hatte, waren ihre Augen zugefallen.

Eine warme, weiche Decke legte sich um ihren Körper. Es war draußen warm, aber ihr war ungewöhnlich kühl.

Alle Muskeln lockerten sich, es war, als verlöre sie ihr gesamtes Gewicht. Leicht wie eine Feder fühlte Anna sich, als könnte sie fliegen. Diese Empfindung schwand und an deren Stelle trat eine, noch nie zuvor gekannte, innere Ruhe.

Am nächsten Tag entdeckte ein Hausbewohner Anna. Er wollte seinen Biomüll entsorgen. Das anfängliche wütende Schimpfen wich schnell einer zurückhaltenden Furcht. Anna setzte ihre Suche oder Reise, wie man es nennen mochte, fort. Nicht in dieser Welt, dafür in einer bestimmt viel besseren. Sie war friedlich eingeschlafen, mit einem Lächeln im Gesicht. Von Erschöpfung keine Spur. Anna starb friedlich und im Einklang mit sich selbst.

Entsetzt schreckte Julia auf und blickte als Erstes auf ihre Armbanduhr. Völlig fassungslos schüttelte sie den Kopf, war das möglich?

Bevor dieser Traum gekommen war, hatte sie nicht nach der genauen Zeit gesehen, aber dem Anschein nach waren höchstens zehn Minuten vergangen. Gleichwohl kam es ihr vor, als wäre sie einen ganzen Tag fort gewesen. Es fühlte sich an, wie sie sich einen Jetlag vorstellte. Julia war aufgekratzt und erschöpft zugleich und zu allem Übel kam diese ratlose Verwirrung dazu. Was sollte dieser schwachsinnige Traum bedeuten, die anderen Träume waren wenigstens unterhaltsam, interessant oder lustig gewesen. Dieser Traum ergab für Julia wirklich keinen Sinn, da er völlig konfus war.

»Ach Julia, das war deutlich genug.«
»Wie bitte? Wer hat das gesagt?« Julia blickte sich hektisch um, konnte jedoch nicht feststellen, woher die hohe, piepsige Stimme gekommen war.
»Hier bin ich doch! Ich weiß, dass ich nicht der Größte bin, aber trotzdem kann man mich beachten.«
Im Grunde wunderte Julia überhaupt nichts mehr nach dem sprechenden Bild im Museum. Vor zwei Wochen wäre sie noch aus allen Wolken gefallen, aber jetzt...
»Ich wusste es schon immer, dass ich eine Macke habe. Ignorieren, einfach ignorieren.«
»Hey, ich rede mit dir! Das ist doch eine bodenlose Frechheit. Wäre ich größer, würdest du mich zur Kenntnis nehmen, so nicht, Fräulein.«
Das ärgerliche Gezeter kam vom Balkongeländer, genauer gesagt von einer kleinen Kohlmeise.
»Du redest nicht wirklich mit mir. Das bilde ich mir nur ein. Ich werde einfach weiter lesen und meinen völlig

durchgeknallten Urlaub ausklingen lassen.«

»Das glaube ich ja nicht. Jeder andere Mensch würde seinen rechten Arm dafür geben, um sich mit einem Tier zu unterhalten.«

»Entschuldigung, ich aber nicht, und jetzt nerv mich nicht.«

Wütend stampfte die Meise auf und schnatterte irgendetwas Unverständliches dahin. Mit einem Satz flog sie auf das Buch, welches Julia sich vor das Gesicht hielt.

»Entschuldigung, Frau Sanderkamp!«, sprach der Vogel Julia mit fester und entschlossener Stimme an.

Mit einem tiefen Seufzer fragte Julia schließlich die Kohlmeise, was sie von ihr wollte.

»Was ich von dir will! Ich will deine Fragen beantworten, die du dir dein gesamtes Leben lang stellst.«

»Welche Fragen denn?«

»Welche Fraaagen?«, rief die Kohlmeise und schüttelte verstimmt ihr Köpfchen.

»Erst einmal wolltest du wissen, was dein Traum zu bedeuten hat. Das warst du!«

»Wie, das war ich?«, erkundigte Julia mit gerunzelter Stirn.

»Die Frau in dem Traum kann dein zukünftiges Ich sein.«

»Das geht nicht, ich habe sie schließlich in der realen Welt gesehen.«

»Das bedeutet nichts, hier in dieser Welt sind Traum und Wirklichkeit dasselbe. Es gibt nur einen schmalen Grenzstreifen auf dem ihr Menschen lebt. Nur wer sich umsieht, erkennt die wahre Wirklichkeit.«

»Was soll das denn heißen?«

»Genau das, was ich gesagt habe. Dass ich mit dir rede, ist Beweis genug.«

»Das heißt nur, dass ich verrückt bin.«

»Das heißt, die Verrückten, wie du sie nennst, sind Sehende in einer Welt voller Blinder.«

»Blödsinn!« Julia widmete sich wieder ihrem Buch und versuchte den darauf sitzenden Vogel nicht zu beachten.

»Wenn du mich jetzt ignorierst, kannst du dein Schicksal nie wieder abwenden.« Die kleine Meise sprach die Worte so aus, dass die Wirkung auf Julia immens war. Sie trafen sie wie tausend Nadelstiche in der Magengegend. Verzweifelt sah sie die Meise an und Tränen füllten Julias Augen. »Das will ich nicht, steht es so schlecht um mich?«

»Nichts, was sich nicht regeln ließe. Nur jetzt ist die

letzte Möglichkeit einen anderen Weg einzuschlagen.«

»Lass mich raten, es hat mit diesem Mann zu tun.«

»Unter anderem auch.«

»Was denn noch?«

»Du kapselst dich zu sehr von der Welt der Blinden und der Sehenden ab. Wer einmal unsere Welt kennen gelernt hat, muss bestimmen zu welcher er gehören will. Aus beiden Welten kannst du dich nicht raushalten. Was dann geschieht, hast du gesehen.«

Julia nickte stumm.

»Entscheide dich, welche Welt dir lieber ist, Julia. Jetzt!«

»Ich weiß nicht recht.«

»Ach du heilige Scheiße, das kann doch nicht wahr sein! So jemanden wie dich haben wir noch nie gehabt.«

»Ich will sehen.«, flüsterte Julia schüchtern der Meise zu.

»Du hast gewählt. Dann sei es so für alle Zeiten. Willkommen in der Traumwelt, Julia Sanderkamp. Der Welt in der alle Grenzen miteinander verschmelzen. Wo weder Zeit, Raum oder Tod existieren!«

Julia blickte den kleinen Vogel sprachlos an, der während der kurzen Ansprache seine Flügel weit geöffnet und das Köpfchen zum Himmel gereckt hatte.

»Na, wie war ich?«

Julia konnte nur grinsen und leise kichern.

»Was ist lustig daran, das ist eine ernste Angelegenheit.«

»Kann es sein, dass du eine männliche Meise bist?«

»Ja, wieso grinst du?«

»Nee, is schon klar.«

»Machst du dich über mich lustig?«

Julia lächelte, schüttelte den Kopf und schürzte grinsend ihre Lippen.

»Wenn du das ehrlich gemeint hättest, dann hättest du nicht diese Grimasse gezogen. Na egal. Es ist vollbracht, willkommen im Club.«

»Und das bedeutet was?«

»Das merkst du früh genug. Du solltest nicht so viele Fragen auf einmal stellen. Sie werden alle bald beantwortet. Habe Geduld.«

Nickend willigte Julia ein.

»Gut, die Zeit wird alles mit sich bringen. Ich muss nun los, wir sehen uns.«

»Hey! Wie heißt du eigentlich?«

Die Kohlmeise machte kehrt und landete ein zweites Mal auf dem Balkongeländer. »Marlon. Marlon ist mein Name.«

»Marlon?«

»Ja, was dagegen?«

»Nein, überhaupt nicht. Passt zu dir.«

»Ach, ehe ich es vergesse, die Meisenknödel, die du letzten Winter aufgehangen hast, schmecken nicht besonders. Hol lieber wieder die alten. Die hatten ein viel besseres Aroma.«

»Geht klar, der Herr. Ich habe aber noch eine Frage, wenn ich sie stellen darf.«

»Gut, und zwar?«

»Wie finde ich denn diesen Fremden?«

»Mach dir keine Sorgen, er findet dich. Genieße deinen restlichen Urlaub und bleib zu Hause, verstanden?«

»Verstanden.«

»Findest du mich eigentlich zu dick?«, wollte Marlon auf einmal wissen.

»Wie?«

»Findest du, dass ich zu dick bin?«

Julia rückte näher und strich vorsichtig mit dem Zeigefinger über Marlons Bauch. »Ein leichter Bauchansatz ist schon da, finde ich aber süß.«

»Süß! Oje, so klappt das nie mit den Rotkehlchen.«, sprach er und verschwand. Aus der Ferne hörte Julia Marlon noch rufen: »Sprich zu niemandem über die

Traumwelt, ist besser so!«

»Werde ich nicht, das glaubt mir sowieso kein Mensch!«

Julia blickte dem kleinen Marlon so lange hinterher, wie sie in der Lage war ihn auszumachen.

»Er wird mich finden.«, sagte sie völlig in dieser Vorstellung versunken. Was hatte sie darunter zu verstehen? Würde sie ihm auf der Straße begegnen oder würde er sogar hier auftauchen? Marlon hatte gesagt, er habe was Wichtiges zu erledigen. Sollten die Rotkehlchen ein Vorwand sein, sie nicht zu beunruhigen? Diese Ungewissheit musste mit Abstand die schlimmste Folter sein. Wenn er zu ihr kommen würde, wollte sie darauf vorbereitet sein. Natürlich durfte es nicht aussehen, als hätte sie darauf gewartet. So nötig hatte sie es wirklich nicht. Verdammter Mist, sie hatte es nötig. Julia wünschte sich nichts mehr als das. Es sollte jedoch nicht offensichtlich sein. Hier und da wurde etwas zurechtgerückt, ein Kissen aufgeschüttelt, Staub entfernt und dezent Make-up aufgelegt. Nicht zu viel, es sollte auf keinen Fall übertrieben wirken.

Ein Blick in den Spiegel, ein nervöses Prüfen aller

Blickwinkel, aus denen man sie betrachten konnte, und weitere Minuten des hektischen querfeldein Laufens durch die Wohnung. Es dauerte geraume Zeit, bis sie wieder zur Ruhe kam. Andererseits, als Ruhe konnte man die Angespanntheit gar nicht bezeichnen. Der Samstag verstrich ohne weitere Vorkommnisse. Es gab keine natürlichen oder übernatürlichen Erscheinungen und Begegnungen. Das »Nichts« fing an Julia zu beunruhigen. Die völlige Stille war ihr fremd geworden. Ihr Leben, ihre Vorstellungen und Gedanken waren in nur zwei Wochen komplett umgekrempelt worden. Andere brauchten dazu ein ganzes Leben. Die Uhr zeigte sieben Minuten nach drei an. Der Sonntag war bereits angebrochen und schon drei Stunden alt, als Julia begriff, dass er nicht kommen würde. Wehmütig legte sie sich in ihr Bett und versuchte ein wenig Schlaf zu finden.

Erst gegen Mittag verließ sie ihre Federn, um ziellos umherzuwandeln. Es gab kein besonderes Ereignis und Julia fühlte sich schrecklich, als hätte ein Vampir jegliches Leben aus ihr herausgesaugt. Krampfhaft versuchte Julia nach quälenden Stunden des Ausharrens selbst Träume zu bewirken, jedoch ohne jeden Erfolg. Es funktionierte nicht, so sehr sie sich auch anstrengte.

Julia war zum Heulen zumute, doch das gelang ihr genauso wenig. Sie fühlte sich wie ein weißes Blatt Papier, ohne Inhalt und Tiefe, einfach furchtbar leer. Das Gefühl hielt den gesamten Sonntag an. Die einzige Ablenkung, die ihr blieb, war, in ihrem Buch weiterzulesen und in eine andere Welt abzutauchen. Das war also der Abschluss ihres ereignisreichen Urlaubes. Er hatte mit einer Flut aus Bildern und Emotionen begonnen und endete mit einer ereignislosen, gähnenden Langeweile.

Vorsorglich hatte Julia sich den Montag zusätzlich frei genommen, um die zwei Wochen Urlaub komplett zu machen. An einem Dienstag waren ihre Ferien angebrochen und an einem Dienstag würde ihr Arbeitsalltag wieder losgehen. Das mochte, wie eine sonderbare Planung erscheinen, doch es passte zu ihr, da sie schon immer aus der Norm gefallen war. Diesmal hatte sie den Urlaubszettel merkwürdig ausfüllen müssen. Irgendetwas hatte ihr in dem Moment gesagt, dass es besser wäre, diesen Zeitraum zu wählen. Ihre Chefin hatte für einen Augenblick ein wenig verdutzt geschaut und dann den Antrag kommentarlos unterschrieben. Anfangs wunderte Julia sich über ihre merkwürdige Entscheidung, da sie nichts Besonderes an diesem Termin vorhatte. Doch das Befremden verblasste wie die Erinnerung an einige andere außergewöhnliche Beschlüsse, die sie gefasst hatte. Es war einfach so. Der Montag war noch schrecklicher als der Samstag und der Sonntag zusammen. Jetzt hielt sie es nicht mehr für nötig sich zurechtzumachen für einen Menschen, der sowieso nie erscheinen würde. Die Stille machte Julia klar, dass sie nur geträumt hatte. Sie war nicht verrückt, sondern nur einsam. Aus reinem Selbsterhaltungstrieb hatte sie sich eine Welt erschaffen, in der sie existieren konnte, weil sie sonst im Leben nichts hatte außer ihrer Arbeit. Ganz leise stieß sie einen Schrei aus. Er war so leise, dass nur sie ihn vernehmen konnte. Diese bedrückende Erkenntnis hatte Julia die Kraft genommen. Es blieb ihr nur, sich dem Schicksal zu fügen.

»Wir leben, um zu arbeiten. Wir leben, um zu sterben. Das ist alles, mehr nicht. Jede andere Ansicht ist nur eine Ausrede, um die schreckliche Realität erträglich zu gestalten. Es gibt keinen Sinn oder großen Plan und es wird ihn auch nie geben. Basta.«
Diese Überzeugung grub sich immer tiefer in Julias Bewusstsein ein und verursachte eine stille

Kettenreaktion. Alle vorangegangenen Erkenntnisse, Gedanken und Träume verblassten Stück für Stück, wie an einem normalen Morgen die Träume der letzten Nacht verschwanden. An deren Stelle trat ein Urlaub mit einem Ablauf streng nach Protokoll. Julia konnte sich an jede Aktivität erinnern, doch die Farbe und die Würze gingen verloren. Die Essenz des Unerklärbaren verflog und die nackten grauenvollen Tatsachen füllten die frei gewordene Lücke aus. Was war geblieben? Die Erinnerung an einen Urlaub, der keiner war, nur Tage ohne Arbeit, ohne Bedeutung für den restlichen Verlauf ihres Lebens. Es passierte das, was geschehen musste. Julia stumpfte ab, es gab keine Regungen, die auf Emotionen hindeuteten. Julia verwandelte sich innerhalb von Stunden zu einer von vielen in der grauen Masse von Menschen, die wie Drohnen durchs Leben schritten, nur ihre primitive Aufgabe im Sinn. Julia reihte sich so erschreckend schnell in die Kolonie der individualitätslosen Arbeiterdrohnen ein, dass ein außenstehender Betrachter schreiend davongelaufen wäre, aus Angst sich mit demselben Virus anzustecken.

Montag war der Tag, an dem Julia weiter zurückgeworfen wurde, als jemals zuvor in ihrem Leben. Sie war zu einer tickenden Zeitbomben geworden, die mit hundertprozentiger Sicherheit irgendwann explodieren würden, da sie nicht so stark waren, wie sie nach außen hin vorgaben.

»Piep Piep Piep Piep...«, schnell und schrill riss der kleine Funkwecker Julia aus ihren Träumen. 7:30 Uhr, Dienstag. Erster Arbeitstag nach dem Urlaub. Arbeitsbeginn um 10:00 Uhr. Wie an jedem gewöhnlichen Arbeitstag stand Julia zögerlich auf, trank ihren Morgenkaffee, um wach zu werden, und aß ihr Müsli. Darauf folgten der kurze Abstecher ins Bad und der Gang zum Kleiderschrank.

Irgendwie war Julia froh, dass der Urlaub ein Ende gefunden hatte. Wehmut machte sich nicht breit, auch wenn es ganz entspannend gewesen war, Abstand von der teilweise nervigen Kundschaft zu gewinnen. Ein bisschen sauer war Julia, dass sie sich keinen richtigen Urlaub leisten konnte wie die meisten. Balkonien hatte zwar nicht diesen Reiz gehabt, dafür war sie wieder fit für die Arbeit.

Julias Blick fiel auf die Pinnwand in der Küche. Die Fotos. Der kleine gelbe Zettel leuchtete wie eine Signalflagge. Julia überlegte kurz, schaute auf die Küchenuhr und dachte sich, dass es klappen müsste.

»Der Fotoladen öffnet um 9:30 Uhr, ich fange um 10:00 Uhr an, wieso nicht. Es sind zwar nur ein paar Bilder von Skulpturen und Pflanzen im Botanischen Garten drauf, na ja, vielleicht sind sie ganz nett geworden und abholen muss ich sie sowieso.«

Da genügend Zeit war, fuhr Julia gemütlich los. Sie war sogar lange bevor die Geschäfte öffneten in der Innenstadt. Sie stellte ihr Fahrrad an einer Hauswand ab und ließ das langsam erwachende Leben auf sich wirken. Merkwürdig war es schon, sie hatte nie die Menschen genau beobachtet. Woher das auf einmal kam?

Die Lieferwagen fuhren an und wieder ab. Hektische Ladenbesitzer luden die Waren ab. Tauben watschelten unbekümmert umher und ließen sich von den paar Menschen nicht stören. Jeder, der an ihr vorbeiging, machte wie Julia keinen wirklich motivierten Eindruck. Irgendwie schienen sie alle wie sie diese morgendliche Anlaufphase zu brauchen. Da stand sie nun mit dem kleinen Abholzettel in der Hand, der in der Sonne eigenartig zu leuchten schien.

»Ach, bloß Einbildung. Das ist nur das Licht.«, sagte sich Julia und schüttelte ihren Kopf. Als ob so etwas, was zu bedeuten hatte. Laut knatterte das Gitter, das

automatisch hoch fuhr und den Fotoladen zusätzlich vor Einbrechern schützte. Ein Geräusch, das Julia seit vielen Jahren kannte und jeden Morgen hörte. Heute klang es merkwürdig anders. Nicht so aggressiv, weicher und freundlicher. Julia verwarf diesen Gedanken gleich.
Ein Verkäufer trat heraus und blickte müde auf die Straße.
»Guten Morgen.«, sagte er überrascht, als er Julia sah.
»Wollen Sie zu uns?«
Julia nickte.
»Einen Moment, wir sind gleich soweit.«
»Keine Hektik, ich hab Zeit.«
»Hört man heutzutage sehr selten von Kunden.«, sagte der Verkäufer lächelnd zu Julia.
Diese wartete noch fünf Minuten und betrat dann das Geschäft.
»So, was kann ich für Sie tun?«
»Ich wollte wissen, ob meine Bilder schon da sind.«
»Hm, gucken wir mal.« Der Verkäufer kramte mit der linken Hand in dem hinter ihm liegendem Fach herum. In der rechten hielt er den Abholzettel in Sichtweite.
»Ja! Sie sind seit gestern da. Sie möchten bestimmt reinschauen.«
Julia nickte und der Verkäufer ließ sie allein, damit sie

in Ruhe durchsehen konnte. Wie sie es sich gedacht hatte, eine Menge Bilder von Skulpturen und Pflanzen. Die beiden letzten Aufnahmen irritierten sie. Die vorletzte zeigte zwei Schwäne, die mit eng umschlungenen Hälsen nebeneinander schwammen, und das letzte Foto zeigte eine alte Dame, die in die Kamera lächelte.

Wann zum Teufel hatte sie diese Bilder gemacht? Julia konnte sich beim besten Willen nicht daran erinnern. Und wer war diese alte Frau?

»Stimmt was nicht?« Der ratlose Blick veranlasste den Verkäufer Julia zu fragen.

Julia schaute auf und sah den Mann verunsichert an.

»Ich habe hier zwei Aufnahmen, bei denen ich absolut nicht weiß, wann ich sie geschossen haben soll.«

»Zeigen Sie mal, es ist fast völlig unmöglich, dass sie Fotos von einem anderen Kunden bekommen haben.«

Der Verkäufer sah die beiden Abzüge an, die Julia ihm rüberreichte, verglich sie mit dem Fotoindex und schüttelte mit dem Kopf. »Wusste ich es doch, unmöglich. Die haben Sie fotografiert. Sind doch hübsch, die beiden Blumenbilder.«

Mit einem Lächeln gab er ihr die beiden Fotos zurück.

Blumenbilder? Wo waren da Blumen drauf? Jetzt verstand Julia die Welt nicht mehr. Es waren Aufnahmen von Blumenbeeten. Die Schwäne und die alte Frau waren verschwunden. Wie konnte das sein?
»Hier sehen Sie, da sind sie auf dem Index.«
Julia folgte dem Fingerzeig des Verkäufers. Abwesend meinte sie nach einer kurzen Pause: »Dann hab ich es wohl vergessen.«
»Kommt schon mal vor. Nehmen Sie alle?«
Julia nickte.

Nachdem sie bezahlt hatte, verließ sie verwirrt das Geschäft. Draußen prüfte sie noch einmal alle Bilder. Jeder Abzug war, wie er sein sollte, und stimmte definitiv mit dem Fotoindex überein. Merkwürdig war es schon gewesen. Vermutlich hatten ihre Sinne ihr nur einen Streich gespielt. So etwas hatte sie zwar noch nie erlebt, doch irgendwann gab es immer ein erstes Mal. Julia versuchte diesen Vorfall zu vergessen und war dabei einigermaßen erfolgreich.
Sie schob ihr Fahrrad langsam vor sich her und betrachtete ihre, sich äußerst eigenartig entwickelnde Umwelt. Um Julia herum setzte ein Prozess ein, den sie nicht zu erklären vermochte. Sämtliche Farben wurden

intensiver. Das Grün der Bäume strahlte in einer so satten Farbe, wie sie es nie zuvor gesehen hatte. Auch das Blau des Himmels und das Weiß der Wolken schienen stärker und kräftiger zu werden. Was geschah hier eigentlich? Selbst alle Formen, ob Gebäude oder Menschen, alles wurde weicher und angenehmer. Julia fasste sich an die Stirn.

»Fieber habe ich jedenfalls nicht. Es wird Zeit, dass du an die Arbeit kommst. Zu viel Freizeit ist nicht gut für dich.«

Julia senkte ihren Kopf und ging, ohne sich eingehender mit ihrer Umgebung zu beschäftigen, zu ihrer Arbeitsstelle. Vom Fotoladen bis zu »Modern Lady« waren es nur ein paar Minuten Fußweg durch die Einkaufspassage. Julia stellte ihr Fahrrad in einem der Ständer ab, die nicht weit vom Laden entfernt waren, drückte die Eingangstür auf und vernahm das vertraute leise Klingeln der Glocke über der Tür. Freudig wurde sie von ihren Kolleginnen und der Chefin begrüßt.

»Guten Morgen, Julchen.«, ertönte es von den dreien.

»Wie war denn der Urlaub auf Balkonien?«, erkundigte sich ihre Chefin.

»Ruhig und entspannend. Dann wollen wir mal ran an

die Arbeit.«

»Hoppala, so viel Eifer gleich am ersten Tag. Es ist noch nicht zehn Uhr. Langsam.« Ihre Chefin schaute sie mit einem freundlichen Lächeln an.

»Was hältst du davon, wenn du als erste Amtshandlung anfängst, das Schaufenster neu zu dekorieren? Die Sachen liegen dort.«

»Da wäre ich nicht abgeneigt.«, erwiderte Julia sofort.

Das Dekorieren mochte sie von allen Aufgaben am liebsten und da sie es am besten beherrschte, durfte Julia in den meisten Fällen ran.

»Zuerst stellst du deine Tasche in den Pausenraum, einverstanden?«

»Klar, Chef.«, sagte Julia lachend und ging in das Hinterzimmer.

Julia platzierte ihre Tasche in ihrer Ecke und ging wieder nach vorne. Dem Wunsch, sich die Bilder darin noch einmal anzusehen, widerstand sie nach kurzem Zögern.

»Was hast du in den letzten zwei Wochen so getrieben?«, wollte ihre Kollegin Nadine wissen, die sie neugierig ansah. Julia drehte sich vom Schaufenster weg und wandte sich Nadine zu.

»Nichts. Ich meine nichts Besonderes. Nur Kino, Theater, Museum, einen Abstecher in den Botanischen Garten, einen kleinen Einkaufsbummel mit Frühstück und Mittagessen, dann habe ich eine Freundin und meine Eltern besucht, ausgeschlafen und viel gelesen.«

»Klingt doch gar nicht übel.«, meinte Nadine.

»Ja, zum Ausspannen war es schon O.K.«

»Hier hast du nicht viel verpasst. War fast, als wärst du nie fort gewesen.«, warf Martina in die Runde und widmete sich dann wieder ihrer Kundin.

Schmunzelnd kümmerte sich Julia um ihr Schaufenster und arbeitete vertieft weiter. Wie viel Zeit verging, konnte Julia nicht sagen. Es waren doch einige Minuten, bis sie aus ihrer Konzentration herausgerissen wurde. Dafür war keine Kundin oder eine ihrer Kolleginnen verantwortlich. Nein, es war etwas völlig anderes.

Julia bemerkte, wie ein kleiner Gegenstand mit einer enormen Geschwindigkeit pfeilgerade am Schaufenster vorbeischoss. Stirnrunzelnd schaute sie nach vorn, um auszumachen, was das gewesen sein mochte. Es gab nichts zu sehen als lauter geschäftige Menschen.

Ein wenig ließ Julia ihren Blick schweifen, bevor sie ihn wieder senkte. Ihr Kopf war noch nicht unten angekommen, als sie ihn wieder ruckartig hochriss. Die

Frau, die alte Frau auf dem Foto, die plötzlich verschwunden war. Sie stand hinten auf dem kleinen Platz, den man vom Schaufenster aus einsehen konnte, wenn man die Augen schräg links hielt. Ein Irrtum war völlig ausgeschlossen. Als sich die Blicke von Julia und der Frau kreuzten, durchfuhr es Julia wie ein Blitz. Im Bruchteil einer Sekunde schossen Erinnerungen in ihren Kopf zurück, die sie an nur einem Tag selbst gelöscht hatte, allein durch das Verdrängen der Wahrheit.

»Emma!«, mehr brachte Julia nicht hervor. Wie hatte sie das alles vergessen können? Es war echt gewesen und nichts davon war Phantasie. Emma lächelte Julia an und kam auf sie zu. Julia hatte so viele Fragen, die sie Emma stellen wollte und musste. Jetzt bemerkte sie erst, wie schwindlig ihr war, ausgelöst durch die Erinnerungsflut, die auf sie eingestürmt war.

Sie stolperte mehr aus der Auslage des Schaufensters heraus, als dass sie geschickt herauskletterte. Mit schnellen Schritten ging sie zur Tür und öffnete sie. Wo war Emma? Panik breitete sich in Julias gesamten Körper aus. Da, da war sie. Sie kam langsam näher. Beide Frauen lächelten sich an, als sie einander gegenüberstanden. Julia öffnete den Mund, um etwas zu sagen, kam aber nicht dazu. Emma fing plötzlich an zu leuchten und grell zu funkeln. Es war nicht ganz klar, ob es die Sonne war oder Emma selbst. Julia war so geblendet, dass sie für einen winzigen Augenblick die Augen schloss. Beim Öffnen ihrer Augen blieb ihr fast das Herz stehen und sie trat vor Schreck einen Schritt zurück. Emma war verschwunden und vor ihr stand der Mann, dem sie zwei Mal aus dem Weg gegangen war.

»Hey, was ist los? Endlich habe ich dich gefunden. Aller guten Dinge sind eben doch drei.«
»Emma.«, brachte Julia leise hervor.
»Nein, ich heiße Kai, aber Emma kenne ich.«
Mit großen Augen sah Julia Kai an.
»Woher kennst du Emma?«
»Von einer kleinen Kohlmeise, die hat den Namen beiläufig erwähnt, aber das glaubst du mir sowieso nicht.«, verlegen senkte Kai seine Stimme.
»Sein Name war nicht zufällig Marlon?«, fragte Julia kichernd.
»Ja, woher...«

»Da wird ja der Hund in der Pfanne verrückt. Wieso schnattern die wie zwei Waschweiber? Was muss ich noch alles tun?«

»Hör auf zu meckern, Marlon.«, mahnte Emma.

Beide saßen auf dem Dach des gegenüberliegenden Hauses und beobachteten die Szene.

»Wenn du nicht gleich hilfst, mach ich es, Emma.«, schimpfte Marlon.

Emma spitzte ihre Lippen und pustete leicht. Es entstand eine kleine Windböe, die zielgenau den Rücken von Kai traf und ihn in die Arme von Julia beförderte.

»Oh wie schön, jetzt küssen sie sich endlich.«, seufzte Marlon.

»Na bitte, wer sagt es Gelernt ist eben gelernt!«, rief Emma mit stolz geschwellter Brust

»Das, was kommen soll, kann niemand aufhalten.«, piepste Marlon.

»Sollen wir sie heute noch einweisen?«

»Nein Marlon, wir geben dem jungen Glück ein wenig Zeit. Die beiden haben genügend zu bereden. Es reicht, wenn wir sie erst in ein paar Tagen mit in die Traumwelt nehmen. Hast du Lust auf einen kleinen Rundflug Marlon?«

»Wieso nicht.«, antwortete Marlon freudig.

Wieder fing Emma an zu funkeln, verwandelte sich in ein Rotkehlchen und hob ab.

»Du kannst es nicht sein lassen, mich ständig zu piesacken.«, beschwerte sich Marlon und flog ihr hinterher.
Ende?